रवीन्द्र आरोही

रवीन्द्र आरोही का जन्म 1 अक्टूबर, 1984 को बिहार के गोपालगंज में हुआ। शुरुआती शिक्षा गाँव में हुई। छुटपन में ही एक ग़लत रेलगाड़ी पर सवार होकर कलकत्ता आ गए। बाक़ी का बचपन इसी शहर ने दिया। पढ़ना-लिखना इसी शहर ने सिखाया। फिर क्या था मोहब्बत सी हो गई इस शहर से, फिर 'और' कहीं के नहीं हो पाए। 'निकम्मा' तो नहीं पर इस शहर ने लेखक बनाकर ज़रूर छोड़ दिया। पढ़ाई-लिखाई इसी शहर में हुई, नौकरी भी कलकत्ता में ही करते हैं। पहली कहानी 2007 में छपी। हिन्दी की प्रमुख पत्रिकाओं में कहानियाँ प्रकाशित।

ई-मेल : arohi.nirmal@gmail.com

जादू
एक हँसी, एक हीरोइन

रवीन्द्र आरोही

लोकभारती पेपरबैक्स

लोकभारती पेपरबैक्स में
पहला संस्करण : 2022

लोकभारती पेपरबैक्स : उत्कृष्ट साहित्य के लोकप्रिय संस्करण

लोकभारती प्रकाशन
पहली मंजिल, दरबारी बिल्डिंग, महात्मा गांधी मार्ग
प्रयागराज-211 001
द्वारा प्रकाशित

वेबसाइट : www.lokbhartiprakashan.com
ई-मेल : info@lokbhartiprakashan.com

शाखाएँ : 1-बी, नेताजी सुभाष मार्ग, दरियागंज, नई दिल्ली-110 002
अशोक राजपथ, साइंस कॉलेज के सामने, पटना-800 006
36 ए, शेक्सपियर सरणी, कोलकाता-700 017

बी.के. ऑफसेट
नवीन शाहदरा, दिल्ली-110 032
द्वारा मुद्रित

मूल्य : ₹199

JADOO : EK HANSI, EK HEROINE
Stories by Ravindra Arohi

ISBN : 978-93-92186-07-3

यह किताब निर्मल वर्मा को
जिन्होंने पानी की भाषा में नदी लिखना सिखाया
और ये किताब विनोद कुमार शुक्ल को भी
जिन्होंने सिखाया कि सुगन्ध तुम लिख दो
फूल कोई न कोई लिख ही लेगा

क्रम

कथा में एक नदी बहती थी

क़स्बे के छोर पर एक बहुत पुरानी नदी बहती थी। नदी इतनी पुरानी थी कि कथाओं में उसके बहने का ज़िक्र आता था। नदी इतनी पतली थी कि उसमें अब बस धूप से सनी थोड़ी नींद बहती थी। बहुत ज़माने पहले शहरों से लोग वहाँ घूमने आते थे। विदेशी भी आते थे। कहते हैं कि उसी नदी को पार करते हुए गौतम बुद्ध की तबीयत ख़राब हुई थी। और ढाई दिन में साढ़े पाँच कोस चलकर बुद्ध ने शरीर त्याग दिया था। लोग-बाग उस नदी को देखने आते थे। क़स्बे से होकर साधु-संन्यासियों की आवाज़ाही बनी रहती थी। यह किसी पुराने ज़माने की बात हुई। अब नदी देखने कोई नहीं आता था। मैं और बबलू नदी किनारे घण्टों बैठे रहते। बबलू घास पर चितान लेटा था और मैं दोनों पैर पसारकर बैठा था। जहाँ हम थे वह कभी नदी का पेट था। भरते-भरते नदी अब पतली हो गई थी। अब कहें कि हम मुहाने पर थे।

"सोचो तो कि हम नदी के पेट में बैठे हैं।" मैंने बबलू से कहा।

"मैं बैठा नहीं, लेटा हूँ। मैं सोच रहा हूँ कि मैं नदी में बह रहा हूँ।" बबलू ने कहा

"बहना ठीक नहीं। सोचो कि हम तैर रहे हैं।" मैं भी वहीं लेट गया।

"मैं तैर नहीं पा रहा। मुझमें ताकत नहीं है। मेरी तबीयत खराब हो रही है। मैं गौतम बुद्ध होना सोच रहा हूँ।" वह दाँतों में एक दूब लिये लेटा रहा।

बबलू की शादी हुए तीन साल हुए थे और उसके पास कोई नौकरी नहीं थी। मेरी भी कोई नौकरी नहीं थी। मेरी कपड़े की एक दुकान थी, जिस पर बाबू बैठते थे। दुकान में बैठने के लिए नीचे बिछी एक सफ़ेद गद्दी थी। बाबू जब खाने के लिए दोपहर को घर जाते तब दुकान में मैं बैठता था। बबलू बाज़ार में आस-पास ही कहीं रहता। बाबू के जाते ही दुकान में आ जाता। हमलोग जब होते तब कोई ख़रीदार नहीं आता था। और कोई आता भी तो यह कहकर चला जाता कि तुम्हारे बाबू के आने पर आएँगे। गाँव की दुकानों में गाँव के ही ख़रीदार आते थे। हर दुकानदार ग्राहक को व्यक्तिगत पहचानता था। दूर गाँव के ग्राहक भी आते-जाते व्यक्तिगत हो जाते थे। मैं बोलता कि एक आदमी आया था, बोला कि तुम्हारे आने पर आएगा इस पर बाबू पूछते कि कौन था। नाम नहीं पता होने पर मैं हुलिया बता देता तो वे पहचान जाते। फिर बाबू साइकिल से उसे खोजने निकल जाते। वो बाज़ार में ही किसी पेड़ के नीचे बाबू की राह जोह रहा होता। वो हमारी दुकान का ग्राहक होता था। लोग-बाग तीज-त्यौहार पर ही कपड़े ख़रीदते या बीच-बीच में किसी मेहमान के आ जाने पर कपड़े ख़रीदने होते थे। ख़रीदार जब बेमौसम साड़ी ख़रीदने आता तो बाबू पूछते कि बेटी आई थी क्या। बाबू लोगों की बेटियों के नाम और उनकी ससुराल के गाँव के नाम भी जानते थे। लोग भर गाल सुख-दुख बतियाकर और सुस्ताकर घर लौटते। इस तरह बतियाने से ख़रीदार को सौदा सस्ता लगता था। बाबू ख़रीदार से कहते कि घर की बेटी है, हम के दाम बोलें। दो सौ के ख़रीद हौ, दो सौ ही दै दौ। लोग ख़ुशी-ख़ुशी दो सौ दे देते। इसी तरह सबकी दुकानदारी चलती थी। इसी तरह सबकी ख़रीदारी चलती थी। दुकानदारी के यही सब गुर थे जो बाबू मुझे सिखाना चाहते थे। बबलू कहता कि तुम्हारे बाबू एक दिन तुम्हें अपने जैसा बना देंगे और तुम भी एक दिन लोगों के जज्बात में अपना मुनाफा देखना सीख जाओगे।

बाबू बबलू को एकदम पसन्द नहीं करते थे। हमलोग दुकान में बैठे बातें करते रहते और बाबू के आने के ठीक पहले बबलू उठकर चला जाता। बाबू जब आते पता नहीं उन्हें कैसे पता हो जाता था। आते ही सबसे पहले यही पूछते

और मैं झूठ नहीं कह पाता था। कई बार ऐसा होता कि वह दुकान से निकल रहा हो और बाबू आ गए हों। वे उसे ख़ूब डाँटते, यहाँ तक कि कह देते कि तुम कभी दुकान में मत आना। वो सिर झुकाए चप्पल पहनता और चला जाता। हमारे बीच कभी उस विषय पर बातें नहीं होतीं। हमारे बीच और भी कई विषय थे जिनपर बातें नहीं होतीं पर इसके अलावे और ऐसी लाखों बातें हमारे बीच थीं जो कभी ख़त्म न होतीं।

अजोध्याबाबू बबलू के पिता थे। वे कभी मुझे ग़लत नहीं समझते। वे पोस्ट ऑफ़िस में क्लर्क थे। चार बजे तक पोस्ट ऑफ़िस से घर आ जाते और दुआर पर नीम के पेड़ के नीचे बैठे रहते। उनकी काली साइकिल वहीं पेड़ से टिकी रहती। दुआर के उत्तरवारी में एक गाय सदा से बँधी थी। पेड़ से टिकी साइकिल सदा से पालतू लगती थी। नीम के नीचे सदा से बैठे अजोध्याबाबू समय के पालतू लगते थे। मैं कभी घूमते हुए उधर से गुज़रता तो वे बुलाते। मुझे देखते ही उन्हें बबलू की चिन्ता घेरने लगती थी। उन्हें लगता कि एक न एक दिन मैं दुकान का मालिक हो जाऊँगा पर बबलू का कुछ नहीं होगा। वे हर बार मुझे उसे समझाने को कहते जबकि मैं जानता था कि बबलू हर हाल में मुझसे ज़्यादा समझदार था। वह नहीं चाहता था कि मैं उसके पिता के सामने होऊँ। तब बबलू दुनिया के किसी भी अच्छे-बुरे पिता से मिलना नहीं चाहता था और मुझे भी नहीं मिलने देना चाहता था।

हम लोगों के पास समय कम होता तो हम इण्टर कॉलेज के पीछे वाले मैदान में मिलते जहाँ पुरानी इमारत की टूटी हुई दीवार थी, जिस पर हम बैठते थे। कभी किसी ज़माने में हम उसके भीतर बैठते थे। उसी में बारहवीं की कक्षा चलती थी। वह समय हमने बड़ी बदहवासी में काटा था। पर वो समय हमारे लिए इस तरह से स्वर्ग था कि उस समय के सपनों में आज की भनक नहीं थी। ये दहलीज इस तरह ख़ास थी कि इस पर बैठकर हम अपने अतीत में उतर सकते थे। इसे छोड़कर आगे की तरफ़ कमरे बन गए थे जिनमें अब कक्षाएँ होती थीं। उतरती जनवरी की एक कोहरे भरी शाम में उस टूटी हुई दहलीज पर जब हमने पहली बार सिगरेट सुलगाई थी तब अन्तस में कुछ बुरा लगा था।

वहाँ कभी हमारी कक्षा रही थी। अभी अँधेरे में ईंट के कुछ टुकड़े पड़े थे। एक कोने में टूटी पड़ी शहतीरें थीं। टूटी कुछ बेन्चें थीं, एक टूटी कुरसी भी। पलास के कुछ सूखे पत्ते, कुछ तुड़े-मुड़े काग़ज़ और बेग़ैरत अँधेरा था।

"हमारी बेंचे हैं वहाँ।" मैंने बबलू से कहा।

"होंगी!"

"हमारे नाम होंगे उन पर"

"...और विनिता के भी"

"...और "

"हमें यहाँ सिगरेट नहीं पीनी चाहिए।" मैंने कहा।

"जानते हो मुझे इन सब बातों से उबकाई आती है।" उसने कहा। "मैं सोचता हूँ कि किसी दिन ऐसे ही बैठा सिगरेट पीता होऊँ और कोई आकर बताए कि मेरे बाबू पोस्ट ऑफ़िस से लौटते घड़ी ट्रक से चप्पा पड़कर मर गए और मैं उस समय भी सिगरेट ख़त्म होने तक बैठा रहूँ। कई-कई बार मैं रात को सोए-सोए घण्टों सोचता कि मेरे पिता यदि मर जाएँ तो मैं कैसे उदास होऊँगा और तब मेरा चेहरा कैसा दिखेगा। मैं बिस्तर से उठकर शीशा देखता हूँ और हर तरह से मुँह बनाता हूँ। तब मेरा चेहरा इतना विद्रूप लगता है, इतनी घिन टपकती है कि तब मुझे अपने चेहरे से ही नफ़रत होती जाती है। जी चाहता है उसी शीशे से अपना चेहरा काट लूँ। लेकिन जब बिस्तर पर जाता हूँ तो फिर वही सोचता हूँ। नींद में सपने उसी तरह के आते हैं कि मैं सोया हूँ और घर भर के लोग रो रहे हैं। पर जब मैं अचकचाकर एक झटके के साथ जगता हूँ और पिता को गाय का चारा लगाते देखता हूँ तो बहुत कोफ़्त होती है।"

हम उतरकर मैदान में खड़े थे। उस दिन हवा तेज़ थी और हम एक पर एक छह सिगरेट पिए थे। मुँह का स्वाद कसैला हो गया था। जहाँ हम खड़े थे, हमारी परछाईं की तरह दो बच्चे वहीं खेल रहे थे और उनके पीछे, मैदान के उत्तर, रेल लाइन के किनारे कैथोलिकों का चर्च खड़ा था। जहाँ गेहूँ, चावल टूँगते बेशुमार कबूतर थे। एक नाटे, काले रंग का ऊबा हुआ पादरी था जो बेंत की कुरसी पर बैठे चेक लेखकों का अंग्रेज़ी अनुवाद पढ़ता रहता। मोटे शीशे

का चश्मा लगाता और तीन-चार मिनट पन्नों में डूबे रहने के बाद उजबुजाकर बाहर निकलता और रेल लाइन की ओर ताकने लगता था। वह चर्च के पीछे बने मकान में रहता था। बहुत लोग कहते कि वह एक एजेंट है। उसके पास बाहर से पैसे आते हैं कि वह आदिवासियों को क्रिश्चियन बनाए। जबकि आस-पास कोई आदिवासी नहीं था। हाँ, गाँव के ग़रीब बच्चों को अंग्रेज़ी ज़रूर पढ़ाता था। कारेल चापेक का नाम सबसे पहले हमने उसी के हाथ में पढ़ा था। हम वहीं चबूतरे पर बैठे थे। चर्च के भीतर जीसस उतने ही उदास थे जितने कि बाहर हम।

"तुम ऐसा रोज़ सोचते हो।"

"हाँ, पर मैं सपने में हमेशा उनकी सहज मृत्यु सोचता हूँ। मसलन कि वे एक रात सोएँ और जगें ही नहीं।"

उन दिनों घटनाएँ हमसे दो फर्लांग अलग होकर घट रही थीं। हमें दिन-महीने-तारीख़ याद नहीं रहते। हम समय से दूर ख़ुद में बीत रहे थे।

हमारी ऊब जब हममें ज़्यादा पसर जाती तो हम उसे लेकर नदी तीर चले जाते। उन दिनों मेरे घर दो साइकिलें थीं। एक बाबू की और एक घर की। घर की साइकिल मेरी साइकिल थी। वो मेरी जान थी। पूरी दुनिया से ओझल मैं और बबलू जी रहे थे। मैं साइकिल चलाते हुए और वो साइकिल की कैरियर पर बैठा हुआ।

बरस पड़ने को आतुर अगस्त की झुकी हुई एक शाम में साइकिल के कैरियर पर बैठे हुए बबलू ने बताया कि आज दोपहर सोए हुए उसने सपना देखा कि भोर के छिछले अँधेरे में, उसके आँगन में गाँव भर की औरतें रोहा-रोहट कर रही हैं। उसे उसकी भाभी जगा रही हैं और उसकी नींद नहीं खुल रही। जब उसे ख़ूब झकझोरा गया तो उसकी नींद खुली। वे बाबू थे। नीले रंग की हवाई चप्पल हाथ में लिए थे। उसी से मार रहे थे और मुस्कुरा रहे थे। माँ पास में ही सुहागन खड़ी थी। हँसती हुई। बाज़ार से लौटते घड़ी बाबू ने देखा कि एक गोरा नेपाली चोरी का माल कहकर फुटपाथ पर छानकर हवाई चप्पलें बेच रहा था। पाँच रुपए जोड़ा। बाबू ने घर भर के लिए लिया था। मेरी

वाली मुझे दिखाने और नपवाने आए थे। कहे कि नाप के देख ले, छोटा हो तो फेर ला। मुझे बाबू को देखकर ख़ूब रोने की इच्छा हुई पर रो नहीं पाया। मैंने जब चप्पल पहन ली तब बाबू ने माँ से कहा कि पाँच रुपए में क्या मिलता है भला। देखो कितना सुन्दर लग रहा है। और मुझसे कहा कि चलकर दिखा। मैं दो क़दम चला तो बोले, अरे चल के कम से कम गाय तक जा। मैं वहाँ तक जाकर लौटने लगा तो बोले अब वहाँ तक गया है तो थोड़ा लेदी लगा दे। मैंने देखा कि इस पर माँ-बाबू ख़ूब हँस रहे थे। उस दिन मुझे लगा कि किसी को कभी नहीं मरना चाहिए। किसी के चाहने से तो कभी नहीं। और मैंने चाहा कि वे आँखें भी हमेशा जीवित रहें जिनमें मैं अपनी लानतें देखता हूँ।

बबलू साइकिल से कूदकर उतर गया। चप्पल खोलकर रोड पर खड़ा हो गया और बोला "देख यही है।"

मेरे बड़े भाई और बबलू के बड़े भाई एक साथ पढ़े थे। दोनों एक साथ विदेश में नौकरी करते थे। दोनों वेल्डर थे। दोनों के घरों में दोनों की ख़ूब पूछ थी। वे दोनों एक साथ गाँव आते थे। भविष्य में उन दोनों की गाँव में एक वेल्डिंग की दुकान खोलने की योजना थी और वे दोनों अबकी बार घर आकर मोटरसाइकिल भी ख़रीदना चाहते थे। उन दोनों के घर आने पर हमारी आज़ादी छिन जाती थी। वे हम दोनों को इकट्ठे कहीं भी डाँट देते, बाज़ार में भी! हम सिर झुकाकर टल जाते। साइकिल की कैरियर पर बैठा बबलू उन दोनों को अनपढ़, जाहिल और गँवार समझता था। वे भर मुँह तम्बाकू खाते थे। बबलू कहता कि उन दोनों में से किसी को ठीक से हँसना तक नहीं आता कि वे हँसते वक़्त भी मूर्ख लगते थे। हम दोनों ग्रेजुएट थे। मेरे भाई ग्यारहवीं तक पढ़े थे और बबलू के भइया आठवीं तक पढ़े थे। कई बार बबलू बात-बात में जब कोई जवाब दे देता तो वे लोग निरुत्तर हो जाते। वे तब हमारी बेरोज़गारी की बात करने लगते और हमें जलील करने लगते।

उन दिनों की हमारी कमाई बस इतनी ही थी कि हम थोड़े-से बड़बोले, थोड़े-से उद्दंड और थोड़े-से मुँहफट हो गए थे।

उन दिनों हम नौकरियों के फ़ॉर्म भरने के लिए भी घर से पैसे माँगते तो रोएँ

गिराकर माँगते थे, ऐसे लगता कि दारू पीने के लिए माँग रहे हैं। हम गड़ जाते। मर जाते। देने वाले रुपए हमें लानत की तरह देते। और हम जिन नौकरियों के फ़ॉर्म भरते वे सारी भर्तियाँ रद्द हो जातीं। कुर्तों में जेबें आदतन थीं, हमें उसकी ज़्यादा ज़रूरत नहीं पड़ती। घर की एक सार्वजनिक हवाई चप्पलें जो युगों से सभी पहनते आते थे वह हमारे पैर में ही टूटतीं। आँगन का कल, जो तीन पीढ़ियों से निर्विघ्न चलता आता था, हमारे हाथ लगते ही वासर छोड़ देता था।

उन दिनों के हमारे सारे प्रेम दूषित थे। वे लड़कियाँ, जो कभी हमें देखकर हँस भर देतीं हमारी निगाह में नंगी होती थीं। बिनिता जो बबलू की प्रेमिका थी उससे उसने तीन बार में सात सौ रुपए लिये। हम लोग उस दिन टाउन जाकर बाबा हिन्दू होटल में मीट-भात खाए और एक बीयर पिए। और नशे के भाव में गौतम बुद्ध की बड़ी वाली मूर्ति के पीछे वाले मैदान में खड़े होकर उत्तर की ओर मुँह करके आधे घण्टे तक हमने हवा में गालियाँ दीं और वहीं खड़े होकर पेशाब किए। दिन के दस बज रहे थे। हवा शान्त थी। लोगों में घूमने का उत्साह था और हम एक पेड़ से पीठ टिकाए निढाल पड़े थे। हम अपने ऊपर ख़ूब अत्याचार होने देना चाहते थे। इतना कि कोई पुलिस तक हमें पकड़कर ले जाती तो हम अपनी सफाई में कुछ न कहते। हमारी आँखें खुलीं तो एक जानदार दोपहर बीत रही थी और हम दुबारा भूखे थे। मन्दिर के चौकीदार ने बताया कि साढ़े तीन हुए हैं। हम सब्ज़ी मण्डी से होते हुए कपड़े की हाट और मछली बाज़ार के रास्ते से बस डिपो की ओर जा रहे थे। हम पहले जिस मैदान में बैठे थे वहाँ से बस डिपो सीधा पाँच सौ मीटर था पर हमें जल्दी नहीं पहुँचना था। भूख से पेट में मरोड़ उठ रही थी। पर कुछ खाकर हम भूख के स्वाद से मरहूम होना नहीं चाहते थे। हम ख़ुद को सता रहे थे। एक होटल के चाप्पाकल से भर पेट पानी पिए और सब्ज़ी मण्डी से बस डिपो तक हमने चार-चार सिगरेट पी। हमारे पेट में मीठी चुभन थी और मुँह सूखने से जीभ तलवे में सट-सट जाती थी। तब हमने डिपो में एक बेहद ही गन्दी-सी गुमटी में एक घटिया-सी चाय पी और टेकर पर चढ़ गए। उन दिनों की हमारी भावनाएँ पवित्र भले ही न रही हों पर विरक्ति और वैराग्य हम में सध रहे थे। हम संन्यासी

या कसाई कुछ भी हो सकते थे। हम में मोह नहीं था। हम जंगली झाड़ियों की तरह बेतरतीब और निर्मम थे। उस दिन अँधेरा होने तक नदी के बाँध पर लेटे रहे। जिस बारिश को उस दिन होनी थी, वह उस दिन नहीं हुई।

मैं बचपन से अपने पिता के कारण बहुत दब्बू था। बालों में तेल लगाता और जेब में क़लम रखता था। पर यह सब मुझे कभी पसन्द नहीं था। मुझे बबलू का मुँहफट होना, शर्ट का ऊपरी बटन खुला रखना और बालों में कभी तेल न लगाना अच्छा लगता था। मैं उसकी तरह हीरो बनना चाहता था और बन रहा था।

बहुत पहले जब हम सातवीं में थे तो बाज़ार में लोगों को चाय पीते और अख़बार पढ़ते देखना अच्छा लगता था। अक्सरहाँ रामाधार की दुकान पर नीम के नीचे लोग अख़बार लेकर बैठे रहते और बहसें किया करते। उन्हें देखकर हमेशा से मेरे मन में ये कामना अँखुआती रहती कि मैं भी इस तरह बड़ा होऊँगा। कॉलेज के पीछे के मैदान में एक शाम मैंने यही बात बबलू को बताई। बबलू मैदान में लेटा था और बताया कि अख़बार अच्छी चीज़ नहीं होती। उसमें पैसे लेकर ख़बरें छापी जाती हैं। सारी ख़बरें झूठी होती हैं। कि रामाधार अख़बार पढ़ने के लिए नहीं, धन्धा चलाने के लिए ख़रीदता है। कि लोग अख़बार के बहाने आएँ और चाय पिएँ। कि पढ़ने वाले इसलिए नहीं पढ़ रहे कि उन्हें पढ़ना है, वे इसलिए पढ़ रहे क्योंकि उनके पास बेकार समय है और फ्री में पढ़ने को मिल रहा है। और उसने एक पर एक आठ नाम गिनाए जो दुनिया के महान लोग थे और अख़बार नहीं पढ़ते थे। तब से जब भी मैं बाबू को अख़बार पढ़ते देखता मुझे खुन्नस होती थी।

निफ़िक्री से भरा हुआ रिजल्ट निकलने का वो कोई महीना था और ज़िन्दगी थी कि मुट्ठी की रेत हुई जाती थी। चर्च के पादरी की सोहबत हममें ख़ूब बढ़ी थी उन दिनों। उन दिनों हम उसके पास बैठा करते थे। वह हमें विदेशी सिगरेट पिलाता और अंग्रेज़ी कविताएँ सुनाता। उसकी कविताओं में प्राचीनता ख़ूब होती थी। पुराने गिरजाघरों की गैलरियों में पाम, ओक और चिनार के सूखे पत्ते उसकी कविता के बिम्ब होते थे। उसकी कविता में रंग हमेशा ब्रॉनसाइना और मौसम में हमेशा बीतते मार्च की रूमानी सर्दी होती थी।

उसके पास एक लाइब्रेरी थी छोटी सी, जिसमें से वह हमें भी किताबें देता था। पर जो सुख उसके मुँह से हार्डी की कविताएँ सुनने में था, वो और कहीं नहीं था। ज़्यादातर कविताएँ उसे याद होती थीं। जब वह कविता की पंक्तियों को देखता तो सबसे पहले उसकी भूरी मूँछों के नीचे पतले गुलाबी होंठ मुस्कुराते थे। उसकी आँखें मुस्कुराती थीं। और वह बुदबुदाता...Listen. He says... और वह कविताएँ पढ़नी शुरू कर देता।

टाउन के सबसे किनारे वाली रद्दी की इक दुकान में हम घण्टों ख़ाक छानते और रद्दी में पड़ी पत्रिकाएँ बटोरकर घर लाते। रात के बीतते पहर लालटेन की आँच पर हम कविताएँ सिझाते और सुबह के जगने में हमारे भीतर एक सेमी-इंटेलेक्चुअल का भाव बना रहता। उन्हीं दिनों की बात है जब एक दिन हम टाउन गए और लौटते घड़ी बबलू ने गोल सी, खैरी रंग की एक टोपी ख़रीदी थी। बहुत बाद में बताया कि एक कोई चन्द्रकान्त देवताले है जो इसी तरह की टोपी पहनता है। क़स्बे के भूगोल में एक कोई कुँवर नारायण और एक कोई चन्द्रकान्त देवताले हमारी खोज थे।

एक वर्तमान से ज़्यादा जानदार
और शानदार हो सकता है उसका अतीत
* * *
कभी-कभी एक ज़िन्दगी से
ज़्यादा महत्त्वपूर्ण हो सकती हैं
उस पर टिप्पणियाँ

जिन दिनों हमारे भीतर एक-एक कर सम्भावनाएँ मर रही थीं उन्हीं दिनों की बात है कि बबलू को बेटा हुआ था। सुबह के छह बजे वह हमारे दुआर के सामने से साइकिल से गुज़रा और उसने दो बार घण्टी बजाई। बाबू आँगन में चाय पी रहे थे। वे समझ गए और उन्होंने उसे गालियाँ दीं और मेरे बारे में कहा कि मुझे भविष्य में रोने के लिए आँसू भी नसीब नहीं होंगे। भाभी ने हँसते हुए मेरे सामने चाय रख दी। वहीं बैठे-बैठे चाय मैंने मोरी में उड़ेल दी और

उठकर जाने लगा। भाभी ने सबको सुनाने की गरज से तल्खी में पूछा कि मैंने चाय क्यों फेंकी। मैंने कहा कि मुझे जल्दी जाना था और चाय ठण्डी नहीं हो रही थी। मैंने जाते हुए सुना कि भाई साहब मेरे बिगड़ने का दोष बाबू पर मढ़ रहे थे। वही दोष बाबू माँ पर मढ़कर उठ गए। जबकि मैं उस उम्र में था कि मेरे बिगड़ने का दोष किसी और पर नहीं मढ़ा जाना चाहिए था सिवाय मेरे। जबकि चौखट लाँघते हुए मैंने सुना कि भाभी ने धीरे-से 'निकम्मा' कहा था। वह जाड़े की भोर थी। मैदान की दूब में चलने से फुलपैंट की मोहरी शीत से भीगती थी। बबलू कॉलेज की दीवार पर बैठा सिगरेट पी रहा थ। बबलू से हर बार मिलना नया मिलना होता था। जाड़े में शाम को हम अक्सर सिगरेट पीने लगे थे। और कभी-कभी सुबह के कोहरे में भी। माचिस हम वहीं दीवार के खोकल में रख देते। मैंने भी एक सिगरेट सुलगा ली। हम दोनों इण्टर कॉलेज के नलके से एक-एक डब्बे में पानी भरकर खेत की ओर चलने लगे। एक जगह मेढ़ पर खड़े होकर बबलू ने बताया कि उसे लड़का हुआ है। वह इस बात को इस अन्दाज़ में बोला था कि मुझे लगा कि इस मौक़े सिर्फ़ शोक प्रकट किया जाता होगा और मैंने किया।

"तब?"

"तब क्या, जीवन बरबाद हो गया।"

हम दोनों उस दिन धूप उगने तक दीवार पर बैठे रहे और एक पर एक सात सिगरेट पिए। उसकी पत्नी मायके थी और उसके घर सोहर हो रहे थे। बबलू को उसके पिता ने एक हज़ार रुपए दिए थे कि वह अपनी ससुराल घूम आए और कुछ पैसे बहू को भी दे आए। पिता की जानकारी में वह साढ़े छह वाली चन्द्रयान बस से चला गया था। वह नया बुश्शर्ट पहने दीवार पर पैर लटकाए बैठा था। वह ढीला-ढाला कपड़ा पहनता। शर्ट को बिना इन किए रहता और एक सफ़ेद रंग का स्पोर्ट्स शू पहनता था। दर्ज़ी से जब कपड़े सिलवाने जाता तो वह बाकायदा अपनी माप और च्वॉइस बतलाता था। मोहरी कितना, टेकिन कैसा, कॉलर कैसा... सब कुछ। यह सब मेरे लिए अनोखा रहा। वह जब कपड़ा सिलवाने जाता मुझे लेकर जाता। बाल कटवाने हम

अपना चौराहा छोड़कर पाँच किलोमीटर दूर जाते। वह वर्षों से सुबह चार बजे उठता और चौराहे पर चाय पीता था। और भी ऐसी बहुत चीज़ें थीं जो बबलू को विशिष्ट बनाती थीं।

मैं घर चला आया और वह वहीं बैठा रहा। मेरे पास आधे घण्टे का समय था। मुझे फिर वहीं मिलना था। भात और सहजन की तरकारी खाकर तैयार हो रहा था कि माँ बबलू के घर से सोहर गाकर आई। माँ को बताया कि बबलू के ससुराल जा रहा हूँ। माँ ने अस्सी रुपए दिए और उसे मेरी शादी की चिन्ता हुई।

मुझे आते देख बबलू आगे बढ़ने लगा और चौराहे के पीछे से हम सीधा पेट्रोल पंप के पास निकले। एक टेकर पकड़कर हम तमकुही रोड गए और वहाँ से ट्रेन में बैठ गए। शाम के चार बजे हम एक छोटे से स्टेशन पर उतरे और वहाँ से हम बुढ़िया फुआ के घर चले गए। बुढ़िया फुआ मेरे बाबू की फुआ थीं, जो अब ज़िन्दा नहीं थीं। उनके नाती-पोतों की शादियाँ हो गई थीं। वे सब एक बड़े से घर में आस्था और विश्वास का जीवन जी रहे थे। जीवन में अशिक्षा, यथार्थ, अभाव का सीवन उघड़ा था। वहाँ संस्कारों की बातें सबसे ज़्यादा थीं। हम सुबह चलने को तैयार हुए तो घर के मालिक ने बताया कि गाड़ी नौ बजे है। हम सुबह का खाना खाकर निकले। बाहर बहुत ठण्ड और कोहरा था। जो लड़का हमें स्टेशन तक छोड़ने आया उसे हमने लौटा दिया। फिर हमने सिगरेट पी। गाड़ी तीन घण्टे लेट आई। रास्ते भर हम योजनाएँ बनाते आए थे। हमारी आँखों के नीचे का कालापन गहराता जा रहा था। और एक खोखल हमारे भीतर घर कर रहा था। हम अक्षर भूलने लगे थे। गाड़ी जहाँ रुकती घण्टों रुकती। हमें उससे कोई मतलब नहीं रह गया था। हम बस उसमें सवार थे जैसे समय की सवारी होती है।

रात के नौ बजे हम अपने चौराहे पर पहुँचे। पूरा चौराहा अँधेरे में डूबा था। गोखुल की पान की दुकान में एक ढिबरी जल रही थी। हमने एक सिरगेट ली और बाज़ार के रास्ते आने लगे। मेरी दुकान बन्द थी। वहाँ एक कुत्ता सो रहा था। हम सिगरेट ख़त्म करने की गरज से अँधेरे में डिवाइडर पर बैठे ही थे कि उधर टॉर्च जलाते कोई हमारे पास आया। वह भगत था। वह हाथ में डब्बा लिये

था। हमें देखकर रुक गया और कहा कि हमें जल्दी से भागकर घर पहुँचना चाहिए। लोग हमारी बाट जोह रहे हैं। कि अजोध्याबाबू मर गए।

उस दिन हवा तेज़ थी। अँधेरे में फेंकी गई सिगरेट को हवा जब-जब ठीक से छूती, उसमें से चिनगारियाँ उड़ती थीं। एक ट्रक गुज़रा तो हवा की झोंक से वो टुकड़ी थोड़ी लुढ़कती-सी उसके पीछे गई। जब-जब लुढ़कती, एक-दो चिनगारियाँ फूटतीं। फिर बुझ गई।

यह कोई सपना नहीं था।

बबलू के दुआर पर बहुत लोग जमा थे। उसके ससुर भी आए थे। बबलू के पहुँचते ही भीड़ में खलबली मच गई। किसी ने कुछ बोला नहीं। बबलू चुपचाप लाश के पास खड़ा था। उसने लाश को छुआ तक नहीं और मुँह भी नहीं देखा। मान लिया कि वह उसके पिता की लाश है।

अजोध्याबाबू पोस्ट ऑफ़िस से आए। क़दम के अलान से साइकिल लगाए। क़दम की पीठ से पीठ टिकाकर चौकी पर बैठे और मर गए। यह इतने इत्मीनान की मौत थी कि ऐन उसी क्षण कोई पास में होता तो वे बता सकते कि हम मर रहे हैं। भीतर घर में सोहर हो रहा था। कोई बाहर नहीं होगा तब। किसी ने उन्हें मरते नहीं देखा होगा।

अब दुआर सूना-सूना लगता था। दुआर की चौकी ख़ाली-ख़ाली लगती थी। उस पर क़दम के पत्ते गिरे पड़े रहते। साइकिल अब वहाँ नहीं रहती। ओसारे में रहती थी। दुख के प्रतीक की तरह काकी ओसारे में बैठी रहतीं।

एक दोपहर हम नदी पर बैठे थे। हाइवे पर ट्रक गुज़रते तो दरख़्त काँपते थे। नदी के फिल्ली भर पानी में मछलियाँ काँप जातीं। नदी में पैर लटकाए हम मछलियों का तैरना देखकर ऊब रहे थे। वे एक ही तरह तैरती थीं। गोल-गोल चक्कर काटती हुईं। चिड़ियों के पास करने को बहुत कुछ होता है जबकि मछलियाँ सिर्फ़ तैर सकती हैं और खा सकती हैं। चिड़ियाँ बार-बार गरदन उचकाकर आपको देख सकती हैं। ताक-झाँककर सकती हैं। पैरों से चल सकती हैं। किसी चिड़िया को कुछ खिला सकती हैं। लड़ सकती हैं। खेल सकती हैं। बोल सकती हैं। उड़ सकती हैं। एक चिड़िया उदास हो सकती है। अपने अण्डे

या बच्चे के नुकसान हो जाने पर एक चिड़िया गुमसुम हो सकती है।

"मेरे बाबू मर गए।" वह एक छतनार पेड़ की बुलबुल को देख रहा था।

"हूँ।" मैंने कहा।

बाबू मर गए। उसने फिर कहा। उसकी आँखों में बहती नदी की परछाईं थी। मैंने फिर हूँ कहा।

बबलू अपने अजोध्याबाबू के लिए रो रहा था। मृतक के लिए किसी घाट पर बैठकर रो लेना चाहिए। शरीर में ख़ून-पसीने बनने की तो प्रक्रिया हैं, आँसू कैसे बनते होंगे। आँसू वेदना के अणुसूत्र होते हैं। जैसे लोहा का Fe होता है, वैसे वेदना का आँसू। जिन ख़ुशियों में आँसू छलक आएँ वे ख़ुशियाँ आम ख़ुशियों से अलहदा इस तरह होती हैं कि उसके तलछट में वेदना का क्षेपक होता है।

हमारे बीच बहुत बड़ा आकाश तना रहता था।

बाद के दिनों में बबलू दुआर पर ही बैठा मिलता। नीम से टिकी साइकिल और एक गाय उसकी ज़िम्मेदारी हो गई थी। पिता की मृत्यु के बाद हम उसके दुआर पर ही बैठते थे। एक दिन दुआर पर ही पादरी हम से मिलने आया था। उसने अपनी लिखी चार कविताएँ हमें सुनाईं और हमें फिर आने के लिए कह गया। व्यस्तताएँ थीं कि ज़्यादा मिलना अब सम्भव नहीं हो पाता था। बबलू की अपेक्षा मेरे पास ख़ाली समय ज़्यादा रहता था। अब दुनिया की नज़र में मैं अकेला ज़्यादा ख़ाली था। बबलू की बातों में घर-गृहस्थी आ गई थी। वे चीज़ें जिनसे वो मेरा हीरो था, उसमें कम हो रही थीं और वो दुनिया भर के पिताओं की कतार में खड़ा था। उसे अपने बेटे की फ़िक्र रहती थी, जिसमें मेरी कोई रुचि नहीं थी।

अब मैं पादरी के पास ज़्यादा बैठने लगा था। एक-एक कविताओं को वह कई-कई बार सुनाता था। और अब उसकी लाइब्रेरी की लगभग सभी किताबें पढ़ी जा चुकी थीं और उसकी बातें मुझे सिरे से उबाने लगी थीं। उन्हीं दिनों की बात है कि दैनिक विश्वमित्र में मेरी तीन कविताएँ छपी थीं। इसका पूरा श्रेय पादरी की सोहबत को ही जाता था। वे कविताएँ पादरी के द्वारा सुनाई कई कविताओं के भावानुवाद भर थीं, जो मेरे नाम से छपी थीं। उस दिन पादरी बहुत ख़ुश हुआ था। उसने ख़ुद भी एक अख़बार ख़रीदा था। उस शाम उसने

हमें बाज़ार में चाय पीने के लिए बुलाया था। हम पूरे उत्साह से घण्टों आदर्श और साहित्य की बातें करते रहे थे। गहराते अँधेरे में चर्च में मोमबत्ती जलाने के समय जब हम बाज़ार से लौटने लगे तब अपने बेटे के साथ साइकिल पर बबलू दिखा था। पादरी ने उसे चिल्लाकर रोका था और अख़बार दिखाया था। बबलू देखकर सिर्फ़ मुस्कुराया था, जिसमें मैं नकारा दिखा था। उसके चले जाने पर मेरे अन्दर से कविता की ख़ुशी ग़ायब हो गई थी।

पादरी ने कहा था "बबलू बूढ़ा हो गया है।"

अगले दिन मेरी पादरी के पास जाने की हिम्मत नहीं हुई। मैं नदी किनारे बैठा रहा। वह जून का महीना था। हर जगह चुप्पी थी। मैं पिछले चार घण्टे से वहीं बैठा था। उस बैठने के महज पन्द्रह मिनट की नींद में मैंने अपने पिता के बारे बहुत बुरा सपना देखा। नींद टूट गई। सड़क सुनसान थी। ख़ाकी कपड़े पहने, सिर पर गोल टोपी पहने बबलू साइकिल से पोस्ट ऑफ़िस से लौट रहा था। साइकिल चलाते हुए वह इधर ही देख रहा था। एक चोर पता नहीं कैसे और कहाँ से मेरे भीतर जा बैठा कि मैंने ख़ुद को उस पेड़ की ओट में कर लिया। मुझे महसूस हो रहा था कि वे नज़रें उस मोटे से दरख़्त को भेदती हुई मुझे छू रही थीं। मेरी रीढ़ पर सिहरन होने लगी। एकाएक लू लगने से जैसे शरीर सिहरता है वैसी सिहरन होने लगी। चुभन होने लगी। जलन होने लगी। जब असह्य होने लगा तब मैं उठकर खड़ा हो गया। दरअसल वे लाल चींटे थे जो पेड़ पर चढ़ रहे थे। पूरी पीठ पर लाल चकत्ते हो गए। ददोरा हो गया। नदी में आगे जाकर जहाँ घुटनों तक पानी था, मैं उसमें लेट गया। वहाँ काफी ठण्डापन था। मैं घण्टों उस कीचड़ में लेटा रहा। अँधेरा होने तक।

तब के दिन से एक अप्रत्याशित और अनायास डर मेरे भीतर चींटियों का भर गया। मैं सोते-सोते भी अपनी चादर पर उनके होने की कल्पना से सिहर जाता था। एक चादर जो माँ ने नई ही बिछाई थी, जो मेरी ही दुकान की थी, उस पर बीचोबीच गूलर के पेड़ का एक छाप था। उस चादर पर सोने से उस छाप वाले पेड़ पर चींटों के चढ़ने की सरसराहट होती थी और पता नहीं कैसे सुबह तक मेरी पीठ में वैसे ही लाल ददोरे हो जाते थे। डॉक्टर मेरी बातों को थोथा

बताते थे और कहते कि पीठ का स्किन एकदम सही है, उस पर कोई ददोरा या चकत्ता नहीं हैं। कइयों ने मेरी परेशानी को मानसिक बताया था। जबकि मेरी परेशानी थी कि मैं अपनी पीठ देख नहीं सकता था और हाथ से छूने पर चकत्ते महसूस होते थे। मैं अब किसी भी मोटे पुराने गाछ के नीचे या उससे सटकर बैठने से कतराता था। पुराने दरख़्तों का आतंक तो मेरे सपनों तक पहुँच चुका था। उन ख़ाली दिनों मेरा वजूद इतना बढ़ा था कि ईश्वर की तरह हर कहीं मैं था। हर जगह मेरी चर्चा थी। जबकि रहता मैं सिर्फ़ बाहर वाली उस तंग कोठरी में ही था जो एक तरह से स्टोररूम था। उसमें टूटी खाट, एक खराब बड़ी-सी टीवी, दो जंग खाए टिन के बक्से जो माँ के थे, प्लास्टिक के दो ड्रम, ट्रैक्टर के दो फटे टायर और मैं रहता था। उसमें बहुत ऊपर एक छोटी खिड़की थी। बाबू जी के दुकान आने या जाने का समय मैं जानता था। उन्हीं दिनों मैंने अपनी इन्द्रियों को इतना जागृत कर लिया था कि कमरे के सामने से गुज़रती किसी भी पदध्वनि को सुनकर बता सकता था कि वो कौन है और मेरी कोठरी के सामने से गुज़रते हुए उसने मेरे बारे में क्या सोचा होगा। बाबू की साइकिल रोड से घर की तरफ़ ढुलती तभी मैं समझ जाता और अपनी सारी गतिविधियाँ रोक कर, सिर्फ़ हल्की साँसें लेता था। दुनिया के दरख़्तों पर माँ का कोई अधिकार तो नहीं ही था और मेरे सपनों तक भी उसकी पहुँच नहीं थी, नहीं तो भर रात जागकर भी बचाती मुझे हर तरह के चींटों से। माँ के बस में इतना ही था, जो कि उसने किया भी कि उसने घर के वे सारे परदे और चादर बदल दिए जिन पर पेड़ों या फूलों के छाप थे। और वह चिन्तित रहने लगी। उन्हीं दिनों की बात है कि भाभी को एक मरा हुआ लड़का हुआ था और वह सुबह-शाम मेरे साथ-साथ माँ को भी गालियाँ देने लगी थीं कि माँ ने ही उनके बेटे को खाया है।

बबलू से मैं अपनी बात बताता और वह एक मित्र के नाते मुझे समझाता भी पर बाल-बच्चे वाले एक ज़िम्मेदार, नौकरी-पेशा, अनुभवी बबलू से मैं मिल नहीं पाता था। वह या तो पोस्ट ऑफ़िस में नौकरी पर होता था या अपने दुआर पर उस मोटे, पुराने नीम के दरख़्त के नीचे बैठा रहता।

दिल हूम हूम करे...

सच कहता हूँ जानू! पिछली दफा जितनी भी बातें सच का हवाला देते हुए मैंने तुमसे कही थीं–वे सब झूठ थीं।

वह एक सरकारी रजिस्टर था और क्लर्क बाबू एक सरकारी आदमी थे। सरकार के बही-ख़ाते में दोनों की क़ीमत बराबर थी। रजिस्टर का सरकारी होना या क्लर्क बाबू का सरकारी आदमी होना–कहीं से भी भारतीय इतिहास में कोई बड़ी घटना नहीं थी। पर क्लर्क बाबू के जीवन में इस रजिस्टर की क़ीमत एक इतिहास या दस्तावेज़ से कम नहीं ठहरती थी।

इतिहास के पन्नों में ऐसा कुछ नहीं होता, जो इस रजिस्टर के पन्नों से भिन्न या पृथक हो–घटना के मद्देनज़र तारीख़ या तारीख़ के मद्देनज़र घटना यही न? तो यह सब मामूली बातें हैं। कुल मिलाकर हर बात जुड़ती थी और बहुत दिनों से जुड़ती आ रही थी–इस हरे रंग वाले रजिस्टर के पीले-चित्तियाए पन्नों पर...।

और उस दिन एक और घटना जुड़ी थी–घटनाओं की फेहरिस्त में। हरे रंग वाले रजिस्टर के पीले-चित्तियाए पन्नों पर एक और तारीख़ खुलती चली जाएगी। ...माश-अल्लाह, यह कोई घटना थोड़े ही बनी, यह तो तारीख़ हुई–जैसे सुबह होती है और उस चित्तियाए पन्नों पर लिख दें क्लर्क बाबू... सुबह...।

अब, गुरु इस मानसिकता से पढ़ोगे तो तथ्य क्या ख़ाक समझ में आएगा? सूरज के निकलने और रोज़ नई-नई सुबहों के होने को यदि घटना नहीं मानते हो तो क्या ऐश्वर्या राय के गर्भ ठहरने को ही घटना मानते हो? ऐश्वर्या क्या अनाकोंडा पैदा करने वाली है कि इतना हल्ला है?

ठीक है कि उस स्टेशन से रेलगाड़ी का गुज़रना कहीं से भी कोई घटना नहीं बनती थी–लेकिन क्या यह सही नहीं है कि कुछ 'न' होने की सूरत में भी कुछ 'न' कुछ हो सकने की सम्भावना बनी रहती है। हो सकता था कि रेलगाड़ी आगे जाकर पटरी से उतर जाए या उसी पटरी पर एक दूसरी रेलगाड़ी आ जाए–आमने-सामने या कि रेलगाड़ी में डकैती हो जाए या कि ड्राइवर सो जाए और रेलगाड़ी उस जगह रुके ही नहीं–जहाँ उसे रुकना था, यात्रियों को जहाँ चढ़ना-उतरना था या होने को तो यह भी हो सकता था कि रेलगाड़ी उस दिन आए ही नहीं।

रेलगाड़ी को सिग्नल देने वाले पोल की लाल बत्ती को बच्चों ने पत्थर मार कर तोड़ दिया था। लाल बत्ती नहीं जली। रेलगाड़ी वहाँ नहीं रुकी और रेलगाड़ी कलकत्ता चली गई। सभी यात्री कलकत्ता चले गए। ड्राइवर भाग गया और सरकार ने उस रेलगाड़ी को कहीं छुपा दिया।

गाँव के लोग आज भी कलकत्ता में इधर-उधर भटक रहे हैं। विक्टोरिया, तारामण्डल, धर्मतल्ला, पार्क स्ट्रीट जैसी जगहों में बड़ी दयनीय हालत में देखे गए हैं। कुछ आदमियों, औरतों, बूढ़ों और बच्चों को पकड़कर यहाँ रखा गया है। बच्चे ख़ुश हैं कि कलकत्ता देख रहे हैं। बूढ़े ख़ुश नहीं हैं। दुखी भी नहीं हैं। बूढ़े न कुछ खाते हैं और न पीते हैं। न हँसते हैं, न रोते हैं। सिर्फ़ दूसरे बूढ़ों से बतियाते हैं और सब साथ-साथ और बूढ़े होते हैं। औरतें बूढ़ी नहीं हो रही हैं। बूढ़ों को और बूढ़ा होते देख रोती हैं। रोते-रोते कमज़ोर होती हैं। और एक दिन कमज़ोर होकर मर जाएँगी–बूढ़ी हुए बिना।

जिन्हें अपने परिजनों की तलाश है वे 9400024365 पर सम्पर्क करें। किसी तरह आकर परिचितों को ले जाएँ।

उपर्युक्त बातें छोटे से कॉलम में किसी दैनिक अख़बार की छोटी सी ख़बर हो सकती थीं।

और यह ख़बर क्लर्क बाबू को तब मिलती जब वह सुबह नहा-धो कर, पूजा-पाठ करके, खा-पीकर विद्यालय जाते। विद्यालय में तीसरी घण्टी बजती। अख़बार वाला साइकिल पर चलते-चलते अख़बार को किसी बच्चे के हवाले कर देता। बच्चा बाक़ी के दो मास्टरों से छुपते-छुपाते अख़बार हेडमास्टर साहब के हवाले कर देता। हेडमास्टर साहब बच्चों को पढ़ने का इशारा करते और ख़ुद अख़बार पढ़ने लगते। अख़बार में बहुत पढ़ चुकने के बाद अपने गाँव का नाम पढ़ते और ख़ुश हो जाते। फिर ख़ुशी रोककर गम्भीर हो जाते। वे गम्भीर होते तो सचमुच के हेडमास्टर साहब लगते। ऑफ़िस में जाकर सचमुच के हेडमास्टर साहब सचमुच के क्लर्क बाबू को ढूँढ़ते और वे नहीं मिलते। सचमुच के क्लर्क बाबू तीसरी घण्टी में दूसरी कक्षा को झूठमूठ की कोई कहानी सुनाते हुए पकड़े जाते। तब वहीं सचमुच के हेडमास्टर साहब सचमुच के क्लर्क बाबू से कहते–यह ख़बर पढ़िए क्लर्क बाबू!

ख़बर पढ़ते-पढ़ते क्लर्क बाबू गम्भीर हो जाते और गम्भीर होकर दुखी हो जाते। तब वह भी हेडमास्टर लगते।

इसी बीच विद्यालय में चौथी घण्टी बजती और हाथ में अख़बार लिये चिन्तित स्वर में क्लर्क बाबू, हेडमास्टर साहब से कहते–ख़बर नहीं, यह तो घटना हो गई हेडमास्टर साहब!

गुरु! अब तक तो आपको पता चल गया होगा कि ऊपर की सारी बातें कोरी गप्प हैं। यानी अख़बार की यह छोटी ख़बर कहीं से कोई घटना नहीं बनती। चलिए मैं भी यही मान लेता हूँ। पर इनका क्या करें–आपके क्लर्क बाबू का? मानते ही नहीं। कहते हैं यदि हो जाती तो?

हो जाती, तो हो जाती। क्या तुम्हारे लिख देने भर से कि अमुक तारीख़, रात दो बजकर सात मिनट पर एक रेलगाड़ी दक्षिण से उत्तर दिशा को गई। तुमने उसकी

आवाज़ सुनी। तुम उसके गुज़रने के गवाह हो। ...अमुक तारीख़... एक बजकर पैंतीस मिनट... गवाह हो–आदि-आदि लिख देने से क्या घटना नहीं घटती?

दुनिया जहान की तो छोड़ो बन्धु, यह बात उनकी पत्नी रोज़-रोज़ कहतीं। और जब कभी नहीं कहतीं तो यह भी लिख देते कि–आज पत्नी ने कुछ नहीं कहा।

उन चित्तियाए पन्नों की सुनहरी दलीलें कुछ इस तरह दर्ज़ होती थीं कि लगता था कि लिखी हुई तारीख़, लिखी हुई सुबह, लिखी हुई रेलगाड़ी से रेलगाड़ी को रोका जा सकता था या खोजा जा सकता था, छुपाई गई रेलगाड़ी को। एक सरकार का पर्दाफाश किया जा सकता था। सिग्नल के लाल बत्ती को पत्थर मारकर तोड़ने वाले पाजी लड़कों की छान-बीन हो सकती थी–रजिस्टर के सुराग़ से। सरकार उन पाजी लड़कों को छोड़ देती, बच्चे आख़िर बच्चे होते हैं यह कह कर। भय से आक्रान्त छुपे हुए पाजी लड़कों के चेहरे पर एक नई शरारत खिल उठती–मारे ख़ुशी के। भटक गए, गुम हो गए या विस्थापित हुए लोगों को देर-सवेर वापस लाया जा सकता था, हरे रंग वाले रजिस्टर के पीले, चित्तियाए पन्नों की तारीख़ पर–विदाउट टिकिट।

घटना नहीं होती, होते-होते रह जाती।

क्लर्क बाबू का रजिस्टर : खुलती हुई कथा में दर्ज़ होती रेलगाड़ी

तो शुरू करें।

श्री गणेशाय नमः। रजिस्टर का पहला पन्ना। पहले पन्ने का पहला वाक्य भी, हिसाब से खोलना पड़ता है। भोजपत्र की दशा है।

पहला पन्ना राम का दूसरा पन्ना काम का। रजिस्टर का दूसरा पन्ना, पहले से सटा हुआ। इस दूसरे पन्ने को पहले से बड़ी बारीकी से अलग करना पड़ता है। जिस पर इस वाक्य के नीचे मोमबत्ती की चुई हुई कुछ बूँदें हैं और कुछ नहीं।

तीसरा पन्ना, फटी स्याही बोकरती हुई किसी फाउण्टेन पेन से शुरू होता है। तारीख़ वाला कोण झड़ गया है।

लिखा है–

...आज मुझे बंशीवतरहाँ स्कूल में नौकरी मिल गई। मैं एक शहरी जीव हूँ। यहाँ मुझे नज़रबन्द करके लाया और छोड़ दिया गया है। अब शायद मैं कभी अपने पुराने घर नहीं जा पाऊँ। रास्ता भूल चुका हूँ।

विद्यालय के रजिस्टर में कुल एक सौ पचहत्तर बच्चे दर्ज़ हैं। आज अस्सी से बयासी लड़के आए थे। हेडमास्टर साहब बहुत अच्छे हैं और पान खाते हैं। खिड़की से बाहर थूकते हैं। मेरे आने से पहले उन्होंने मेरे लिए घर का बन्दोबस्त कर दिया था। आज मैं डायरी ख़रीदने जा रहा था–अपने लिए कि उन्होंने कहा–"क्या होगी डायरी, एक ख़ाली रजिस्टर ले लीजिए। इसी में लिखिएगा। यहाँ पड़े-पड़े सड़ ही तो रहे हैं... और नून तेल ही तो लिखना है।"

विद्यालय में कुल तीन कमरे हैं। पाँचवीं तक कक्षा है। बाक़ी और भी दो शिक्षक हैं। एक आए थे और एक नहीं आए थे। जो आए थे वे अच्छे थे। जो नहीं आए थे उनके बारे में हेडमास्टर साहब बतला रहे थे कि वे भी अच्छे हैं। विद्यालय के तीन कमरे में से दो में पाँचवीं और चौथी कक्षा रहती हैं। और एक में हेडमास्टर साहब की ऑफ़िस है जिसमें दो मेज, एक आलमारी, नए-पुराने रजिस्टर, दो कुर्सियाँ, एक घण्टी और काठ की हथौड़ी और एक हेडमास्टर साहब रहते हैं। बाक़ी की तीन कक्षाएँ महुआ, नीम और पीपल के नीचे बोरा बिछाकर रहती हैं।

जब मैं विद्यालय से घर आ रहा था, रास्ते में एक सज्जन मिले। उन्होंने रजिस्टर देखकर मुझसे पूछा–"मास्टर जी, यह क्या है?" उनके पूछने में पूछना नहीं था। बतिआना था। मैंने उन्हें सब कुछ बतलाना ज़रूरी समझा और कह दिया कि डायरी ख़रीदने जा रहा था कि हेडमास्टर साहब ने यह दे दिया। बीच में रोककर हेडमास्टर साहब ने उस सज्जन से कहा कि देखो, पहली बात तो यह कि ई मास्टर जी नहीं हैं, दूसरी यह कि यह सरकारी आदमी नहीं हैं और रजिस्टर भी सरकारी है और इस पर काम भी सरकारी होगा। इसलिए तुम ढेर माथा मत खपाओ और रास्ता नापो। फिर मेरी तरफ़ मुँह करके बोले–"ई उदई

पण्डित है। असली हरामखोर। आप इन सबसे मुँह मत लगिए और जिस-तिस से सफाई मत देते फिरिए। आप एक शरीफ़ आदमी हैं। बस..."

(इस तरह एक नामालूम-सी तारीख़ वाला एक दिन दर्ज़ हुआ था उस रजिस्टर के तीसरे पन्ने पर)

सुबह क्लर्क बाबू देर से उठे। पत्नी ने जगाया तब उठे। जल्दी-जल्दी क्रिया-कर्म करके नहा-धोकर पूजा-पाठ किया, चाय पीया। पत्नी खाना बना रही थी। क्लर्क बाबू को विद्यालय जाना था। अपने सारे नित्य कर्म से निपटने के बाद और विद्यालय जाने से पहले कुछ समय ख़ाली बचा रह गया था। इस ख़ाली समय में क्लर्क बाबू को क्या करना चाहिए पता नहीं चल रहा था। अख़बार होता तो पढ़ते। किताबें पढ़ने की इच्छा नहीं होती अब। पहले बहुत पढ़ते थे और पढ़ने के क्रम में सब कुछ पढ़ गए थे। अब कुछ पढ़ना बाक़ी नहीं रह गया था। इसीलिए शहर से आए तो कम किताबें लेकर आए–सिर्फ़ तीन। गोदान, काव्य भारती (बारहवीं कक्षा की) और तीसरी किताब आते वक़्त पटना जंक्शन से ख़रीदे थे–रानू का 'साजन'। उसे रास्ते में ही पढ़ गए थे। बाक़ी दो किताबों पर हुए हस्ताक्षर उनके कई बार पढ़े जाने के गवाह थे। यह एक आदत थी क्लर्क बाबू की कि कहीं भी हस्ताक्षर करते फिरते थे। हस्ताक्षर करते समय क्लर्क बाबू के होंठ कई तरह से आड़े-तिरछे होते थे–मारे ख़ुशी के। मन की मुराद साहब बनने की रही होगी। घर के तमाम रद्दी काग़ज़ उनकी हसरत पर कुर्बान थे। अब तो आलम यह था कि किताबों के पास आते ही मितलाई-मितलाई टाइप का कुछ-कुछ होने लगता था।

आलमारी के पास से भागे और पत्नी के पास थाली लेकर पहुँच गए।

"रोटी-वोटी बनाई हो तो दो, तब तक खाता हूँ।"

"कब तक खाओगे?"

"स्कूल जाने के बेरा तक।"

"रजिस्टर चुराकर लाए हो?"

"नहीं, हेडमास्टर जी ने दिया है।"

"स्कूल का है?"

"हाँ।"

"तब तो रोज़ ले जाना पड़ेगा?"

"नहीं, घर पर रखने के लिए है।"

"छुपाकर क्यों रखते हो तकिए के नीचे?"

"छुपाया नहीं था, सिर्फ़ रखा था।"

"टिफिन ले जाओगे?"

"नहीं, घर आ जाऊँगा।"

"टिफिन तो बना दिया है।"

"उसे ही घर आकर खाऊँगा।"

क्लर्क बाबू घर से विद्यालय जा रहे थे कि हेडमास्टर साहब दिख गए। क्लर्क बाबू ने हेडमास्टर साहब को प्रणाम किया। हेडमास्टर साहब दातुन कर रहे थे। अभी-अभी खेत से आए थे।

"अभी कहाँ जा रहे हैं, इतना सुबे-सुबे?" हेडमास्टर साहब बड़ी जल्दी-जल्दी दातुन घुमा रहे थे।

क्लर्क बाबू हकबका गए। हेडमास्टर साहब को इस तरह से दातुन करते देखना, एकबारगी भोर-भोर का सा भान होता था और क्लर्क बाबू को लगा कि वे सचमुच जल्दी आ गए हैं। फिर भी सकपकाकर बोले–''स्कूल, आप नहीं चलिएगा?"

चलेंगे, अभी तो एक घण्टा देर है। घर जाइए, एक घण्टा देर से चलिएगा। हेडमास्टर साहब कहकर नहाने चले गए।

क्लर्क बाबू को यह बात अच्छी नहीं लगी। कहीं भी एक घण्टा बाद जाना एक बात है और एक घण्टा देर से जाना दूसरी बात है।

क्लर्क बाबू पीछे मुड़ गए।

क्लर्क बाबू को घर लौटते पत्नी खिड़की से देख रही थी। दरअसल वह जाते हुए क्लर्क बाबू को देखने के क्रम में खिड़की से सटकर खड़ी थी। जब जाने के क्रम में क्लर्क बाबू दृश्य से ओझल हो गए थे ठीक तभी, एक नया दृश्य उभरा था–खिड़की के फ्रेम पर।

...दृश्य में एक स्त्री थी। साइकिल पर दो बोरियाँ लादे वह साइकिल को डुगराती हुई आ रही थी और साथ-साथ गरिया भी रही थी। दृश्य में वह जितनी क़रीब होती–गालियाँ उतनी ही स्पष्ट। बोरियाँ कभी-कभी गिरने-गिरने को हो आतीं तो साइकिल रोककर वह उन्हें ठीक करती और तेज़ गालियाँ देती। स्त्री पतली-दुबली थी। सुन्दर थी। गोरी थी। साइकिल का कैरियर पकड़कर चल रहे उसके दो छोटे-छोटे मटमैले बच्चे थे। दोनों हाथों से हैण्डल को पकड़कर जब वह चलती तो छातियाँ नीचे की तरफ़ लटक आतीं। वह ब्लाउज के नीचे कुछ नहीं पहनी थी।

दृश्य के लगभग समाप्त होते-होते, दृश्य में एक पुरुष था। पुरुष काला-कलूटा था। घुटनों तक गन्दी लुंगी पहने, औसत गति से चल रहा था। पार्श्व से आती हुई गालियों से उसकी रफ़्तार में अन्तर ज़रूर पड़ रहा था। बार-बार लुंगी उठाकर वह अपने मुँह का पसीना पोंछता तब उसका लाल रंग का अण्डरवियर दिखाई देता।

पुरुष उस स्त्री का पति होगा–पत्नी ने सोचा। पुरुष का नाम सोहन हो तब स्त्री का नाम रूपा हो सकता था।

पत्नी के ब्लाउज की काँख का हिस्सा पसीने से भीग चुका था। मुँह पर भी नमकीन बूँदें थीं–वह अभी-अभी चूल्हे के पास से उठी थी। पत्नी ने अपना साया उठाकर मुँह का पसीना पोंछा। उसका कुछ नहीं दिखा। सब कुछ दीवार से आड़ था कि क्लर्क बाबू लौटते हुए दिखे थे।

यह उस गाँव में गर्मी का कोई दिन था। जेठ-बैसाख का कोई पुराना महीना।

क्लर्क बाबू को घर लौटते देख पत्नी ने सोचा कुछ छूट गया है। कुछ नहीं छूटा था। बस...छूटने के क्रम में आने वाला 'कुछ' एक अनर्गल शब्द है। और छूटने में ही उस शब्द की मौलिकता और सार्थकता बची रहती है। पोस्ट कार्ड पर बहुत कुछ लिखना छूट जाता है। कभी-कभी तो छूटी हुई बातें संख्या में इतनी हो जातीं कि लिखी हुई बातें ही छूटी जान पड़तीं।

क्लर्क बाबू घर आए तो थक गए थे। पत्नी ने चाय बनाई तो ताजा हो गए। चूल्हे में आँच अभी बाक़ी थी। चाय पीते-पीते पत्नी से चाय-चुई वाली

बातें करने लगे–कि एक घण्टे बाद यानी एक घण्टे देर से विद्यालय जाना है।

...कि शहर में उनकी माँ थी, पिता थे, दो छोटी बहनें थीं। शादी सिर्फ़ क्लर्क बाबू की हुई थी। कि क्लर्क बाबू पहले क्लर्क बाबू नहीं थे। पहले सिर्फ़ दुलेन्दु माइती थे और उससे भी पहले सिर्फ़ दुलेन्दु–बचपन में।

पिता के पिता शान्तनु माइती की सरकारी नौकरी के एवज में इस परिवार को कुल्टी का अपना पुश्तैनी मकान छोड़कर आना पड़ा था। कुल्टी किसी बंगाल-वंगाल के किसी क़स्बाई-वस्बाई इलाक़े का कोई गाँव-वाँव था। और इधर पटना के किसी गर्दनीबाग़ के किसी विष्णुपुरी इलाक़े में जलकुम्भी से भरे बदबूदार पोखर के किनारे शान्तनु माइती ने एक दो-तीन कमरों की रहनवारी बनाई थी। तब वे सचिवालय में ग्रुप बी के कर्मचारी थे। बीड़ी ख़ूब पीते थे। दिन में दो बार दातुन करना उनकी दिनचर्या में शामिल था।

यहीं शान्तनु माइती की तीन सन्तानें जन्मीं–दो लड़कियाँ, एक लड़का। लड़कियाँ अर्थात पारोमिता माइती एवं तापुसी माइती। दोनों ने अपने-अपने ढंग की शादियाँ कीं–वहीं अगल-बगल। और लड़का अर्थात भूपेन्द्र माइती की शादी ख़ुद उनके पिता शान्तनु माइती ने कराई, मुज़फ़्फ़रपुर की एक कन्या चाँद बानू हाजरा से। बाद के दिनों में उनकी भी तीन सन्तानें हुई। तब वह दवाई की एक कम्पनी में कार्यरत थे। दो लड़कियाँ एक लड़का। बड़े दुलेन्दु थे अर्थात क्लर्क बाबू। धीरे-धीरे घर का चिराग रोशन होता चला गया...।

होंठों के ऊपर मूँछों की पाम्हियाँ आईं। आवाज़ में भारीपन आया और पटना के सिनेमाघरों में एक पर एक न जाने कितनी घोड़ों और डाकुओं से सज्जित शत्रुघ्न सिन्हा की फ़िल्में आईं।

कुर्ते के बड़े-बड़े कॉलर और कॉलर को ढँकते हुए गर्दन के बड़े-बड़े बालों वाला जमाना था। अपने मुहल्ले के पनचट्टी या चाय दुकानों के इर्द-गिर्द साइकिलें टिकाए, हर धुँधुआती साँझ गतिमान सौंदर्य निरखने का ज़माना था। तब साइकिलें तेज़-तेज़ चलती थीं।

प्रेम कर बैठे क्लर्क बाबू–हालाँकि तब लड़कियाँ बड़ी देर से पटती थीं–हार्डिंग पार्क बस स्टैण्ड में मिली एक बाला अर्थात जोइता गांधी से, जो अब

उनकी पत्नी हैं और क्लर्क बाबू बार-बार उनसे ब्लाउज खोलने को कह रहे हैं–साथ-साथ प्रयास भी कर रहे हैं। यह कहते हुए कि पसीना वाला कपड़ा देर तक नहीं पहना जाता है और बार-बार पत्नी जब अपना साया उठाकर गर्दन का पसीना पोंछती–क्लर्क बाबू ख़ुश हो जाते और भर अँकवार पत्नी की चिपचिपाई देह को पकड़ते हैं...इस्स...

घर के बाहर सड़क पर जब साइकिल की घण्टी बजी तब इस जेठ-बैसाख की गर्मी में पत्नी को राहत महसूस हुई। पत्नी ने साया उठाकर पसीने से लथपथ क्लर्क बाबू के चेहरे का सारा नमक पोंछ दिया–मुस्कुराती-सी।

पत्नी की मुस्कान में एक शर्म थी–हौले-हौले। एक शरारत थी–रफ़्ता-रफ़्ता।

मुस्कुराते हुए क्लर्क बाबू ने पत्नी की नाभि पर एक चुम्मी दे दी–गुनगुनी-सी। भूरी नाभि पर एक मुस्कान खिल उठी–नन्ही-सी।

क्लर्क बाबू बाहर निकले। हेडमास्टर साहब मुस्कुरा रहे थे। क्लर्क बाबू झेंप गए।

साइकिल के साथ-साथ दोनों पैदल चलने लगे। साइकिल हेडमास्टर साहब की थी। साइकिल के आगे-आगे एक बकरी का छौना उचक-उचककर नाचता-सा चल रहा था। क्लर्क बाबू ने साइकिल की घण्टी बजाई। वह नहीं हटा। फिर दो-तीन बार बजाई। हेडमास्टर साहब एक बुजुर्गियत भरी हँसी हँस दिए। बकरी का छौना लजा गया।

आगे जाकर पगडण्डी पर चलते हुए हेडमास्टर साहब ने कहा–"आप भी एगो साइकिल ले लीजिए।" और हेडमास्टर साहब ने बाएँ हाथ से साइकिल का हैण्डल पकड़कर दाएँ हाथ से बूढ़े बरगद को प्रणाम किया। क्लर्क बाबू भी प्रणाम किए। वे पगडण्डी से उतरकर प्राय: खेत में चल रहे थे। दो लोग पगडण्डी पर एक साथ, आजू-बाजू में बड़ी दिक़्क़त से चल पाते, तिस पर से बीच में साइकिल भी थी। आगे-पीछे चलने से बातों का क्रम टूटता है, तिस पर से हेडमास्टर साहब धीरे-धीरे बोलते थे।

"पुराना-धुराना मिलेगा?"

"रहिए उपड़ाते हैं।"

घटना को घटते देखना रोचक नहीं होता था। घट चुकी घटना को एक घटना की तरह सिलसिलेवार जानना रोमांचित कर देने वाली बात होती थी।

किसी-किसी जगह का वर्तमान अतीत के खोह से निकाले गए भोजपत्र पर लिखे किसी लस्टम-पस्टम की तरह होता था।

क्लर्क बाबू विद्यालय से घर लौटे तो पत्नी दीया जला चुकी थी। घर में दो कमरे थे और उसके बाद एक छोटा कमरा था, जिसमें पत्नी की रसोई की व्यवस्था थी। पाखाना-पेशाब की व्यवस्था पिछवाड़े के खेत में। समय दिन और साँझ के बीच झूल रहा था। बाहर दिन था पर चौखट पर रखा दीया साँझ-साँझ कहता था। घर में एक छोटा चौकोर आँगन था जिसमें सब कुछ के साथ एक हैण्ड-पम्प भी था। पत्नी उस नलके पर नहा रही थी। क्लर्क बाबू का भी मन नहाने-नहाने-सा हुआ पर नहीं नहाए। हाथ-पैर धोकर रहने दिया। पत्नी को नहाते देख क्लर्क बाबू की स्मृति के पुराने पलस्तर से कुछ झड़ता था। ...एक बार बहुत पहले जब वह सिर्फ़ दुलेन्दु थे–तब बच्चे थे और दूसरी या पहली कक्षा में रेंग रहे थे। उनको नहलाने का जिम्मा काली दी पर था। काली दी बहुत गोरी और थुलथुल थीं। सब उन्हें काली दी, काली दी कहते थे। काली दी उनके घर धोआ-पोंछा करने आतीं। दुलेन्दु अर्थात क्लर्क बाबू जब उसी पहली-दूसरी में रेंग रहे थे, तब उनकी एक बहन उनकी माँ के पेट में थी। माँ की तबीयत खराब रहती इसी बाबत काली दी को रखा गया था।

एक रोज़ काली दी जब दुलेन्दु को नहला रही थीं तब उनके ब्लाउज से कुछ गोरी उजली चीज़ झाँक रही थी और क्लर्क बाबू नंगे नहा रहे थे। अब यह जिद कि हम भी देखेंगे और सब कुछ नंगा देखेंगे। लाख समझाने पर भी नहीं माने तब माँ ने ब्लाउज खोलते हुए कहा था, "ओ! ई तो दू-दू।" फिर भी नहीं माने, तब माँ ने हँसते हुए काली दी की तरफ़ कुछ इशारा किया था। अन्ततः बाथरूम में काली दी नंगी हुई और दुलेन्दु अर्थात क्लर्क बाबू को गोद में उठा ली। तब क्या था, न जाने क्यों वे इस तरह चिहुँक-चिहुँककर रोए थे कि ऊपर की साँस ऊपर और नीचे की नीचे। बड़ा सा पेट लिए माँ दौड़कर आई और

वे नंगे इन दोनों से छुड़ाकर अपने दादा के पास आकर हिचकियों में दम भरने लगे। और इन सब वाक़यों से अनजान बाहर बैठे दादा सब पर पिल पड़े। और वही दुलेन्दु धीरे-धीरे दुलेन्दु माइती और फिर क्लर्क बाबू बनकर पत्नी को कपड़ा बदलते देख-देख मुस्कुरा रहे थे।

साँझ की नहाती पत्नी, सुबह की नहाती पत्नी से ज़्यादा मैना दिखती थी।

रात का जब तक खाना बना, क्लर्क बाबू वहीं बैठे रहे चूल्हे के पास।

"तुम्हें खाना बनाकर नहाना चाहिए था।"

"मुझे पता नहीं था।"

खाना बनाकर पत्नी छत पर चढ़ी। नीचे का सब दरवाज़ा बन्द कर, लालटेन लेकर क्लर्क बाबू पीछे-पीछे ऊपर चढ़े।

खाना खाकर पत्नी वहीं लेट गई। क्लर्क बाबू रजिस्टर खोलकर वहीं बैठे रहे। तब रजिस्टर नया था। और उस पर अच्छी-अच्छी चीज़ें लिखने की इच्छा हो रही थी। आँखें बन्द कर वह किसी अच्छे वाक्य, अच्छी बात, अच्छे कोटेशन का इन्तज़ार करने लगे। लालटेन की रोशनी में छोटे-छोटे फतिंगे उड़ने लगे। छत पर झुक आए सेमर के झुरमुटों से अभी-अभी एक चिड़िया ने चहककर चुप्पी साधी थी...।

सलमान रुश्दी की पाँचवीं शादी से लेकर मुम्बई के एक वहशी जननेता के मानसिक दिवालिएपन तक–यह दिमाग़ कहाँ-कहाँ नहीं गया पर अन्ततः वहीं आकर रुका जहाँ से शुरू होना था। कुल मिलाकर पत्नी के स्थूल शरीर के समीप सारा ज्ञान और अच्छाइयाँ कोरे गप्प लगे। अन्ततः शुरू हुआ...

...आज विद्यालय में सारे शिक्षक आए थे। और बच्चे भी बहुत थे।

दिन के बारह बजे विद्यालय में अख़बार आया। खड़ी धूप में नीम और महुआ के छाँव एकमेव हो गए थे। हेडमास्टर साहब और मैं पास-पास कुर्सी पर बैठे थे। फिर भी हमें सन्तोष था कि हम अपने-अपने पेड़ों की छाँव में बैठे हैं और वे महुआ को पढ़ा रहे हैं, मैं नीम को। ख़बर पढ़कर हेडमास्टर साहब गम्भीर हो गए। इस अजीबोग़रीब ख़बर को ज़ोर-ज़ोर से पढ़कर मुझे सुनाने लगे–"सुनिए क्लर्क बाबू, आपके साइड की ख़बर छपी है..."

...कि एक विद्वान मुख्यमन्त्री आदमी का खाल उतरवाकर उसका ढोलक बनवा रहा है और ढोलक की थाप पर काफी ऊँचे स्वर में एक राष्ट्रगीत गाया जा रहा है—वंदे मातरम्। चूँकि ढोलक एक ज़िन्दा चाम का बना है इसलिए गाए जा रहे राष्ट्रगीत से कभी-कभी कराहने की आवाज़ भी सुनाई पड़ रही है। बीच-बीच में आ रही कराहने की आवाज़ से सुर की लयबद्धता टूटती है इसलिए दिल्ली में बैठे साजिन्दों को बुलाया गया और वे लोग साथ-साथ मिलकर कोरस गीत गाते हैं।"

अख़बार माँग कर अचम्भित नज़रों से इस ख़बर को पढ़ा तो हेडमास्टर साहब पर दया आ गई। और मैंने कहा भी कि आप तो मुझे डरा ही दिए हेडमास्टर साहब, मेरा साइड तो यह है, जहाँ मैं हूँ। क्या आप मुझे इस साइड का नहीं मानते?

हेडमास्टर साहब थथमथा गए और कहे, "अरे! क्लर्क बाबू, आप तो हमें ग़लत मान गए। आपके आने से मेरा कितना गौरव बढ़ा है आप जानते हैं? मैं तो टोका फँसा रहा था। अच्छा तो फिर ये साली ख़बर कहाँ की है?"

तब मैंने समझाया, "नीचे तक नहीं पढ़े? लिखा है..."

यह उस राज्य की ख़बर है जहाँ बहुत ज़माने पहले दो बूढ़ों ने मिलकर दो कविताएँ रची थीं। एक ने जन-गण-मन लिखा तो दूसरे ने वंदे मातरम् और जब इन कविताओं को पढ़कर एक तीसरा बूढ़ा उन्हें धन्यवाद ज्ञापन करने आया तो पहले बूढ़े ने तीसरे बूढ़े को महात्मा गांधी की उपाधि दे दी।

"यह तो पहेली हो गई क्लर्क बाबू!" हेडमास्टर साहब ने कहा। और इतिहास और भूगोल के शिक्षकों को बुलाकर उस राज्य की खोज कराई गई जहाँ के दो गाँवों की ख़बर आज अख़बार में छपी थी।

विद्यालय में छुट्टी के बाद हेडमास्टर साहब से मैंने उस रेलगाड़ी के बारे में पूछा था, "जो देर रात से हमारे पैतान से गुज़रती है।"

उन्होंने बतलाया, "देर रात को दो गाड़ियाँ गुज़रती हैं—एक पैसेंजर, दूसरी मालगाड़ी। पैसेंजर सदियों से लेट गुज़रती है इसलिए हमारे कानों में देर रात को गुज़रती है और चूँकि मालगाड़ी का समय कहीं लिखा नहीं रहता इसलिए

वह चुपके से रात को गुज़रती है। आपको थोड़ी-सी असुविधा होगी पर बाद में आदत हो जाएगी।"

"आपको आदत पड़ चुकी है?"

"हमारे होने से पहले से यह रेलगाड़ी है इसलिए हमारे लिए आदत और असुविधा नहीं है।" हेडमास्टर साहब के चेहरे पर एक विजयी मुस्कान गुज़र रही थी–चुपके से।

मैंने हेडमास्टर साहब से यह नहीं बतलाया कि मुझे साइकिल चलानी नहीं आती। साइकिल वाली बात छुपा ली।

बस...

रात को क्लर्क बाबू ने एक सपना देखा। सपने में वह एक प्रायः पुरानी पर टंच साइकिल पर सवार थे। दनादन पैडल मारे जा रहे थे। उन्हें मज़ा आ रहा था। पत्नी परेशान हो रही थी।

प्रायः अलसाई आवाज़ में पत्नी ने कहा–अभी सो जाओ। मैं बहुत थक गई हूँ। क्लर्क बाबू को एक तरफ़ ठेलकर सो गई। क्लर्क बाबू जग गए।

यह एक गुज़रती हुई रेलगाड़ी की गड़गड़ाहट थी। गुज़रती हुई गड़गड़ाहट के समीप पहली बार अपनी स्थिरता का बोध हुआ–एक अपशकुन-सा बोध। छत पर झुक आई सेमर की पत्तियाँ सरसरा रही थीं। सेमर भागता हुआ-सा लग रहा था। छत रुकी हुई-सी। क्लर्क बाबू ने उठकर लालटेन की लौ तेज़ की। रजिस्टर खोलकर बैठ गए। पृथ्वी के अन्तिम छोर से गुज़रती हुई रेलगाड़ी, पृथ्वी के दूसरे अन्तिम छोर पर दर्ज़ हुई–पौने दो के रूप में। धरती के बही-खाते में यह कारनामा पहली बार हुआ था। लौ मद्धिम कर क्लर्क बाबू लेट गए। उस रेलगाड़ी के बारे में सोचते लगे जो शायद उस स्टेशन पर नहीं रुकी थी। रेलगाड़ी के भीतर से कई आँखें बड़ी बेबसी और लाचारी से बाहर झाँकती हुई-सी जान पड़ीं। ये वो आँखें थीं जिनके स्टेशन पर रेलगाड़ी नहीं रुकी थी। हड़बड़ी में जिन आँखों के पास टिकट नहीं थे। जिन आँखों की कुछ परिचित आँखें भीड़ में स्टेशन पर छूट चुकी थीं, उन छोटी-छोटी सूनी आँखों के न जाने कितने छोटे-छोटे पनियाए दुख थे।

दुखों से दुखी क्लर्क बाबू थे। जिनकी पत्नी रेलगाड़ी में बैठी थी। क्लर्क बाबू स्टेशन पर पानी लेने उतरे थे कि रेलगाड़ी ने एकाएक रफ़्तार पकड़ ली थी। क्लर्क बाबू पीछे-पीछे दौड़ने लगे। स्टेशन पीछे छूट चुका था। वे पटरियों के बीच पत्थरों पर बड़ी तेज़ी से दौड़ने लगे। आख़िर तक रेलगाड़ी इतनी दूर चली गई कि प्राय: अदृश्य हो गई। वहीं पटरी पर बैठकर क्लर्क बाबू इतने दुखी हुए कि जग गए।

रात की नींद पूरी नहीं हुई थी। जगने और सोने के बीच रात कटी थी। सपने और सोचने के मध्य। गड्डमड्ड-गड्डमड्ड।

सुबह नहा-धोकर, खा-पीकर विद्यालय पहुँचे। दफ़्तर में एक रजिस्टर का नकल करते हुए रुक गए और रात वाली घटना को तार-तार करते हुए स्वप्न और सोच को अलगाने लगे। चेतन और अवचेतन के बीच एक लकीर खींचना मुश्किल कार्य था।

विद्यालय का दिन कुछ ऐसे ही बीता था।

शाम को घर लौटते वक़्त जब हेडमास्टर साहब सिबलू की पान की दुकान पर पान खाने के लिए रुके तब हेडमास्टर साहब के साथ-साथ सिबलू ने क्लर्क बाबू को भी प्रणाम किया। यह बात क्लर्क बाबू को अच्छी लगी। लगा कि अब लोग धीरे-धीरे पहचान रहे हैं।

क्लर्क बाबू के रजिस्टर के मद्देनज़र हर रोज़ रात को रेलगाड़ियों का गुज़रना कायम रहा। उन बेबस, लाचार आँखों की संख्या में इज़ाफ़ा होता रहा। आँकड़ों का खेल बढ़ता रहा। मुँदी हुई और खुली हुई आँखों के दराज से कई रातें सरकती चली गई थीं–बिना गड़गड़ाहट के। बिना सीटी बजाए। बिना कहीं रुके। रातों के मध्य गाड़ियों की संख्या बढ़ी... चूँकि आँखों की भीड़ बढ़ी। सभी बेबस और लाचार आँखें अपने छूट चुके परिजनों के साथ एक आँख की बेबसी और लाचारी को वहीं छोड़ आगे बढ़ीं। सरकार का कारोबार बढ़ा। गाँवों में छूट चुकी लाचारी, छूट चुकी बेबसी, छूट चुकी लू, छूट चुकी बाढ़ और छूट चुकी बेबस मृत्यु के ताने-बाने से बुना एक आकाश बढ़ा। उस आकाश के नीचे हर गाँव में छूट चुके पागलों और बूढ़ों की भीड़ बढ़ी। जो नहीं बढ़ा वह

बरगद का पेड़ था–तटस्थ था। जड़ था। रजिस्टर के नष्ट हो जाने के भय से त्रस्त, वह एक साबुत गवाह था जिसके नीचे सिबलू की पान की दुकान थी। दुकान में रखे एक अख़बार के मुखपृष्ठ पर एक मन्त्री का बयान था–बयान में पचीस हज़ार करोड़ के फ़ायदे का कमाल था।

> *वैसे तो बीती हुई कथा में बहुत कुछ बीता था। गुज़र रही कथा के सापेक्ष बीतती हुई कथा कुछ इस तरह बीती थी कि वर्तमान एक चिपचिपाहट-सा लगता था।*

आए दिन खिड़की पर खड़ी पत्नी खिड़की के फ्रेम से एक नया दृश्य देखती थी। हर रोज़ एक एपिसोड की तरह गुज़रता था।

खिड़की के बाहर चल रहे दृश्यों का कोई निश्चित समय तो नहीं होता। पर बाहर के लोगों को खिड़की के भीतर का दृश्य सिनेमा की तरह लगता था, क्योंकि वहाँ दिनचर्या के साथ-साथ समय की प्रतिबद्धता थी।

बाहर के दृश्य में एक गाँव था। भीतर का दृश्य उसी गाँव में था। क्लर्क बाबू के रजिस्टर में दर्ज़ हो रहा गाँव और खिड़की के फ्रेम के बाहर के दृश्य में उभर रहे गाँव में ज़्यादा अन्तर नहीं था। भविष्य में शोध की आवश्यकता पड़ी तो रजिस्टर के साथ खिड़की का फ्रेम भी किसी शिलालेख से कम न होगा।

सो कुल मिलाकर गाँव चार भागों में बँटा हुआ था। पहला वर्ग–जो शहर से आधी-अधूरी शिक्षा प्राप्त कर गाँव की तरफ़ भागा था।

जो दूसरा वर्ग था जिसके पास शहर की अच्छी-ख़ासी शिक्षा थी। साधारण वेश-भूषा। जब आए होंगे तो साधारण नहीं रहे होंगे। हालात ने साधारण बना दिया–खैनी बड़े शौक़ से खाते हैं। आने का कारण ख़्वाब बहुत ऊँचे थे, पूरे नहीं हुए। जो है बिरले हैं, शान हैं इस गाँव के। प्राय: साहित्य और विज्ञान के धुरन्धर हैं।

गाँव का तीसरा वर्ग–जो गाँव को ही अपनी इतिश्री मानता है। रात-दिन मेहनत करना। खेती-बारी करना। अन्न खाना, अन्न पीना, अन्न ओढ़ना, अन्न बिछाना, न ऊधो का लेना न माधो का देना–हालत जस की तस है।

गाँव का चौथा वर्ग–जो गाँव की पढ़ाई-लिखाई से गाँव का पोषक है।

इसमें प्राय: सेवा से निवृत्त या निवृत्ति के कगार पर खड़े शिक्षकगण हैं। और कुछ शहरी सेवा से निवृत्त सज्जन। उन लोगों ने एक शहर में चालीस वर्ष गुजार दिए। पर क्या मजाल कि उस चालीस वर्ष में अपने मुँह से उस शहर की बड़ाई में एक भी शब्द निकाले हों। एक जगह एक मकान में चालीस वर्ष गुजारने के बाद भी कभी उसे अपना परमानेंट ऐड्रेस नहीं कहा—क्वार्टर कहते रहे। यह क्या कम बड़ी बात है। जरा उनसे पूछो कि कब उस शहर में कहीं एड्रेस लिखने की आवश्यकता पड़ी हो और उन्हें एक असमंजस का सामना नहीं करना पड़ा हो और पास खड़े फुलपैंट-शर्ट वाले से दीनता का भाव प्रकट करते हुए नहीं पूछना पड़ा हो कि यहाँ, यहाँ का एड्रेस लिखना है कि गाँव का।

और इधर ये गाँव के शिक्षकगण भी उनसे कहीं कम नहीं ठहरते। इनकी भी चातक भक्ति वैसी ही एकनिष्ठ और पवित्र है। क्या मजाल कि अपनी पूरी ज़िन्दगी में सोचना तो दूर नींद में भी शहर जाने जैसा बेहूदा स्वप्न देखा हो—बिलकुल नहीं।

ये लोग शहर की बात सिर्फ़ अख़बारों में पढ़ते और दुखी हो जाते—दुख पढ़ कर।

> *मैंने माना कि तुम्हारा शहर सोने का है; पर इनकी आँखों में वही धूल, धक्कड़, वर्षा, लू, पाला से उजाड़ और वीरान वे गाँव—पर किसी हीरे से कम तो नहीं चमकता न। तो फिर तुम्हें इतना अहंकार क्यों बन्धु?*

बस...

एक गुज़रती हुई रेलगाड़ी की दिनचर्या

कहानी की खोल में हरे रंग वाले रजिस्टर के पीले पन्नों पर बेबस, बेसब्र झिलिआई आँखों की मानिन्द शब्द कुछ इस तरह बिखरे थे मानो समय भागने की बदहवासी में इन आँखों को समेटना भूल गया हो या इन आँखों ने देखने की बदहवासी में समय को देखना मुनासिब नहीं समझा हो... यत्र-तत्र, खण्ड-खण्ड।

किसी कमज़ोर डायरेक्शन वाले सीरियल के एक भटके हुए एपिसोड की तरह बीतता था सब कुछ कि कुछ इस तरह लिखा था...

बरगद की छाँव में सिबलू की पान की दुकान। जहाँ चारों वर्गों के प्रतिनिधियों का जमावड़ा होता है। सिबलू इन चारों वर्गों का कॉमन कैरेक्टर है। उससे गाँव में कभी किसी का झगड़ा नहीं होता। वह सब की गुप्त बात जानता है। गाँव के सब बच्चे सिबलू की बड़ी इज्जत करते हैं। और उसके कहने पर कोई भी काम कर देते हैं क्योंकि सिबलू जानता है कि कौन किसके लिए बीड़ी ख़रीदकर ले जाता है।

विद्यालय से लौटते घड़ी हेडमास्टर साहब सिबलू की पान की दुकान पर रुके। साथ-साथ क्लर्क बाबू भी रुके। बरगद नंगा दिख रहा था। उस पर पत्तियाँ नहीं थीं। पतझड़ का समय था। चारों तरफ़ छाँव पसरी थी। यह साँझ की छाँव थी। बरगद की नहीं। दुकान में रखे टेप में एक रीमिक्स बज रहा था। गाना सुनकर हेडमास्टर साहब ने क्लर्क बाबू को एक लफंगई आँख मार दी। क्लर्क बाबू शरमा गए।

दुकान के पास पाँच लोग पहले से थे। सिबलू के साथ-साथ जो दुकान में घुसिया कर बैठे थे वो हरीनाम बाबा थे। जो दुकान के बाहर बरगद के सोर पर बैठे थे वह चेलाराम थे। गले में बैद्यनाथ धाम की काली मोटी माला, तन पर पीली गंजी और गमछे के नीचे तक झूलता हुआ अडरपेंट पहने दुकान के शीशे में अपना थोबड़ा निहार रहे उदई पण्डित थे। उनके कन्धे पर हाथ रखे बिरजू खड़ा था। जो सफ़ेद धोती-कुर्ता पहने दूर पगडण्डी को निहार रहे थे–कथा-वाचक सुदर्शन जी थे।

यह गाँव की साँझ थी।

जब बहुत ज़माने पहले से वहाँ बैठे-बैठे लोग थक जाते तब हेडमास्टर साहब की राह देखने लगते। हेडमास्टर साहब जब बहुत ज़माने बाद वहाँ पहुँचते तो बयार में ताजगी आ जाती।

हेडमास्टर साहब जब उन लोगों से ज्ञान-विज्ञान की नई-नई बातें करते तो उनकी हर बात सही छौंक लगती और ज़माने पहले से बैठे लोगों को ज़माने

बाद भी यूँ ही बैठे रहना कोरा निरर्थक नहीं लगता।

बहुत समय पहले–अमेरिका में एक क़लम का दाम नौ करोड़ है–कि एक घड़ी का सत्तर लाख है नाम राडो है–कि अमेरिका ने एक जहाज बनाया है जो पूरी पृथ्वी का एक मिनट में दस चक्कर काट सकता है–कि दुनिया का सबसे लम्बा आदमी अमिताभ बच्चन है।

बहुत समय बाद बहस की शुरुआत कुछ इस तरह होती जिसके मुख्य प्रवक्ता क्लर्क बाबू होते और हेडमास्टर साहब बीच-बीच में बात को स्पष्ट करते कि दुनिया में एक ऐसा यन्त्र है, जिससे सब कुछ सम्भव है। ज्ञान-विज्ञान की सारी बातों के अलावा चिट्ठी-पत्री भी सम्भव है–सेकेण्डों में–पर उसमें पता ऐसे नहीं लिखा जाता कि ग्राम–भागवत परसा, पोस्ट–चौबे परसा, जिला-भोजपुर, बिहार, बल्कि लिखा जाता है डब्ल्यू डब्ल्यू डब्ल्यू डॉट सोलह आना डॉट कॉम... डब्ल्यू डब्ल्यू डब्ल्यू डॉट माई रे तोर कहानी डॉट कॉम। कुछ भी।

बहस प्रायः यहीं से शुरू होती। अन्त होते-होते रात होने लगती और विषय कि कौन हीरोइन कितनी सुन्दर है और कितना साइज कितना...।

दुकान लगभग बन्द होने के कगार पर थी। बीड़ी, सिगरेट, गुटका, गाँजा आदि का दौर लगभग समाप्ति पर था कि अन्तिम रूप से सोहन आया था। एकदम इण्ड में।

"हमको पान नहीं खिलाइएगा माट्साहब।" सोहन नट्टी तक दारू पीकर आया था। पूरे माहौल को गन्धा दिया।

"चलिए क्लर्क बाबू।" यह हेडमास्टर साहब की आवाज़ थी।

क्लर्क बाबू अब सिर्फ़ सुपारी खाते हैं और चिन्तित रहते हैं। चिन्ता इस बात की कि एक दिन हेडमास्टर साहब ने उनसे कहा था कि स्कूल वहाँ न होकर यहीं होता तो कितना अच्छा होता। क्लर्क बाबू को यह बात अच्छी नहीं लगी थी।

हेडमास्टर साहब सोहन से बात नहीं करते। क्यों नहीं करते यह एक गुप्त बात है।

सोहन की पत्नी रूपा जिसने घर संसार की सारी ज़िम्मेदारी अपने ऊपर

ओढ़ ली थी। खाना बनाने से लेकर बाहर गाय खिलाना, गेहूँ पिसाना, बाज़ार करना, खेती-बारी करना... सब...।

सास से उनकी नहीं पटती। घर की आमदनी जो भी थी वह रूपा थी। पर वह सबकी ज़रूरतों को पूरा नहीं कर पाती। उसके घर हर रोज़ मार-पीट, गाली-गलौज दिनचर्या में शामिल थी जिसका कोई ऊपरी ठोस कारण नहीं दिखता था। गाँव के लोग और महिलाएँ चाह कर भी उसकी मदद नहीं कर पाते। जो भी मदद करने जाता रूपा की सास उसी को लगाकर रूपा को गालियाँ देती। रूपा किसी से कुछ नहीं कहती। सब से हँसकर बातें करती। घर से तिरस्कृत तो थी ही गाँव से तिरस्कृत नहीं होना चाहती थी। अपना दुखड़ा किसी से नहीं रोती। चेहरे पर उजड़ी हुई गृहस्थी की अमिट छाप हमेशा बरकरार रहती।

कुछ दिनों से वह क्लर्क बाबू के घर जाती। उनकी पत्नी से अपने बच्चों को पढ़ाने की बात कहती। दुपहरिया में पत्नी रूपा के बच्चों को रोज़ पढ़ाती।

यह रूपा थी, जिसके खुले विचार और तन के चीथड़े कपड़ों के कारण कइयों ने कई रूप में देखा था और वह क्लर्क बाबू थे, जिनके बाज़ार में नून-तेल, चीनी, मसाला, सरफ, साबुन के अलावा कठ्पेंसिल, स्लेट, भट्ठा, दवात, कॉपी, रबर आदि जुड़ता चला गया था और वे इस जुड़ने से काफी प्रफुल्लित लगते थे–पूर्ण-पूर्ण।

रूपा क्लर्क बाबू से मुखातिब नहीं होती। पत्नी से बातों के क्रम में क्लर्क बाबू को वह भाई साहब कहती। क्लर्क बाबू जब कभी रूपा के सामने पड़ जाते, रूपा अपनी गर्द साड़ी को पल्लू बनाती–क्लर्क बाबू ज़रूरत से ज़्यादा रास्ता छोड़ देते। दोनों तरफ़ से एक अभिनय होता। अभिनय सात्विक और पवित्र लगता। क्लर्क बाबू को बड़ा बनने का गौरव प्रदान होता तो रूपा छोटी होने का सुख पाती।

सिबलू बतला रहा था कि बहुत अरसा पहले एक बार सोहन ने हेडमास्टर साहब से तीस रुपए माँगे। वैसे तो हेडमास्टर साहब किसी को कुछ देते नहीं परन्तु सोहन को दे दिए। देने वाले को भी पता था कि रुपए क्यों दे रहे हैं और

लेने वाले को भी पता था कि रुपए क्यों मिल रहे हैं।

मास्टर जी इस बीच अपने रुपए का तगादा भी सोहन से किए पर उसके पास हों तब तो वो दे। दिन महीने टलते गए। एक रोज़ गाँव के पश्चिमी सीमाने से मास्टर जी कहीं जा रहे थे। खेतों में साँझ घिर आई थी। बच्चों की भूख याद कर, हाथ में हँसिया लिये रूपा लहराती हुई उसी डगर पर चली आ रही थी। मास्टर जी ने साइकिल रोक दी। रूपा भी रुक गई।

"ऐ रूपा, सोहन कई दिनों से मेरा रुपिया लेकर बइठा है।"

मास्टर जी की बात में बच्चों-सी शिकायत थी।

"मैं क्या जानूँ।" रूपा ने तपाक से उत्तर दिया।

"दे नहीं रहा।" दो आँखें एक पूरे शरीर को घूरती रहीं। आँखों से लार टपकने लगी।

"तो दिए क्यूँ थे।" यह एक बेपरवाह उत्तर था।

"सुन रूपा, तू तो दे सकती है न।" साइकिल और क़रीब आई। एक मादा गन्ध, अँधेरे के पास तक।

"मेरे पास रुपिया-उपिया नहीं हैं। जिसको दिए हो उसी से ले लो।" वह डगर पर आगे बढ़ी।

मास्टर जी ने रूपा का हाथ पकड़ लिया, "सुन तो..."

अभी इतना कहना ही था कि रूपा ने हाथ छुड़ाकर एक ज़ोरदार चटकन मास्टर जी के गाल पर रसीद कर दिया, "...दो...ग...ला... रुपिया लेगा।"

मास्टर जी सन्न। रूपा वहाँ से झटककर चल दी।

गाँव में यह बात सिर्फ़ तीन लोगों को मालूम है–एक रूपा, दूसरा मास्टर जी और तीसरा सिबलू। सिबलू पानवाला।

ऐन उसी रात सोहन नशे में धुत होकर रूपा को बहुत पीटा था। सोहन और उसकी माँ एक तरफ़, रूपा अपने दो छोटे-छोटे बच्चों के साथ–किस तरफ़ कहें, तटस्थ कह लीजिए। उसका कोई तरफ़ नहीं था।

गाँव के एक-आध लोग इस झगड़े को सलटाने गए तो रूपा की सास...। दोनों मिलकर रूपा को ख़ूब पीटे। तब सोहन का बूढ़ा बाप द्वार पर बैठकर

ख़ूब ज़ोर-ज़ोर से रोया–विलाप में ऐसा कारुणिक चीत्कार था मानो सब कुछ गलना शुरू हो गया हो।

आज वही सोहन दुकान पर खड़ा नशे में पिछली रात का एक नया अनुभव चोकर रहा था। बरगद के पेड़ से एक गिद्ध उड़ा। फड़फड़ाहट इस तरह हुई कि क्लर्क बाबू डर गए। मजलिस जमी थी। वक्ता सोहन और श्रोता चारों वर्गों के तीन-तीन, चार-चार सदस्य। भीड़ जमी थी। यह अन्तिम गाँजा बन रहा था। सिबलू सबकी सुन रहा था। पान-सिगरेट की बिक्री बढ़ रही थी। अब दुकान बन्द होने से पहले का हरिनाम बाबा का प्रश्न–अच्छा सोहन, ते अपनी बीवी से इतना मार-पीट करता है और रात को जब उसके पास जाता है तो वह कुछ बोलती नहीं है?

"..." उत्तर।

वहाँ से काफिला साथ-साथ चलेगा। रास्ते में वह सब बातें नहीं होंगी। अब सिर्फ़ हर वर्ग के प्रतिनिधि एक-दूजे पर आरोप-प्रत्यारोप तय करेंगे।

दुकान बन्द।

"सुदामा गया था कमाने, चारे दिन में कमाकर चला आया। ई सब का कमाता है पता ही नहीं चलता।" मास्टर जी शुरू किए।

"कमाता का है, वही धन मधे कठवत पोशाक मधे जूता।" उदई पण्डित सुर मिलाते हैं।

"टिकना का है, चार दिन कमाओ, आठ दिन खाओ का रोज़-रोज़ हाय-हाय करना है।" अपने वर्ग का प्रतिनिधित्व बिरजू कर रहा था।

"ई लोग का कमाएगा, टोपिए-चश्मा न। ई चेला राम हैं। भूतनाथ का नया-नया चेला हुए हैं। असली नाम मालूम नहीं।"

"ऐ चेला जी, तुम का कमाते हो बाबा जी का जूँजी।" बिरजू गरजता है। चेला जी ध्वस्त नहीं होते।

"मास्टर जी, एक बात है ई लोगन के कमाने में। जाता है सब मूँछ रखकर आता है मूँछ मुँड़ाकर।"

"ऐ चेला जी, मुँह मत खुलवाओ।" यह बात बजरंगी को लग गई थी।

नाम अच्छा नहीं था, सो बदलकर सूरज रखा था।

यहाँ घुप्प अँधेरा है। चेला जी पाँव रखे कि गिरे-गिरे मोरी में छप्प। बजरंगी चिल्लाता है, "सँभल के चेला जी, ई रेड लाइट एरिया है।"

मास्टर जी गरम हो जाते हैं। यह उसका घर है। फिर शान्त हो जाते हैं। वह जानते हैं कि बजरंगी इसका अर्थ नहीं जानता। वह दो महीने बॉम्बे रहकर आया है। यह सब वहीं से लेकर आया है। किसी को भी कह देता है कि ई रेड लाइट एरिया है।

क्लर्क बाबू सबसे पीछे सोहन को कुछ समझाते हुए चल रहे थे और वह ऊँचे स्वर में कुछ गाता हुआ चल रहा था—

हमें निज धर्म पर चलना सिखाती रोज़ रामायण।
सदा शुभ आचरण करना सिखाती रोज़ रामायण।

गाँव के बीचोबीच, चारों खाने चित्त लेटा हुआ यह चारमुहानी। यहाँ सब दुआ-सलाम के साथ विदा लेते हैं।

क्लर्क बाबू कुछ सोचते हुए घर की तरफ़ मुड़ गए–ई रेड लाइट एरिया है।

आज फिर कोई असम्भावित घटना नहीं हुई। सोहन के घर हंगामा हुआ। रोज़ की तरह गाली-गलौज। रूपा पर एक से एक अप्रत्याशित आरोप जड़े जा रहे थे। बीच-बीच में क्लर्क बाबू का नाम तिरता था। गाँव के सभी इस फसाद से बेख़बर अपने-अपने घरों में खाते-पीते सोते रहे। माहौल इसी तरह बहुत देर तक गरम रहा। फिर पूरा का पूरा गाँव ब्रह्माण्ड के एक सुप्त पिण्ड की तरह अँधेरा और शान्त...।

रात में एक रेलगाड़ी पटरी से गुज़री। गड़गड़ाहट हुई। एक चीख-पुकार के साथ रेलगाड़ी इस दिशा से उस दिशा को गुज़र गई। पत्नी हड़बड़ाकर उठ गई। क्लर्क बाबू ने लालटेन की लौ तेज़ की।

पत्नी का जगना एक अचम्भित बात थी। क्या इसे रजिस्टर में दर्ज़ किया जाना चाहिए था?

"कोई जगा नहीं?" पत्नी काँप रही थी।

"सब एक घण्टे देर से जगेंगे।" लालटेन की लौ में क्लर्क बाबू का चेहरा सिकुड़ गया था। चेहरे पर झुर्रियाँ दिखाई दीं। लालटेन की चिमनी से उठ रहा धुआँ क्लर्क बाबू के चेहरे तक पहुँचता, जिससे आँखों के नीचे काला मोटा धब्बा पड़ गया था।

"एक घण्टे देर से क्यों?" सेमर के पेड़ पर बैठी गौरेया की यह धीमी आवाज़ थी। पत्नी सेमर के पेड़ पर देख रही थी।

चूँकि उनके होने से पहले से यह सब है इसलिए उनके लिए आदत और असुविधा की कोई बात नहीं। हेडमास्टर साहब बतला रहे थे।

देखते-देखते सेमर के पेड़ पर पक्षियों ने चहकना शुरू कर दिया। क्लर्क बाबू आँच बुता दिए। गाँव के सारे लोग जग गए। सोहन के घर के सामने भारी भीड़ जमा हो गई। आकाश ने ऊपर के अँधेरे को अपनी तरफ़ खींच लिया था। नीचे के महीन अँधेरे को धरती पर लीप दिया जाता तो सूरज आकर उसे सुखा सकता था।

आकाश साफ़ हुआ तो पता चला, रूपा जहर खाकर मर गई। गाँव के सारे लोगों में एक मुखर विमर्श कि अब? जो भी जल्दी हो।

सूकर यादव के ट्रैक्टर से डीजल निकालकर दो-चार लकड़ियाँ रखकर गाँव के पिछवाड़े वाले बँसवाड़ के बीचोबीच बेहया के कुण्ड में उसे जलाया गया। उसके दोनों बच्चे अभी भी घर में सोए पड़े थे–सुबह की कच्ची नींद जो थी। तीन-चार घण्टे बाद पुलिस आई। गाँव के सारे लोग अलग हो गए। सिबलू ने क्लर्क बाबू को चुप रहने का इशारा किया–आँख मार कर। सोहन और उसकी माँ भाग गए थे। सोहन का बूढ़ा बाप गिरफ़्तार हुआ। वह रो नहीं रहा था सिर्फ़ और बूढ़ा हो रहा था। पुलिसिया टोटरम पर किसी ने ज़ुबान नहीं खोली। कुछ लोग जो हाँ-ना किए, पुलिस पकड़कर ले गई। बच्चे उठकर माँ को न देख अलकतरे से पुते किवाड़ पकड़कर बिलखते रहे। पूरे गाँव पर एक स्थिर बयार डोलती रही। क्लर्क बाबू बच्चों को घर लाना चाहते थे। पत्नी ने अभी मना कर दिया।

दिन भर पुलिस गाँव में गश्त करती रही। सिबलू सब कुछ जानता है पर

वह कुछ नहीं बोलेगा, क्योंकि सब कुछ के क्रम में वह पुलिसिया हथकण्डे भी जानता है।

एक बार वह भी जेल गया था। बखार से झूठ-मूठ के पन्द्रह बोरे गेहूँ चोरी के जुर्म में।

सिबलू के सब कुछ जानने के क्रम में यह भी शामिल था कि रूपा क्लर्क बाबू के बड़प्पन को पचा नहीं पा रही थी। जब भी उसकी सास क्लर्क बाबू के साथ रूपा का एक घिनौना और अप्रत्याशित सम्बन्ध जोड़ती, रूपा बिफर उठती। बार-बार रोती। अन्ततः धीमी आवाज़ में यही कहती कि मुझे मारो, काटो पर उस देवता को बदनाम मत करो। और उसका यही धीमा विरोध कहीं दर्ज़ नहीं होता था।

जो बात उसकी जानकारी में नहीं थी, वह सिर्फ़ यह थी कि साला पुलिस कौन बुलाया? पर शक की सुई ठीक ही थी।

आज साँझ को भी दुकान नहीं खुली। विद्यालय बन्द रहा। शाम गई, रात हुई। गाँव पर श्मशान की खामोशी बढ़ी। पत्नी छत पर सोने के लिए तैयार नहीं थी। गाँव में अभी-अभी अकाल मृत्यु जो हुई थी। क्लर्क बाबू के आँगन में रात भर लालटेन की आँच तेज़ रही। रेलगाड़ी के गुज़रने के पश्चात पार्श्व से रूपा के बच्चों के जगने की आवाज़ थी।

जब-जब भी तेज़ बयार आती लालटेन की बत्ती काँपने लगती। क्लर्क बाबू दोनों हथेली की आड़ कर उस बयार को रोक देते। गाँव के सूर्योदय होने तक उस आँच को बचाकर रखना था।

पिछली कई रातों से क्लर्क बाबू चिरागों की परवरिश कर रहे थे। पूरे गाँव के लिए यह गुप्त था। ठीक वैसे ही जैसे बिना कहीं दर्ज़ किए हर रात के पिछले पहर एक मालगाड़ी का गुज़रना–वीरानगी में गुप्त-गुप्त लगता था।

आज देर रात तक हेडमास्टर साहब क्लर्क बाबू के कउड़ा बैठे रहे।

"एक बात कहूँ हेडमास्टर साहब?"

"कहिए क्लर्क बाबू।" यह कफ के गड़गड़ाहट के साथ हेडमास्टर साहब की आवाज़ थी।

"आज तक मैंने साइकिल क्यों नहीं ख़रीदी आप जानते हैं?"

"नहीं।"

"मुझे साइकिल चलानी नहीं आती।" क्लर्क बाबू का चेहरा अँधेरे में दुखी था कि साइकिल चलानी आती तो कहीं भी जल्दी पहुँचा जा सकता था। जो ख़बर डेढ़ घण्टे पैदल चलकर किसी के पास पहुँचाई गई थी वह काम पन्द्रह मिनट में किया जा सकता था।

"इतनी छोटी बात क्लर्क बाबू!" कोई बड़ी बात कहिए।

"वह जो गाना था न हेडमास्टर साहब, नकली था, रिमिक्स। असली मैंने देखा है, पटना में।"

"कैसा सीन है क्लर्क बाबू?" आवाज़ में कफ के थूक के साथ एक चुहल थी।

"बहुत दुखी सीन है हेडमास्टर साहब, बहुत दुखी। भूपेन हज़ारिका ने गाया है, रुदाली में।" क्लर्क बाबू बीच से ही उठाकर उस गीत को गाने लगे, पूरी तन्मयता के साथ। फटती-सी आवाज़ में यह गीत स्थिर अँधेरे में सेंध-सी लगता था।

गीत के लय के साथ-साथ कहानी के दृश्य में पार्श्व से रोने का एक आरोह-अवरोह था। तभी इन दोनों ध्वनियों के ऊपर से एक रिरियाती हुई रेलगाड़ी गुज़र गई।

कहानी में यह रात के बारह का दृश्य था। क्लर्क बाबू ने उठकर रजिस्टर में उस समय को दर्ज़ किया। क्लर्क बाबू सुबह देर से उठे। पत्नी ने जगाया तब उठे। क्योंकि अब उन्हें विद्यालय नहीं जाना था। रिटायर हो चुके थे। बिस्तर पर ही पत्नी बतलाई कि रात को गणेश अपने बाप अर्थात सोहन को पीट रहा था।

तब ज़रूर रोने की आवाज़ सोहन की रही होगी, क्लर्क बाबू ने सोचा। जब इस बात को दर्ज़ करने के लिए क्लर्क बाबू तकिया उठाए तो रजिस्टर वहाँ नहीं था। बहुत छान-बीन हुई। तब क्लर्क बाबू मौन हो गए कि रजिस्टर चोरी हो गया। उन्हें हेडमास्टर साहब पर शक हुआ। रजिस्टर उन्हीं का दिया हुआ था।

लोटा में पानी लिए क्लर्क बाबू पगडण्डी से बरगद की तरफ़ चल दिए–

भोरे-भोरे। यहाँ तक आते-आते थक गए। दुकान बन्द थी। वहाँ कोई नहीं था। वहीं बरगद के सोर पर बैठ गए। रजिस्टर के गुम हो जाने पर सारी घटनाओं का बरगद एकमात्र गवाह था। जिसके सारे बड़े-बड़े पत्ते नीचे झड़ कर गिर गए थे। ऊपर छोटी-छोटी फुनगियों का पनपना शुरू हुआ था। पेड़ पर बैठे सारे पंछी नंगे दिख रहे थे–भरपूर ज़ोर से चहकते हुए।

गाँव में अब किसी भी चीज़ का गुज़रना कहीं दर्ज़ नहीं होता–समय का भी नहीं।

पंछियों को चहकते देख क्लर्क बाबू सोचने लगे कि आख़िर भोर होते ही इस बरगद की डाल पर बने घोंसले का पंछी वह पहला कौन सा शब्द कहा होगा, अपने जोड़े से कि पूरा का पूरा बगीचा ही चहक उठा पंछियों के कलरव से। कैसी आवाज़ रही होगी उसकी पूरी रात के आलस्य के साथ, एक खसखसाहट के साथ।

वहीं बैठे-बैठे बरगद के नीचे माटी पर एक तिनके से क्लर्क बाबू ने एक शब्द दर्ज़ किया। सिर उठाया तो सिबलू दूर से आता दिखा अपनी दुकान की तरफ़। घुटनों पर दोनों हाथ रख क्लर्क बाबू उठ खड़े हुए। लोटा का पानी लिये। आगे बढ़ चले।

सिबलू वहीं आकर खड़ा हुआ जहाँ से क्लर्क बाबू उठकर गए थे। सिबलू देर तक उन्हें जाता देखता रहा। वह उस माटी पर लिखे शब्द को पढ़ने वाला गाँव का पहला व्यक्ति था जिसे क्लर्क बाबू अभी-अभी लिख गए थे—

बसन्त

बारिश की रात छुट्टी की रात

यह कहानी को सच बनाने की कवायद नहीं, बस... कहानी को कहानी बनाए रखने का दुस्साहस है।

यह सीधे-सीधे दुनियादारी की छौंक थी।

प्रोफ़ेसर दिल्ली के नहीं, दिल्ली जैसे ही एक शहर के रहनवार थे। जिस तरह दिल्ली भारत की राजधानी है, वह शहर भी अपने राज्य की राजधानी था। उस शहर में दिल्ली जैसी हर बात नहीं थी, मसलन कि उस शहर का नाम दिल्ली नहीं था। मसलन कि उस शहर के लोग जब अपने सम्बन्धियों को पत्र लिखते तब अपने पते में शहर का नाम दिल्ली नहीं लिखते। कुछ लोग पोस्ट-कार्ड पर अपना पता भी नहीं लिखते। उस शहर का नाम भी नहीं लिखते। बावजूद इसके वे सब लोग उस शहर में रहने वालों की तरह रहते। चिट्ठी में जिस तरह पता नहीं होता, उस तरह वे उस शहर में नहीं होते।

प्रोफ़ेसर उसी शहर के एक महाविद्यालय में बच्चों को बायोकेमेस्ट्री पढ़ाते थे। वे अपने विषय की गहराई में जिस ऊँचाई पर थे, कला की गूढ़ता वहाँ महज एक परछाईं थी। ईश्वर में विश्वास रखने वाले एक दार्शनिक ने ईश्वरीय तिलिस्म को बचाए रखने की खातिर, ईश्वर को सूक्ष्म के रूप में पारिभाषित कर, विज्ञान और साहित्य को यह कहकर अँगूठा दिखा दिया था कि तुम चाहे जितना मुँह मार लो उस सूक्ष्म को पकड़ने में अन्ततः तुम्हारे हाथ जो लगेगा

वह क्रमशः पदार्थ होगा या शब्द। यह बात उस दार्शनिक ने लगभग शाप की मुद्रा में कही थी। पर उस रंगमंच के सामने लगभग पिछली कुरसी के अँधेरे में अपने मित्र दीपक काण्डोइ के साथ बैठे प्रोफ़ेसर के हाथ जो लगा था–वह न पदार्थ था, न शब्द।

शरीर के एक-एक पुरजे को संकेत और उसके रसायनिक नामों से देखने और जानने के अभ्यस्त प्रोफ़ेसर के सामने चेतना पणिकर, जब उनके लिए, सिर्फ़ उनके लिए, छुईमुई की पत्तों-सी लरजती हुई मुस्काई थी और एक झाँझर परदे की तरह तार-तार होकर शंखचूर्ण-सा नीला जो प्रोफ़ेसर के अन्दर झड़ा था, वह क्या था–जिसमें जीवन के असंख्य पन्ने एक साथ अण्डरलाइन हो गए थे?

इतिहास को फुरसत मिलती और तारीख़ों को अपने मनमाने ढंग से प्रयुक्त हो जाने की मोहलत, तो इस कहानी के लिए नवम्बर की एक तनती शाम का ज़िक्र ज़रूर होता। उस तनती शाम में एक अनाम शहर का ज़िक्र होता। उस अनाम शहर के उस इकहरी शाम में एक सफ़ेद, पतली, पगडण्डीनुमा नदी और उस नदी पर बने एक पुराने पुल का ज़िक्र ज़रूर होता। और उस शब्द का भी ज़िक्र ज़रूर होता जो उस शहर की इकहरी शाम में उस पतली नदी के पुराने पुल पर चेतना पणिकर ने प्रोफ़ेसर के होंठों पर कहे थे। ऐन उसी पल के इतिहास में चाँद बादलों में छिपा होता, पुल ने एक सपना देखा होता, नदी लजाती-सी बहने लगी होती।

तब शायद थ्री-क्वाटर जींस की फैशनपरस्त लड़कियाँ इतिहास को छिः! सो बोरिंग नहीं कहतीं।

प्रश्न : यह डगर कथापुर को जाएगी?

उत्तर : डगर किनारे एक भरा-पूरा तालाब होगा। भरे-पूरे तालाब किनारे एक हरे-भरे पाकड़ की छाँव होगी। जहाँ बैठा एक उदास बूढ़ा भर दुपहरी मछली मार रहा होगा। हाँ, यह डगर कथापुर को जाएगी।

प्रोफ़ेसर के बचपन का नाम मेघू था। यह नाम उनके पिता के पिता नलिन

विलोचन भौमिक ने रखा था। मेघू औसतन बच्चों की तरह ही चंचल और दयालु थे। मेघू जब पाँच वर्ष के हुए तब उनके पिता असीम भौमिक पास के प्राइमरी स्कूल में उनका दाखिला कराने ले गए। हेडमास्टर के पूछने पर असीम दा ने जब बेटे का नाम मेघनाद भौमिक बतलाया तब हेडमास्टर–जिसका नाम ....बनर्जी जैसा कुछ था–ने एक उपदेशात्मक ग़ुस्सा दिखाया "कि आप पढ़े-लिखे लोगों को हो क्या गया है। बच्चे का नाम राक्षस-दानव के नाम पर रखते हैं और दुर्भाग्य कि उस नाम के साथ स्कूल तक चले आते हैं।" ऐसा ही कुछ कहा था हेडमास्टर ने।

बड़ा बाज़ार में छह बाई आठ की एक कपड़ा दुकान के मालिक असीम भौमिक को उस दिन पहली बार खयाल आया कि बेटे का नाम तो राक्षस-दानव के नाम पर हो गया है। वह पहली ही बार था जब असीम भौमिक को अपने पिता नलिन विलोचन भौमिक पर बहुत ज़ोर की दिक आई थी।

असीम दा को बेटे के भविष्य की चिन्ता हुई। उन्होंने अपना स्कूटर स्टार्ट किया। मेघू स्कूटर की पिछली सीट पर बैठ गए। स्कूटर के छोटे पहियों के नीचे एक रोड़ा भी आता तो असीम दा को अपने पिता पर दिक आती। स्कूटर की बैट्री डाउन होने से सीटी रुक-रुककर धीमी बजती थी। मछली बाज़ार में ख़ासी भीड़ थी। स्कूटर के बहुत पास आ जाने पर लोग धीरे से अगल-बगल हटते थे, इस पर असीम दा को और दिक आती। झल्लाकर बोलते। लोग उन्हें घूर-घूरकर देखते। सबके झोले में दो-दो किलो महँगाई थी। सबकी जेब में दस-दस रुपए का ग़ुस्सा था।

हाथी बाज़ार से कभी-कभार गुज़रता था। उसके गुज़रने पर लोग दूर-दूर तक अगल-बगल हो जाते थे। कुछ लोग हाथी को प्रणाम करते, कुछ सिक्का चढ़ाते, कुछ उसके सूँड़ पर केला रख देते। हाथी में सीटी नहीं बजती, स्कूटर जितनी आवाज़ भी नहीं होती, फिर भी पूरे बाज़ार में पेट दर्द जितनी मीठी और धीमी भगदड़ मच जाती थी। हाथीवान हाथी की भीख की कमाई खाता था। हाथीवान को किसी पर दिक नहीं आती थी। वह सबको प्यार से ताकता था।

स्कूटर हाथी नहीं था।

तब की बात है, जब रामानन्द सागर ने रामायण सीरियल नहीं बनाया था। लोगों के अन्दर दानवों, राक्षसों के बारे में अपनी तरह से सोच लेने की आज़ादी थी–एक पूर्वग्रह रहित सोच।

अँधेरे में बरगद का पेड़ बड़ा राक्षस लगता। स्कूटर पर चलते-चलते असीम दा के मस्तिष्क में तीस-चालीस फुट लम्बे-चौड़े ऐसे दानवों की तस्वीर बनती जैसा कि अक्सरहाँ तिब्बती लोक-कथाओं के पात्र होते बड़े-बड़े बाल, गन्दे पीले बड़े-बड़े दाँतों वाली ऐसी आकृति कि स्कूटर का हैण्डल काँप जाता। असीम दा स्कूटर के लुकिंग ग्लास से चुपके से मेघू को झाँक लेते कि कहीं पीछे बैठे-बैठे वह दानव तो नहीं बन गया। आधा मुँह खोले मेघू धूल, गर्द, धूप से आँखों को मीचे, चुपचाप पिछली सीट पर बैठे होते, पिछली किसी भी बात को नहीं समझ पाने की असमर्थता में–अपने दाहिने कन्धे पर सिर टिकाए, पीछे सरकते दुकानों को देखते हुए। यही वह समय था जब मेघू के मन में पहली बार स्कूटर चलाने का खयाल आया था। अधखुले मुँह में धूल-गर्द पड़ जाने से ऊपर-नीचे के दाँतों को सटाने पर किरकिरी होती थी। बार-बार थू-थू करते। थू-थू करते देख असीम दा को और दिक आती।

यदि रामायण सीरियल बना होता और उसमें मेघनाद की भूमिका निभा रहे, लम्बे, छरहरे, गोरे और सुन्दर नवयुवक विजय अरोड़ा को असीम दा ने देखा होता–जो कहीं से भी मानवेतर नहीं दिखता था–तो शायद उतनी दिक न आती। सीरियल का पूर्वग्रह हावी होता।

स्कूटर खड़ाकर, असीम दा मेघू का हाथ पकड़कर अपने पिता नलिन विलोचन भौमिक के पास ले गए और वहाँ जाकर पिता के सामने मेघू का हाथ झटक दिया। कपड़ा दुकान से रिटायर पिता ओसारे में चौकी पर बैठकर भुट्टा खा रहे थे। क्षण भर के लिए नलिन दा अचकचा गए–"क्या हुआ?" उनके मुँह पर भुट्टे के रेशे सटे थे। होंठों के आस-पास जहाँ-तहाँ भुट्टे की कालिख लगी थी और दाँतों के बीच भी जहाँ-तहाँ भुट्टे के पीले-काले दाने सटे थे। उस समय नलिन विलोचन बूढ़े राक्षस से लग रहे थे। असहाय राक्षस।

"क्या हुआ, क्या। साला हेडमास्टर बेइज्जत करके भगा दिया, यही

नाम मिला था राक्षस दानव का–मेघनाद" कहकर असीम दा आँगन में चले गए। मेघू वहीं खड़े रहे और कुछ-कुछ बातें समझने की कोशिश करते रहे और अन्ततः जो समझ पाए उसका सार बस इतना-सा था कि किसी साला हेडमास्टर ने पापा और दादा दोनों को एक साथ राक्षस बोला है और भगा दिया है। इस पर वे और नहीं सोचे, बस इस प्रतीक्षा में वहीं अड़े रहे कि अब दादा बाक़ी का भुट्टा उन्हें दे दें।

और दादा थे कि धीरे-धीरे कुछ बुदबुदाए जा रहे थे, जिससे मेघू का कोई लेना-देना नहीं था "कि...मैंने तो वैज्ञानिक मेघनाद साहा..."

"आप ख़रीदकर लाए?" मेघू ने पूछा

बूढ़ा राक्षस डोल गया, "खाएगा?"

"हूँ।"

"ले।"

"आपके मुँह में भुट्टे का मूँछ सटा है।"

"किधर?"

"ऊपर।"

"किधर ऊपर?"

"ऊपर-ऊपर, बहुत ऊपर," कहता हुआ मेघू आँगन की ओर भाग गया।

अगले दिन, असीम दा स्कूटर पर बैठाकर मेघू को स्कूल ले गए और शहर के सबसे बड़े बिस्कुट कम्पनी के मालिक कंचन बड़जात्या के नाम पर बेटे का नाम कंचन भौमिक लिखा दिया।

नलिन विलोचन भौमिक को दुबारा दुख तब हुआ, जब लगभग चार-पाँच दिन बाद, नीली शर्ट और छाई रंग के हाफ पैंट में छोटे-से कन्धे पर बड़ा बस्ता झुलाए, शाम के वक्त, गुमसुम मेघू, ओसारे से होते हुए आँगन की तरफ़ जा रहे थे। मेघू को आते देख नलिन दा जेब से पंचपइसी लेमनचूस निकालकर पास ही चौकी पर रखकर दूसरी तरफ़ ताकने लगे कि जब वह नज़रें बचाकर उसे चुराने की तरह उठाएगा, तब दादा उसे पकड़ लेंगे। पर वह उसे देखा तक नहीं और जाने लगा। दादा ऐन मौके पर उसे बुलाए थे–

मेघू। और वह पलटकर थूकने की तरह कहा था–मेरा नाम मेघू नहीं, कंचन है। तब नलिन दा को लगा मानो वह कह रहा हो कि मैं तुम्हारा पोता नहीं... आदि-आदि। नलिन दा को कुछ ऐसा ही लगा था। यह बिस्तर की चादर जितनी आसान बात नहीं थी कि बदलकर सामने वाले को सरप्राइज दिया जा सके। चौकी के हिलते पाए में कील ठोकने की बात तक भी सबको एक साथ पता रहती थी, और यहाँ...

दादा दुखी-दुखी और पोता उदास-उदास रहने लगे।

और तब मेघू अर्थात कंचन-भौमिक की पढ़ाई शुरू हुई।

पढ़ाई के नाम पर वह दादा से इतिहास की मनगढ़न्त कहानियाँ सुनते और अपने नाम से नाख़ुश रहते। इस तरह उन्हें अब अपने पिता पर दिक आती।

दिक़्क़त यह कि स्कूल के सभी बच्चे इनके नाम का उच्चारण लड़कियों के नाम-सा करते। मेघू अर्थात कंचन भौमिक को अब सब पर दिक आती। सबसे नज़रें बचाकर स्कूल में घुसते, क्लास की पिछली बेंच पर बैठते, किसी से कुछ नहीं बोलते, अकेले टिफिन खाते और छुट्टी होते ही सबसे पहले घर भाग आते। घर आने पर ज़्यादातर घर में ही रहते, बाहर खेलने भी नहीं जाते। बाज़ार नहीं जाते। घर के बाहर कभी दुआर पर बैठते तो इधर-उधर ताकते रहते, कोई भी बच्चा बाहर दिख जाता तो वे चुपके से घर के अन्दर चले जाते। अब पिता भी इस नाम से बुलाते तो मेघू अर्थात कंचन भौमिक सिहर उठते। धीरे-धीरे वे अपने लिए एक जगह तलाशने लगे, जहाँ इस नाम से उन्हें कोई न जानता हो–एक अनाम जगह, एक अनाम शहर।

इस तरह कक्षा आठ तक जाते-जाते कंचन भौमिक अन्तर्मुखी हो गए। पढ़ाई में कमज़ोर होते गए। उनकी सेहत भी कमज़ोर होती गई। जब वे बहुत दुबले, कमज़ोर और बीमार रहने लगे तब दादा नलिन विलोचन भौमिक को उनकी चिन्ता हुई।

अब दादा उनकी अच्छी सेहत के लिए उन्हें शहर के हर बड़े डाक्टर के पास ले जाते और अपनी तरफ़ से उनकी ख़ुशी के लिए हर तरह की ज़ोर-जुगत करते, मसलन बाज़ार ले जाते, ऐतिहासिक कहानियाँ सुनाते, साइकिल चलाना

सिखाते और कभी-कभी बन्दरों-सा गुलाटी मारकर अपने पोते को दिखलाते।

अन्तत: कक्षा आठ तक जाते-जाते भी इतिहास के बारे में उनकी जानकारी बस इतनी ही थी कि इनसान पहले बन्दर था और नंगा रहता था।

तदुपरान्त वही कोई साल रहा होगा जब दुनिया में कोई विशिष्ट घटना नहीं घटी थी। उस समय के इतिहास में बस जेठ की दुपहरी का उजास फैला रहता था। भरी दुपहरी में एक भरा-पूरा तालाब होता था। शेष अन्य का रूप एक बन्द रूप होता जबकि खुला मैदान सभी ओर से खुला होता है–भरा-पूरा तालाब शेष अन्य नहीं होता। चारों तरफ़ से खुले उस भरे-पूरे तालाब के किनारे एक हरा-भरा पाकड़ का पेड़ होता था। और उसी हरे-भरे पाकड़ की छाँव में, दादा नलिन विलोचन भौमिक पोते के साथ हर दुपहरी भरे तालाब में मछली मार रहे होते। उसी तालाब में मेघू को डूबकर मर जाने का मन करता। यह सोच आते ही मेघू डर जाते और किनारे से थोड़ा और दूर हटकर दादा के पीछे खड़े हो जाते। किनारे से थोड़ा और पीछे हटने में पाँव से लगकर एक ढेला तालाब में लुढ़क जाता। मछलियाँ हरक जातीं। दादा को दिक आती। दादा मेघू को घूरते। मेघू को भी दिक आती और ऐन उसी क्षण फिर डूबकर मर जाने का खयाल मन में आता और वे तालाब में जान-बूझकर एक ढेला फेंक देते।

उसी किसी निर्विघ्न साल की एक अनमने दोपहर में मेघू अर्थात कंचन भौमिक किसी कक्षा में फेल हो गए। फिर उसी कक्षा में जब वे दुबारा फेल हुए तब नलिन दा को दुबारा दुख हुआ और दूसरी तरह की चिन्ता हुई।

नलिन विलोचन भौमिक स्कूल के हेडमास्टर से मिले और समस्या पर गहरी और दुखी बातचीत हुई। स्कूल के हेडमास्टर विमल विश्वास (... बनर्जी जैसा कुछ रिटायर हो चुके थे) ने समस्या को गहराई से परखा और लड़के की इस दब्बू, एकान्त, अन्तर्मुखी और मन्द-बुद्धि वाली समस्या का कारण उनके नाम में खोज निकाला और कंचन भौमिक को अगली कक्षा में प्रोमोट कर उनके नाम के आगे 'तप्त' जोड़ दिया गया। नाम–तप्तकंचन भौमिक।

जगह मिलने पर विश्राम लिया जाएगा

इतिहास की एक सफ़ेद शीतोष्ण रात, जहाँ कुछ न हो रहा हो, कुछ न घट रहा हो की एक ऐसी दुनिया, जिस पर इतिहास ख़ुद रश्क करता हो। माना-जाना चाहिए कि दिन और रात के करिश्मे में सूरज, चाँद और धरती का महज व्याकरण नहीं एक गौरैये की धड़कन और स्पन्दन और गर्माहट का भी तिलस्म होता है। इतिहास के गेंण्डे जैसी मोटी चमड़ी पर जहाँ गांधी, नेहरू, चर्चिल, हिटलर, मुसोलिनी, बेंजामिन, अमिताभ, रोनाल्ड, सचिन जैसे नाम मोटे और खुरदरे अक्षरों में छापे गए थे। वहीं इतिहास का दूसरा फेज सोलह लेज का कबूतर था, जिसमें घण्टों उड़ने की क्षमता थी–बिना थके, बिना रुके। उनके पंख सफ़ेद थे। आसमान खुला गहरा नीला था। विज्ञान का एक बहुत बड़ा समय उन कबूतरों की रेंज पर टिका था। कहते हैं कि एक अनुसन्धान में उनके पंखों की लम्बाई आधे आसमान तक बताई गई थी और माना गया था कि विज्ञान और दर्शन ने एक समय के लिए अपनी समूची ताकत इन कबूतरों के पीछे भागने में गँवाई थी।

उन कबूतरों की विशेषता थी कि उन पर दुनिया के तमाम जायज विशेषण सही फिट बैठते थे। अपनी चाल और उड़ान से किसी को भी सम्मोहित कर लेने की क्षमता उनमें अद्भुत थी।

धीमे चलें, यहाँ एक सुखद दम्पती का वास है

कहानी में बहुत दिनों बाद टालीगंज के एक फुर्सताह इलाक़े में गोल आँगन वाला एक ईंटदार मकान था, जिसमें एक दम्पती का वास था। मकान में तीन कमरे थे। एक रसोई-घर और एक शौचालय था। तीनों कमरों के सामने एक गोल आँगन था। आँगन में बहुत कुछ के अलावे एक हरे रंग की खिड़की थी। खिड़की में पल्ले थे, ग्रिल नहीं थी। अलावे में एक नलका था और चार पेड़ थे। जिस तरह पेड़ों के नाम आम, नीबू, सुपारी और नारियल थे ठीक उसी तरह दम्पती का नाम तप्तकंचन भौमिक और चेतना पणिकर था। पत्नी की हँसी से पूरा घर लिपा-पुता लगता था। घर की हर दीवार का रंग अलग था।

पत्नी के पास हर रंग की हँसी थी। पत्नी के कमरे की उत्तरी दीवार पिस्ता-ग्रीन में थी। दीवार की बाईं ओर स्लेटी फ्रेम में दम्पती का हँसता फोटोग्राफ था। पत्नी की बैंगनी हँसी फोटोग्राफ में ख़ूब फबती थी। शाम, दोपहर, रात, सुबह की अलग-अलग हँसी। पत्नी की हँसी से तप्तकंचन भौमिक रंग, गन्ध, समय और मौसम का पता लगा सकते थे। मौसम में, पत्नी को पतझड़ की हँसी नहीं आती थी। इस तरह घर में उस किसी भी चीज़ का अनावश्यक प्रवेश निषिद्ध था, जिसकी हँसी पत्नी को नहीं आती या जिसका अर्थ प्रोफ़ेसर नहीं जानते थे। प्रोफ़ेसर अर्थात तप्तकंचन भौमिक और चेतना पणिकर अर्थात चेतना पणिकर।

मसलन आप उस पते पर पहुँचे तो वहाँ एक घर था। घर घर की तरह था, पोस्टर नहीं था। घर में एक पत्नी पत्नी की तरह थी, इतिहास नहीं थी। पत्नी की हँसी हँसी की तरह थी, पूर्वाग्रह नहीं था। घर में मेहमानों के लिए बतासे बतासे की तरह थे, उपदेश नहीं थे। इस तरह दो सौ छह नम्बर टालीगंज के एक फुर्सताह इलाक़े के एक गोल आँगन वाले ईंटदार मकान में बहुत कुछ के अलावे एक सुखद दम्पती का वास था। जामुन का गाछ नहीं था।

अस्तित्ववाद के एक महान कहे जाने वाले दार्शनिक, जिसने पूरे पश्चिम को एक समय के लिए किसी गहरी अन्धी ड्रेन में ढकेल दिया था। उसकी जानकारी में बस दो चीज़ें थीं, एक कि वह कुरूप है और दूसरी कि कई असफल प्रेम के बाद एक लड़की से प्रेम करता है। वह प्रेम के अलावे जो करता, उसे दर्शन कहता था। इस अलावे के शब्दार्थ में वह शुरू और अन्त का फासला नहीं जानता था और न ही मानता था। और इस नहीं जानने के शब्दार्थ में ही उसके दर्शन का संसार बसता था–कि किसी भी रचना को कहीं से भी शुरू कर, कहीं भी ख़त्म कर देने की आज़ादी उसके पास है। मसलन किसी का अन्त ही उसकी शुरुआत हो जैसे कि गणित में लँगड़ी भिन्न होती है।

ख़त्म भी ऐसे कि कभी शुरू ही न हुआ हो।

डगर की बाईं ओर एक बूढ़े रंग के आदमी की परचून की दुकान पर किसी पुराने रंग का साइन-बोर्ड-पुरुष अहेरी की स्त्रियाँ अहेर हैं।

यह मौसम बदलने का शुरुआती असर था। पत्नी की हिदायत में छाता तथा हँसी में तुलसी और काली-मिर्च का काढ़ा शामिल हुआ था।

प्रोफ़ेसर रात को जब परेशान होते, उन्हें नींद नहीं आती। अलमारी से बिस्तर तक अनेक किताबों के बीच वे एक अजीब नशे का शिकार होते–शिकार नहीं, शिकारी होते। कमरे के दरवाज़े फर्श से रगड़ खाते थे। इस सावधानी से पल्लों को सटाते कि आवाज़ नहीं होती। इस तरह वे फर्श को धोखा दे देते। लाइट बुझा देते और कमरे के घुप्प अँधेरे में एक बाघिन का इन्तज़ार करते। बाघिन का इन्तज़ार, नींद के पहले नींद के इन्तज़ार जैसा होता। मौसम बदलने की तरह बाघिन घण्टों बाद दरवाज़े से अन्दर आती–जिसमें कोई आवाज़ नहीं होती। इस तरह वह अँधेरे तक को धोखा दे देती। पर वे उसकी महक से जान जाते। सूई की आँख से उसकी हर गतिविधि पर नज़र रखते। बाघिन इधर-उधर उन्हें ढूँढ़ती पर वे नहीं मिलते। अन्ततः एक पुरुष गन्ध को पाकर बाघिन बिस्तर पर पैताने से चढ़ती। इससे पहले कि बाघिन उन्हें सूँघे, वे एक चादर उस पर डालकर उसे अन्धा कर देते। घण्टों इन्तज़ार में उनकी आँखें अँधेरे की अभ्यस्त हो चुकी होतीं पर बाघिन अभी अभ्यस्त नहीं हुई होती कि अचानक हमला...। वह पहली बार चित हो जाती। चूँकि बाघिन शातिर होते हुए भी एक लोचदार जानवर है–जैसे कथकली नृत्यकला होते हुए भी एक नाट्य विद्या है। इसलिए बाघिन चित होते हुए भी पट हो सकती है। और चूँकि बाघिन लोचदार होते हुए भी एक दबोच लेने की ताकत है, उन पर वार करती। दाँत काटने में विफल हो जाती, पर उसके चाटने और खरोंचने का गुनगुना रोमांच रात के आख़िरी पहर तक कायम रहता।

कमरे में एक नर-मादा का युग्म-रक्तचाप अँधेरा उतारे गए वस्त्र-सा पैताने पड़ा रहता–चुपचाप...कि जैसे प्रियदर्शन की फ़िल्में शुरू होती हैं–बेआवाज़। ऊर्जा का अन्तिम टेक और बाघिन बिना ग्रिल के खिड़की से बाहर कूद जाती (ध्यान रहे यहाँ खिड़की एक फैण्टेसी है) दरअसल होता यूँ था कि दोनों पसीने

से लथपथ साँसों को सन्तुलित करते और सो जाते।

बारिश के दिन अलग से नहीं होते, जिस तरह इतवार अलग से छुट्टी का दिन होता है। रात के सोए में बारिश गिरती तो रात छुट्टी की रात लगती। बारिश रात को होकर गुज़र गई थी। फिर भी रानी मुखर्जी टाइप आवाज़ की तरह भोर खसखस लग रही थी।

पत्नी से पूछने पर वह हँस दी। पत्नी की हँसी में सिनेमाई महक थी, जिसका मानी था "नहीं तो न्नाह, बारिश कहाँ हुई थी।" पत्नी रात की हर वारदात को जानती। पत्नी हर बार सुबह की साजिश में शामिल होती।

इस तरह एक मेहनती रात वाली सुबह प्रोफ़ेसर ख़ुद को थका-थका पाते। सोए-सोए ही आँखें खोलकर कमरे की हर चीज़ को कई बार दुहराए हुए की तरह देखते। कमरे की हर चीज़ यथावत दिखती कि जैसे रात को कुछ हुआ ही न हो। फिर वे तकिए में मुँह छिपाकर आँखें बन्द कर लेते। चौकी के नीचे उन्हें किसी खटके का बोध होता। उन्हें लगता कि सपना देख रहे हैं। वे चौकी के नीचे झाँककर सपने को देखते। पत्नी फिनायल से घर पोंछ रही होती। बाघिन की गन्ध के ऊपर फिनायल की गन्ध तिर जाती। पत्नी ताक कर, तुम नहीं सुधरोगे वाले भाव में मुस्कुरा देती। वे झेंप जाते।

सोए-सोए ही वह तारीख़ वाले कैलेण्डर पर नज़र डालते। तीन महीना अर्थात इक्यानवे-बानवे दिन एक साथ दिखाने वाले उस पन्ने पर ऐसे उलझते कि नहीं सोच पाते कि आज की इस थकान वाली समूची सुबह को तारीख़ के किस कोठे में एक टिकुली की तरह साट दें। पत्नियाँ चौखट पर टिकुली साटती हैं। सप्ताह में वे तीन बार दाढ़ी बनाते थे। उन्होंने सोए-सोए ही दाढ़ी पर हाथ फेरा। नहीं पता चला कि दाढ़ी कब की है। कल की होती तो आज वृहस्पतिवार होना था, अन्यथा शनिवार। वह उठकर सीधे पत्नी के पास रसोई में चले गए। पत्नी चूल्हे के पास बेगुनाह की तरह खड़ी थी। उन्होंने पूछा–दाल बन रही है क्या? जिसका मानी था, दाढ़ी बढ़ गई है क्या? अर्थात आज कौन सा दिन है? पत्नी ने गोल-गोल उत्तर दिया कि राजनीति बहुत गन्दी हो गई है + एस.एम. एस. पैक ख़त्म हो गया है + मेरा पति मेरा देवता है = तुम बहुत सुन्दर हो।

वे चिढ़कर बाथरूम चले गए और दरवाज़ा बन्द कर ज़ोर से चिल्लाए, बिना हिसाब के तुम भी बहुत सुन्दर हो।

पति को चिढ़ते देख पत्नी एक टेढ़ी हँसी हँस दी कि जिस प्रकार जनवरी वर्ष का प्रथम तथा नवम्बर वर्ष का अन्त से पहला महीना है, उसी प्रकार रविवार सप्ताह का प्रथम तथा शुक्रवार सप्ताह के अन्त से पहला दिन है। अर्थात आज शुक्रवार है।

इस तरह वे दिन के अनुमान से तारीख़ के अनुमान तक पहुँच जाते। बाथरूम से फ्रेश होकर निकले। नाश्ता किए और टिफिन बैग में लेकर आँगन में निकल गए। आँखें मूँदकर आँगन में तीन मिनट तक खड़े रहे कि किसी देवता को गुहरा रहे हों–दरअसल उस समय वे भूली हुई चीज़ों को याद कर रहे होते, और बैग में रखा नोट्स, उन्हें भूली हुई चीज़ की तरह याद आता। पत्नी की तरफ़ ताकते। नोट्स बैग में ही रखा है–पत्नी याद दिलाने की तरह हँस देती। नारियल के गाछ पर बैठा कौवा काँव बोला। घर से निकलते घड़ी कौवा का काँव बोलना, पत्नी अपशगुन मानती थी। पत्नी ने कौवा को झूठ-मूठ ढेला मारने के लिए सचमुच का हाथ उठाया। कौवा झूठ-मूठ उड़ने के लिए सचमुच का पंख फड़फड़ाकर वहीं बैठा रहा। नारियल की गाछ की ऊँचाई एक आदर्श और सुरक्षित ऊँचाई होती है, जहाँ तक पत्नियों की गालियाँ तो जा सकती हैं, ढेला नहीं। कौवा तो फिर भी एक चालाक पक्षी है (कोयल के अण्डे सेने वाली कहानी को छोड़ दें तो भी)। कौवा फिर काँव किया। पत्नी ख़ुश हो गई। जब कौवा दुबारा बोलता है तब पहले वाला अपशगुन मिट जाता है–यह पत्नी का दूसरा अन्धविश्वास था।

सावधान! कहानी में आगे मोड़ है

उस दिन महाविद्यालय बन्द होने की तरह खुला था। महाविद्यालय के गेट पर खड़े दरबान ने बस इतना बताया कि परीक्षा के डेट को लेकर लड़कों ने बन्द बुलाया है। उसने ऐसे बोला मानो बन्द को किसी दूसरे राज्य से बुलाना पड़ा हो।

प्रोफ़ेसर आफिस नहीं गए। वहीं से लौट आए। लौटते हुए, आपस में बतियाती आ़ती दो लड़कियाँ मिलीं, जिन्होंने प्रोफ़ेसर को देखकर 'कोरते होबे-कोरते होबे', 'चोलबे ना, चोलबे ना' और 'हाय-हाय' का नारा बुलन्द किया। प्रोफ़ेसर उनको देखकर फुटपाथ पर एक दुकान की तरफ़ मुँह करके आम आदमी की तरह खड़े हो गए। और वे भी भीड़ में उस आदमी की तलाश करने जैसी नज़रों से सबको ताकने लगे, जिसके लिए नारे लग रहे थे। एकाएक आम आदमी बनना कठिन काम था। वे पसीने से तर हो गए और कीचड़ में गिरते-गिरते बचे।

सेण्ट्रल क्रासिंग से मेट्रो जाते वक्त, प्रोफ़ेसर ने गोलाई में भीड़ देखी। गोलाई के भीतर एक ख़ाली गोल जगह में एक आदमी अपने बन्दर के साथ खड़ा था। आदमी बन्दर से भीड़ को नमस्ते करने के लिए कह रहा था। प्रोफ़ेसर और आगे जाकर, भीड़ की गोलाई से निकलकर ख़ाली जगह की गोलाई में आ गए। उस आदमी के कहने पर बन्दर ने बाबू (प्रोफ़ेसर) को प्रणाम किया। उस आदमी के कहने पर आगे ख़ड़े सभी हजरात, मेहरबान, कदरदान झिझकते हुए वहीं बैठ गए।

खेल के अन्त में प्रोफ़ेसर ने मदारी से कहा कि एक और बन्दर होता तो और मजा आता कि मैंने बचपन में दादा के साथ दो बन्दरों (दुलहा-दुलहन) का खेल देखा है। बहुत मजा आता है।

मदारी ने कहा कि मेरे पास भी दो थे। एक महीना हुआ, एक जो इसकी लुगाई थी, मर गई।

प्रोफ़ेसर ने उसे पाँच सौ रुपए दिए और कहा कि कहीं मिले तो एक बन्दरिया ख़रीदकर इसकी लुगाई बना देना। बिना लुगाई के खेल सूना-सूना लगता है।

मदारी ने प्रोफ़ेसर को बन्दर की तरह प्रणाम किया–जिसका नाम उनींदी हालदार था।

प्रोफ़ेसर ने चलते-चलते मदारी से पूछा कि बन्दरिया के मरने पर क्या तुम उसी तरह रोए थे, जैसे किसी के मरने पर रोया जाता है या उस तरह कि जैसे

घाटा लगने पर रोया जाता है?

कन्धे पर बन्दर को बिठाए, मदारी वाले ने कहा, "विश्वास कीजिए बाबू मरने वाले की तरह ही रोया था।"

"तुम घर में रहते हो तब बन्दर तुम्हारे काम में हाथ बँटाता है?"

"जब खाना बनाता हूँ, तब माँगने पर गिलास-कटोरा दे देता है।"

"हिचकी आने पर पानी देता है?"

"पानी कैसे देगा, मैं ही इसको देता हूँ।"

"सब्ज़ी की झूड़ी से मिर्चा देता है?"

"दिखाकर माँगने से देता है, पर एक ही देता है। फिर पठाने पर एक और लाता है।"

"सोते हो तब जूँएँ हेरता है?"

"ऐसे थोड़े न होता है, यह क्या आदमी है जो सब कुछ करेगा? जब इसकी लुगाई थी, तब उसकी जूँएँ हेरता था। कहाँ देखे, जूँएँ हेरना?"

"तालाब किनारे पाकड़ के पेड़ पर।"

"आप भी बन्दर पालोगे?"

"नहीं, छूता है तब डर लगता है।"

"कब छुआ?"

"छुआ नहीं, ऐसा लगता है कि छुएगा तब डर लगेगा।"

"नहीं लगेगा, छूकर देखो।"

प्रोफ़ेसर जल्दी ही घर लौट आए। घर के दरवाज़े पर प्रोफ़ेसर ने खड़े होकर सोचा कि घर का भी एक नाम होना चाहिए–जैसे मदारी वाले का नाम उनींदी हालदार है, बन्दर का नाम लालमोहन और उसकी लुगाई (जब थी) का नाम सुन्दरी है। आख़िर घर में घर भी तो एक सदस्य ही होता है न, जो हर बार, उसमें रहने वालों को बचा लेता है आत्महत्या करने से। घर चाहे जितनी भी कम उम्र का हो पर वह होता अन्ततः बुजुर्ग ही है–जिसकी क्षत्रछाया में हम रहते हैं।

घर में पत्नी हिलीस माछ की तरह लचकदार लेटी थी। प्रोफ़ेसर को आते देख पत्नी तैरने की तरह करवट बदलकर बोली कि आज तुम जल्दी आ गए

इसलिए हमें नवीन सिनेमा में फ़िल्म देखने जाना चाहिए।

"कौन सी?"

"कोई भी, हमें बाहर घूमने की तरह एक फ़िल्म देखनी है, जैसे बहुत पहले हम फ़िल्मों की तरह बाहर घूमते थे। हीरो-हीरोइन की तरह बाँह में बाँह डाले–चीरोदिनी तुमी जे आमार जुगे-जुगे आमी तोमारी...।"

सिनेमा हाल में पापड़ और मूँगफली की तरह अँधेरा महक रहा था। लाइटमैन के टार्च से सिर्फ़ टार्च दिखता था। वह एक नंगी नाभि वाली मुस्कुराती हीरोइन की फ़िल्म थी, जिसमें हत्या के विरुद्ध हत्या का रिवाज था। इण्टरवल तक प्रोफ़ेसर नहीं समझ पाए थे कि इस फ़िल्म का हीरो कौन है। फ़िल्म की एक बरसाती सीन में गुम होती जाती-सी पत्नी ने बहुत बाद में कहा कि तुम निरा बुद्धू हो, अरे! जो बीच चौराहे पर सबको मशीनगन से भून रहा था, वही हीरो था।

पत्नी अँधेरे में ख़ुश थी।

...तब विलेन कौन था?

पत्नी ने नहीं सुना। वह गुम होने की प्रक्रिया में थी।

अन्तत: वह फ़िल्म हैप्पी एण्डिंग की थी, पर उस सीन को देखकर–जिसमें हीरो (जिसे पत्नी और तमाम दर्शक हीरो मानते थे) हीरोइन की पीठ पर फूँक मारता है, हीरोइन सिहर जाती है। और दरवाज़ा बन्द हो जाता है–पत्नी इस तरह गुम हुई कि घण्टों छान-बीन के पश्चात भी नहीं मिली। तब प्रोफ़ेसर को लगा कि शायद मैं ही गुम हुआ-सा लगता होऊँगा और गुम हुई पत्नी मुझे तलाशकर घर चली गई होगी।

पत्नी उस घर में भी नहीं थी, जिसका नाम प्रोफ़ेसर ने बसेरा रखा था। रात के लगभग साढ़े ग्यारह बजे पत्नी जब एक पीले रंग की फिएट से बाहर निकली, उसके चेहरे पर गुम हो जाने की ख़ुशी साफ-साफ़ देखी जा सकती थी। कार से निकलकर दीपक काण्डोई ने प्रोफ़ेसर के कन्धे पर हाथ रखा जिसका मानी था कि हम थे कि जल्दी मिल गई।

पत्नी ने उलाहने में कहा कि आप तो मुझे छोड़कर भाग आए। पत्नी के कहे में गुलाबी रंग का एक मैलोडियस दर्द था।

हम तो सिर्फ़ आए थे, भाग तो तुम गई थीं।

जाने जाने की तरह खड़े दीपक काण्डोई ने प्रोफ़ेसर से कहा कि जाना था, तो मुझसे कहे होते। वह हमारी ही फ़िल्म थी। हमारे साथ बाक्स में बैठकर देखते। फिर कभी जाना हो तो कहना, पास मिल जाएगा। अपना नम्बर तुम्हारी पत्नी को दिया है।

दीपक काण्डोई बांग्ला के महान फ़िल्मकार सुकुमार देव के असिस्टेंट थे और उनका मुँह सिगनेचर की तरह महकता था।

पत्नी ने बतलाया कि वह दीपक को थियेटर के समय से जानती है। जब वह मुम्बई के भीतचित्र थियेटर में गज-अजगर संग्राम पर कथकली का नृत्य प्रस्तुत कर रही थी। दीपक उसी थियेटर में काम करते थे। इस नृत्य में एक हाथी नदी में पानी पीने जाता है और दलदल में फँस जाता है। एक अजगर हाथी का पाँव पकड़कर पानी में खींचता है और हाथी बाहर निकलने की कोशिश करता है। जिसमें गज और अजगर दोनों का अभिनय एक ही कलाकार को करना होता है। यह बहुत ही मेहनती अभिनय है—कहते-कहते पत्नी थक गई। पत्नी के चेहरे पर लगभग ढाई घण्टे तक खोए रहने की थकान भी अलग से दिखती थी।

उस रात का खाना पत्नी बाहर से खाकर आई थी और प्रोफ़ेसर ने कहा कि हमें भूख नहीं है। भूख नहीं है, अमूमन भूख नहीं है की तरह ही था।

सुबह प्रोफ़ेसर ने पत्नी से कहा कि तुम्हारे दोनों पाँव के तलवे रात भर हल्के बुखार में जल रहे थे। मैंने उस पर हिमताज का तेल मला।

पत्नी ने कहा कि रात भर रेगिस्तान में चलने से मैं थक गई हूँ। तुम तेल नहीं मलते तब फोड़े उठ सकते थे, इसलिए तुम्हें महाविद्यालय नहीं जाना चहिए।

प्रोफ़ेसर ने कहा कि ऐसी जगहों पर मत जाया करो, नहीं तो चप्पल पहनने में दिक़्क़त होगी और तुम आँगन में भी नहीं चल सकोगी और कि आज मुझे महाविद्यालय जाना चाहिए।

प्रोफ़ेसर को तैयार होते देख पत्नी समझ गई कि आज वे महाविद्यालय ज़रूर जाएँगे। पत्नी ने तुरन्त छुट्टी की हँसी हँस दी। पत्नी चाहती तो बारिश की हँसी भी हँस सकती थी, पर वे छाता लेकर जा सकते थे। छुट्टी की हँसी

में प्रोफ़ेसर थक गए और उन्हें लेट जाने का मन हुआ।

पत्नी जब चूड़ा भूनकर लाई तब प्रोफ़ेसर को लगा कि शाम हो गई है। प्रोफ़ेसर अक्सर शाम को भूना चूड़ा खाते-खाते अपने दादा की बातें करते थे। चूड़ा के साथ प्रोफ़ेसर ने जब पत्नी से अचार माँगा तब हुआ ये कि ऐन उसी पल पत्नी अचार वाली हँसी भूल गई।

पत्नी परेशान हो गई, लाख कोशिश की पर अचार की हँसी याद नहीं आई सो नहीं आई। इस तरह दो दिन बीत गए। इस बीच परेशान पत्नी ने लाख ज़ोर-जुगत किए, तरह-तरह की सिनेमाई हँसी हँसी, पर कोई भी हँसी अचार से मेल नहीं खाती थी। इन दो दिनों में पत्नी ने 'निबुड़ा-निबुड़ा' और 'इमली से खट्टा इश्क-इश्क' जैसे तिहत्तर गाने गाए पर सब बेकार।

प्रोफ़ेसर पत्नी की इस भूलने वाली घटना को भूल जाते पर हद तो तब हो गई जब उसके अगले सप्ताह के शुक्रवार की शाम पत्नी सरसों की हँसी भूल गई। प्रोफ़ेसर तब चिन्तित हुए जब पत्नी ने कहा कि वह सरसों के साथ-साथ पीले रंग की हँसी भी भूल गई है।

प्रोफ़ेसर पत्नी की इस भूलने वाली आदत से साँझ-साँझ की तरह रहने लगे। मद्धिम-मद्धिम। बुझे-बुझे। महज एक ही मौसम के अन्तराल में पत्नी सारे रंगों की हँसी भूल गई।

गर्मी की एक बेरंग दोपहर में प्रोफ़ेसर जब अपनी पचास मिनट की क्लास से बाहर निकले तब काफी बेहाल थे। शर्ट-पैंट में धूल-गर्द लगे हुए थे। टाई खुली थी और प्रोफ़ेसर पसीने से थक-बक थे।

बकौल स्टुडेण्ट्स कि प्रोफ़ेसर पचास मिनट की क्लास में सिर्फ़ नौ मिनट लेक्चर दिए थे। उस नौ मिनट के लेक्चर में प्रोफ़ेसर ने मानव मस्तिष्क में उत्पन्न होने वाले विकारों को रसायन पर सिद्ध किया और उसमें होने वाले परिवर्तन को लक्षित करते हुए मानव की आदिम अवस्था पर बात करने लगे थे। और बाक़ी के एकतालीस मिनट वह पूरे क्लास में सिर्फ़ गुलाटियाँ मारते रहे थे। मुँह बिचकाते रहे और रोते रहे। उनका पूरा शरीर पसीने से लथपथ था। चेहरे और गर्दन की सारी नसें फूलकर तन गई थीं और उनका मुँह कुछ-कुछ

बन्दरों जैसा हो गया था।

उन्हीं दिनों उनींदी हालदार को पिछले छह रातों से नींद नहीं आई थी। और उसका घर अल्कोहल के साथ-साथ हाइड्रोज़न, हिलियम, लिथियम, बेरियम, बरेलियम आदि रसायनों से गन्धाता रहा था और एक बेकाबू नशे में डोलता रहा था।

नारियल के पेड़ से एक के बाद एक, घर के आँगन में कई मौसम उतरे और चढ़ते हुए बीत गए। इन बीतते मौसमों में पत्नी को अचार की हँसी याद नहीं आई सो नहीं आई। रंग और गन्ध से रिक्त पत्नी की हँसी से पूरा घर सादा-सादा लगता था। सरसों की पीली हँसी के साथ-साथ पत्नी जीरा, अजवाइन, धनिया, पंचफोरन, कालीमिर्च, हल्दी-देखते-देखते पूरे मशाले की हँसी भूल गई।

...और उस जाड़े की एक चटकमटक रात में सबसे पहली बार घर की सब्ज़ी बेस्वाद हुई थी।

0 कि.मी.

कथापुर

कुशलपूर्वक रहते हुए

...अजीब आदमी है। हर जगह मुस्कुराता रहता है। हज़ारों-लाखों की भीड़ में खड़ा होकर भी मुस्कुराता है। और उससे भी अजीब यह कि उसकी मुस्कुराहट को चाहे जितनी नजदीक से देख लो–मुस्कुराहट में कहीं कोई झिझक नहीं होती। और उससे भी अजीब यह कि उन लाखों-हज़ारों की भीड़ में वह किसी को भी ठीक या बेठीक तरह से नहीं पहचानता, फिर भी हँसता है। और अजीब पर अजीब यह कि उन लाखों-हज़ारों की भीड़ से उसे भी, कोई नहीं पहचानता–व्यक्तिगत रूप से। क्या वह उनमें से किसी का भाई-भतीजा लगता है?

बेगानों के साथ ऐसी हमजोली... कमाल है बॉस!

सिरी भाई उसकी तरफ़ ताककर मुस्कुरा दिए–एकदम व्यक्तिगत हँसी। ख़ासी अपनी। उसने भी सिरी भाई को देखकर मुस्कुरा दिया। हालाँकि वह पहले से ही मुस्कुरा रहा था। पर सिरी भाई की मुस्कुराहट के साथ उसके तिरछे होंठों की पतली हँसी थोड़ी और फैल गई। और सिरी भाई को लगा कि उसकी यह अतिरिक्त हँसी सिर्फ़ उन्हीं के लिए हैं। जैसा कि अक्सरहाँ सबको लगता है।

सिरी भाई आगे बढ़े तब मस्तिष्क के कुछ ख़ास तार अपनी तरह से बजने लगे। शर्ट का ऊपरी बटन खोलकर एक बेफ़िक्र चाल चलने लगे थे–इस महानगर के फुटपाथ पर। पहली बार यह शहर माँ की हिदायतों से बड़ा नहीं

दिखा था। इस शहर में हमें कोई नहीं पहचानता के ऊपर, यह जज्बात कि स्साला हम किसे पहचानते हैं... और क्यों किसी को पहचानें?

यह बस एक शहर था और बीत चुकी सुबह के बाद का शहर का यह समय था। दोनों साथ-साथ बाहर निकले थे। गाड़ी जब अपने अन्तिम स्टेशन पर रुकी तब स्टेशन की घड़ी में लगभग दस बज रहे थे। गाड़ी से उतरने वाले ये दो युवक एक सिरी भाई अर्थात श्रीप्रकाश तो दूसरा दिलू अर्थात दिलहारा फर्नांडो अर्थात ओमनाथ महतो।

गाड़ी से उतरा रेला जिधर चला दोनों चल दिए। इन दोनों के चेहरे पर पिछले तीन दिनों के चालू डब्बे की गर्द और थकान कि कोई भी देखते ही इन्हें देहाती या साला बिहारी कह सकता था। पर इन दोनों के चेहरे अब उतने उदास नहीं दिख रहे थे जितना कि अपना स्टेशन छोड़ते हुए दिखे थे। अब उनके चेहरे पर सिवाय चिन्ता और बोझ के और कुछ नहीं था–जैसा कि अक्सरहाँ सभी के चेहरे पर होते थे। और ये चिन्ता और बोझ कुछ इस तरह के भी नहीं जो इन्हें औरों से बिलगा दें–पर न जाने क्या था कि ये सबसे अलग न होते हुए भी सबसे अलग दिखते थे।

हाँ, ये बात और थी कि शहर का चेहरा उस आईने में सही-सही फिट नहीं बैठता था–जिसे लेकर वे अपने गाँव-घर से आए थे। शहर के मिजाज में मानसून का जर्द घुलता था। और कभी भी बारिश हो सकने वाली सम्भावना बनी रहती थी। अख़बारों में आए दिन यह ख़बर चलती रहती कि धरती के भीतर कोई चीज़ गल-पिघल रही है। धरती का तापमान बढ़ता चला जा रहा है और गल कर, तप कर, डूबकर या पिघलकर कभी भी धरती ख़त्म हो सकती है। पर इन तमाम अफवाहों से बेख़बर इस शहर में एक ऐसी विचारधारा पनप रही थी कि समूची पृथ्वी को एक गाँव माना जा रहा था। और यह विचारवान शहर देखते ही देखते देश की आर्थिक राजधानी बन चुका था। ख़बर पुरानी पर यह भी थी कि अमेरिका के जिस सम्भ्रान्त शहर में एक युवा संन्यासी ने अध्यात्म का लम्बा-चौड़ा व्याख्यान दिया था और वहाँ की महिलाएँ उससे उसकी जैसी ही सन्तान की कामना करने लगी थीं। वह शहर अब दुनिया के

सबसे बड़े कसाईखाने के रूप में तब्दील हो चुका था।

और इधर इस आमूलचूल परिवर्तन का असर यूँ कि एक विकलांग मस्तिष्क ने इस देश के एक सबसे बड़े व्यापारी को नंगे फकीर महात्मा गांधी का दर्ज़ा दिया था। कहने को समानता बस इतनी सी थी कि एक नोट छापता था, दूसरा नोट पर छपता था।

जहाँ हर दूसरे जमात में ख़ुद को शरीक करने की गरज से लोग अपने-अपने तरह के दाँव-पेंच आजमा रहे थे। वहीं अपने आप को इस शहर के हवाले कर देने की गरज से ये दोनों इतना भर कर पाते कि पास से गुज़रती किसी लड़की के अधखुले उत्सुक उरोज़ों और टैटू वाली रंग-ब्रिरंगी नंगी नाभि को ताककर एक-दूसरे में हँसते अवश्य थे। इस तरह वे अपने-आप में ज़्यादा बेवकूफ दिखने से बच जाते।

स्टेशन से बाहर आए तो सारी हकीकतें ठीक-ठीक तो नहीं पर कुछ उसी तरह की थीं जैसा कि अक्सरहाँ दोनों ने एक-दूजे के ख़ाली समय में बैठकर सोचा था या पकलू के सिनेमाघर में बैठकर देखा था। और एक अच्छे हीरो की तरह बेवकूफ बनने से पहले चेता था।

लाख ऑटो-टेक्सी वाले बुलाते रहे पर वे नहीं मुड़े। और एक ख़ाली जगह पर जाकर दोनों ने अपने-अपने कन्धे का बोझ हल्का किया। वहीं पास की दुकान से सिरी भाई चारमीनार लिए और दिलू खैनी मलने लगा। दिलू सिगरेट नहीं पीता था। सिरी भाई सिगरेट के बाद खैनी भी खा सकते थे–सो वह दो खिल्ली मल रहा था। अब सोचना यह था कि यहाँ से कहाँ...? वे उस किसी भी आदमी से कुछ नहीं पूछना चाहते थे जो शक्ल से दलाल दिख रहा हो। ऐसा सुना था कि दुकानदार भी दलाली खाते हैं–सो वे वहीं बहुत देर तक फोर लेन वाली सड़क के किनारे खड़े होकर ऐसे व्यक्ति की राह ताकने लगे जो चेहरे से दलाल नहीं दिखता हो–जिससे अपनी गरज पूछी जा सके। दोनों वहीं बहुत देर तक खड़े रहे। तब कहीं सिरी भाई की नज़र एकाएक उस हँसते हुए अजीब आदमी पर पड़ी थी। और उन्होंने शर्ट का ऊपरी बटन खोलकर यूँ चलना शुरू किया मानो यह शहर अब उतना मुश्किल नहीं रहा।

अपने यहाँ से आते हुए जो हिदायतें मिली थीं वह अनुभव और सान्त्वना और सब अच्छा ही होगा कि कोलतार से बनी एक ऐसी काली और ठोस सच्चाई थी–जो कहीं न ख़त्म होगा का भाव लिए शहर के उदर पर उतान लेटी हुई थी। जिस पर ये दोनों दो ढाई किलोमीटर चल चुके थे। उनके चलने में उन हिदायतों, अनुभवों और पता नहीं क्या-क्या का चलना भी शामिल था–कि स्टेशन के पास कहीं टिकने का बन्दोबस्त मत करना। रेट महँगा लेते हैं सब।

सो और आगे और आगे के उपक्रम में कई होटल और लॉज पीछे छूट गए थे। कुछ तो पहचान में ही नहीं आए और जो पहचान में आए उनकी चमक देखकर ही डर लगता। लगता कि भीतर घुसते ही लात मारकर निकाल देगा। दिलू ने साहस बढ़ाया–चलो न सिरी भाई पूछते हैं। कोई बन्धक थोड़े ही बना लेगा। भगा देगा तो भगा देगा–यहाँ कौन किसको जानता है। कहकर वह हँस दिया। हँसता था तो दोनों हाथों से पेट पकड़ लेता और थोड़ा झुक जाता। उसकी हँसी में आवाज़ नहीं होती थी। साथ-साथ सिरी भाई भी हँसने लगे–चल।

दिलू को बैग पकड़ाकर सिरी भाई एक लॉज में गए तो वहाँ का हिसाब-किताब कुछ दूसरा था। ऐसी कोई बात नहीं हुई जिसका अन्देशा था। दरअसल रिसेप्शन वाली कुर्सी पर बैठा व्यक्ति बिहारी-बिहारी टाइप था। इसलिए बात करने में कोई असुविधा नहीं हुई। रेट पर डे एक सौ पचहत्तर रुपए और सुबह-रात का भोजन भी। गेट पर से सिरी भाई ने दिलू को इशारा किया। दिलू आ गया।

अनुमान से अच्छी रहने की जगह और अनुमान से कम किराया–दोनों की आँखों में होशियारी की चमक थी।

दिलू सिरी भाई को अपने से ज़्यादा पढ़ा-लिखा समझता था–ख़ुद से ज़्यादा होशियार नहीं। सिरी भाई दिलू को ख़ुद से ज़्यादा ताकतवर और बेवकूफ समझते।

यह दोस्ती शोले फ़िल्म की जय-वीरू की दोस्ती नहीं थी। यह दोस्ती थी याराना की। पकलू के सिनेमाघर में देखी गई पहली फ़िल्म।

वैसे तो यह दोस्ती उसी खपड़ैल स्कूल से शुरू हुई थी, जहाँ से हर साल, हर कक्षा से दोस्ती की एक-दो जोड़ियाँ ऐसी निकलतीं जिसे याद किया जाए। और अक्सर इन जोड़ियों में फ़िल्मी जोड़ियों की तरह एक ख़ास बात होती कि एक के पढ़ाई पल्ले नहीं पड़ती तो दूसरा कक्षा में अव्वल।

सिरी भाई का गणित बहुत तगड़ा था, तो दिलू क्रिकेट ख़ूब खेलता–गाँव और स्कूल का सबसे तेज़ गेंदबाज। कक्षा पर कक्षा फाँदने में इधर ये घटा कि सिरी भाई के आधे बाल पक-झड़ गए और दिलू के घुँघराले बाल गर्दन के नीचे कन्धों तक आने लगे। उनका कन्धों तक आना, यह किसी खिलाड़ी की नकल हो सकती थी। और इसी बीच ये नामकरण–दिलहारा फर्नांडो। ओमनाथ महतो अब शायद ही कोई कहता। शार्ट नेम–दिलू। और देखते-देखते जोड़ी मशहूर होने लगी।

इन जोड़ियों में–जो बिरती के खपड़ैल स्कूल से शुरू होती–ख़ास बात ये होती कि हर जोड़ी शुरू तो होती यहीं से पर परवान चढ़ती दिलबेरा में। दिलबेरा अर्थात पकलू का सिनेमाघर। स्कूल से दिलबेरा यही कोई दस-बारह मिनट का रास्ता था। टिकिट डेढ़ रुपए पर शो। टाट-मड़ई का बना यह दिलबेरा जिसमें ईंट पर बैठने की व्यवस्था थी।

उभर रही जोड़ियों का समय और देश काल देखें तो धर्मेन्द्र, जितेन्द्र, राजेन्द्र कुमार, शत्रुघ्न सिन्हा, मिथुन आदि की मार-पीट और दोस्ती से लबालब फ़िल्में या 'ये होंठ क्या हैं गुलाबी कमल हैं, ये दो पंक्तियाँ प्यार की एक ग़ज़ल हैं–जैसी फ़िल्मों से ऊपर शाहरुख खान, अजय देवगन, सन्नी पाजी की फ़िल्में युवा धड़कनों पर खड़िया की तरह भुरभुरा रही थीं।

देखते-देखते एक ऐसा अविस्मरणीय समय भी आया, जिसे लोग अब लगभग भूल चुके थे। पर वो समय आया और साथ-साथ अपने कवर में एक कहानी को लिए हुए आया।

वो अविस्मरणीय समय ये था कि लगभग कई साल बाद बरसात के एक लिजलिजे महीने में हिन्दी सिनेमा से लगभग संन्यास ले चुके एक हीरो ने अपनी दूसरी पारी खेलने के जोश से दिलबेरा में एन्ट्री मारी थी–'मृत्युदाता' बन कर।

फ़िल्म रिलीज होने के डेढ़ महीने बाद ही पकलू के पास आ गई थी। चारों तरफ़ पोस्टर छप गए और रातों-रात टिकट ढाई रुपए कर दिया गया।

और उस छब्बीस इंच की रंगीन टी.वी. पर जब नशे में धुत्त उनका नायक दिखा तो दिलू ज़ोर से चिल्लाया था–वाह रे स्साला वाह!!!

यही वह जगह थी जहाँ से दोनों कई बार ख़ुश होकर, दुखी होकर, निराश होकर तो कई बार उत्साहित होकर, तो कई बार ममता कुलकर्णी तो मनीषा कोइराला से प्यार कर, तो कई बार पकलू को गरियाकर और सिर्फ़ एक बार हमेशा-हमेशा के लिए खैनी-बीड़ी सीखकर निकले थे।

यही वह सीन होता कि दो नन्हे-नन्हे पाँव सिनेमा में भागते हुए दिखते और वही पाँव अचानक हीरो के पाँव में तब्दील हो जाते या रेलगाड़ी से कोई बच्चा किसी का बटुआ लेकर भागता और वह बच्चा अचानक धर्मेन्द्र के रूप में अटैची लेकर भागते हुए दिखने लगता। और यह सब इतना अचानक होता कि स्वाभाविक लगता। मजा आ जाता। दिलू ज़ोर से सिरी भाई को भींचकर कहता–ई देख। सिरी भाई ख़ुद में भिंच जाते। मानो वे दोनों वर्षों से इसी क्षण का इन्तज़ार कर रहे थे। या नहीं कर रहे थे?

अरसे बाद यह अचानक ही एक उजला दिन था। दो से पाँच, पाँच से आठ। यह अचानक ही हुआ था। दिलबेरा में दो शो रोज़-रोज़ चलते थे। बरसात के महीने में तीन दिन बाद धूप का निकलना अचानक ही हुआ था। और घण्टे भर में प्लान तारी हुई कि चलना है। पर फ़िल्म इतनी अच्छी थी कि दूसरे शो में भी बैठे रहने का प्लान अचानक ही बना था–पाँच-सात मिनटों में। दूसरा शो टूटा तब आठ बज रहे थे और बाहर रात बज रही थी। अमूमन बरसाती रातें महकती नहीं हैं और उस रात भी नहीं महक रही थी। आकाश से बारिश के साथ रात भी बरस रही थी। और जब बहुत देर तक खड़े रहने के बाद दिलू ने समय पूछा तब बहुत देर बाद पकलू ने कहा–साढ़े आठ। और सिरी को भी लगा कि पकलू ने कहा कि बरसात में साढ़े आठ की काली अँधेरी रात। यह सुनना अचानक ही हुआ था। जब घुसे थे तब धुपियाए आकाश में दिन के दो बज रहे थे, अभी साढ़े आठ–अचानक ही हुआ था।

दिलू खैनी मल रहा था और सिरी भाई को लग रहा था कि अभी ही तो दिलबेरा से खैनी सीखकर निकले हैं। और दिलू ने कहा था–होंठ के पास दबाए रखिएगा। घोंटिएगा मत, नहीं तो उल्टी हो जाएगी। और वह खलनायक फ़िल्म थी और माधुरी दीक्षित बेतरह नाची थी। देखते-देखते सिरी भी घूम गए थे। कुछ होगा नहीं न दिलू।–कुछ नहीं होगा भाई बस घोंटिएगा मत।

यह सब अचानक ही हुआ था। सीखे थे तब तो ग्यारह-बारह के थे। अभी पच्चीस-छब्बीस। अचानक इतने बड़े परिवर्तन का इन्तज़ार कतई नहीं था।

उसी फैलती-सिकुड़ती रात में दोनों ने साइकिलें तेज़ कीं मानों घर पर छोड़ आए अपनी पिछली उम्र को पकड़ लेंगे–और यह डर कि कहीं वह उम्र भी जवान न हो गई हो। बिजलियाँ कड़कतीं तो अँधेरे के बीच एक-दूजे को अलग-अलग पहचानते। साइकिलें और तेज़ हो जातीं।

और यह किसी मिथुन टाइप फ़िल्म का सबसे खतरनाक और विवश कर देने वाला दृश्य लगता। घर के सभी चेहरे पर अपनी-अपनी तरह की हिकारत मौजूद थी–जो सिर्फ़ इनके लिए थी। घर में बहुत कुछ की कमी के अलावा उन आँखों की कमी आज बहुत ही साल रही थी जो इनसे कुछ प्रश्न पूछतीं या डाँट सकतीं कि कोई पूछता कि कहाँ थे, इतनी रात तक।

और वे दोनों सच-सच बता देते कि हम फ़िल्म देखने गए थे। हमसे ग़लती हो गई। अब कभी नहीं जाएँगे। हम टाउन में रोज़ साइकिल से जाकर वेल्डर-फिटर का काम सीखेंगे। और साल-डेढ़ साल के अन्दर पासपोर्ट-वीजा बनाकर दुबई चले जाएँगे।

और इस तरह एक कमर्शियल फ़िल्म की एंडिंग हो सकती थी।

और कहानी के इस मोड़ पर जो दोनों के खेत गिरवी पड़ते या माँ-बाप के चेहरे की सिलवटों पर बल पड़ते या हर उम्र की आँखों से जो ख़ुशी-गम के आँसू बहते–कहानी के प्लॉट में वह सब एक इनसाइड स्टोरी की तरह देखे जा सकते थे।

और यहाँ।...यहाँ के ऊँचे-ऊँचे मकान, जगमगाते शीशे, दरवाज़े, खिड़कियाँ, गाड़ियाँ, उतान सड़कों पर उतान लड़कियाँ–अधेड़ मर्दों की तरह

हवाएँ कुछ झुककर बहती थीं। वह सितम्बर-अक्टूबर का महीना था। और बारिश के कभी भी हो सकने वाली सम्भावना से लबरेज यह शहर समन्दर के किनारे एक टापू की तरह विकसित था।

लॉज में आकर दोनों नहाए धोए। खाना खाकर वे दोनों जब बाहर निकले, तब शहर में शाम हो रही थी। शहर नहाया-धोया लग रहा था। सुबह के फ्रेसनेस और शाम के फ्रेसनेस में अन्तर यही था कि यहाँ की शामें बकार्डी, स्मायर्न ऑफ, व्हाइट मिसचिफ से महक उठतीं जबकि सुबहें लक्स, रेक्सोना और हेयर एण्ड केयर, लक्मी, कोबरा, टेम्पटेशन-से तारी होती थीं।

सुबह की अपेक्षा शामें ज़्यादा महँगी होती थीं। बीच सड़क पर खो जाने का भय बढ़ जाता था बावजूद इसके कि शेयर मार्केट की सबसे बड़ी बिल्डिंग–स्टॉक एक्सचेंज–बन्द हो गई होती थी–जब शाम होती थी। इस तीखी महक वाली शाम में देखने वाली उन तमाम चीज़ों के साथ-साथ जो देखने की विरल लालसा थी, वह फ़िल्मों की शूटिंग थी, अमिताभ बच्चन था और था सचिन तेंदुलकर।

इस तरह वे दोनों सड़क पर थे।

कबूतरों की तरह अपनी गर्दन मरोड़कर अपनी हुलिया का जायजा ले लेने वाले ये दोनों, लॉज से उतनी दूर नहीं जाना चाहते थे, जहाँ से आने में रास्ता भूल जाया जाए। बार-बार।

वे दोनों पास की एक चाय दुकान पर खड़े हुए। जहाँ पहले से सात-आठ आदमी खड़े थे। चाय दुकान पर खड़े उन चेहरों में कोई जाना-पहचाना चेहरा नहीं था। वे चेहरे आपस में भी एक-दूसरे को नहीं पहचानते थे। पर उन चेहरों पर एक दिन की बढ़ी दाढ़ी की तरह एक हरी मुस्कान कुछ इस तरह कि वे स्वजातीय लगते थे। उनकी बातों में चमक थी, सुगन्ध नहीं थी। उनके कपड़े अच्छे महकते और चमकते थे। उन नपी-तुली मुस्कुराहटों की नकल कर जब वे अपने आप में मुस्कुराने की कोशिश करते तब उनके होंठ कुछ अजीब तरह से आड़े-तिरछे होते कि शहर के नक्शे में सही-सही फिट नहीं बैठ पाते। इस कोशिश में ऐसा अक्सर होता कि दोनों के चेहरे अलग-अलग से दिखने लगते

और पहचान में नहीं आते–एक दूसरे से भी। और दोनों डर जाते। उन्हें बहुत दूर जाना था।

चाय वाले ने चाय भरकर ग्लास बढ़ाया तो एक सम्भ्रान्त चेहरे ने–जिसकी आँखों पर कार्बन फ्रेम का चश्मा था और आँखों में दुनिया घोट लेने का विश्वास–उस, ग्लास को लेकर दिलू की तरफ़ बढ़ा दिया। फिर एक ग्लास लेकर सिरी भाई की तरफ़। और सबसे अन्त में ख़ुद लेकर पीने लगा।

दिलू को अंग्रेज़ी आती तो वह उन्हें थैंक्स कह देता। पर वह सिरी भाई की तरफ़ ताकने लगा था कि सिरी भाई ही कुछ कह दें। सिरी भाई कुछ कहते इससे पहले कहने की टाइमिंग बीत चुकी थी और वह आदमी दो उँगलियों में फँसा दस का नोट देकर और उन्हीं उँगलियों में वापस एक बिना जलाए नेवी कट लेकर अपनी गाड़ी में सवार होकर जा चुका था। गाड़ी के पीछे उड़ने वाली धूल में दुनिया और ख़ुशबूदार लगी। शहर की अजनबीयत झड़ रही थी। शहर बेपरवाह लगा।

वे दोनों चाय की दुकान से लॉज की तरफ़ आने लगे। एक सैलून देखकर सिरी भाई को दाढ़ी बनवाने का मन हुआ पर रेट महँगा लेते हैं वाले भय से उधर दुबारा नहीं देखा–उस नज़र से। ऐसा सुना था कि शहर में लड़कियाँ दाढ़ी बनाती हैं। एक बार देखने का मन हुआ–कनखी से देखे तो कुछ नहीं दिखा। दरवाज़े पर काला काँच जड़ा था–पार्लर। दिलू ने सिरी भाई को कनखी से देखते देखा था। दोनों ने एक-दूजे को देखते देखा था। और एक-दूजे को समझकर एक-दूजे के भीतर हँसे थे।

चलिए भाई, वहाँ से लौटकर इसमें घुसा जाएगा। और दस दिन तक यहाँ रहकर सब घूमा जाएगा। सब देखा जाएगा। यह एक कबूतरी उड़ान थी। कन्धे में हाथ फँसाए आकाश की चौहद्दी में गोल-गोल।

हाथ आए कबूतर को सिरी भाई भी छोड़ दिए। उसके पीछे-पीछे दिलू का बनैला कबूतर हवा में फड़-फड़-फड़। दोनों कबूतर एक साथ उड़ते, पैंतरा मारते, भोल्ट मारते। कोई एक कबूतर थकने लगता तो दूसरा अपनी पीठ पर बिठाकर उसे घुमाता–फिर उसकी थकान मिट जाती। आकाश से रोएँदार पंख

झड़ते–सफ़ेद-सफ़ेद, हरे-हरे।

–मनीषा कोइराला से मिला जाएगा–फड़-फड़-फड़।

–और करीना कपूर से भी–फड़-फड़-फड़।

–बार में बैठकर राखी सावन्त को देखा जाएगा–फड़-फड़-फड़।

–दस-दस जींस, टी-शर्ट ख़रीदा जाएगा–फड़-फड़-फड़।

–कैमरा वाला मोबाइल भी–फड़-फड़-फड़।

–अमिताभ बच्चन–फड़-फड़-फड़।

–सचिन तेंदुलकर–फड़-फड़-फड़।

सुबह-सुबह दोनों कबूतर एक ही बिस्तर पर औंधे पड़े थे। रात में बारिश गिरी थी। सुबह में एक सिहरन थी। और दहशत के बाद वाली सुबह की तरह शहर में एक चुप्पी थी।

सिरी भाई पहले जगे थे, दिलू बाद में। दिलू पहले उठा था, सिरी भाई बाद में। सुबह की चाय आई तो दोनों को लगा वे अमीर हो गए। चाय देने वाला लड़का जब सिरी भाई को सर बोला तब सिरी भाई को लगा, मैं पढ़ा-लिखा हूँ। और मेरा गणित तगड़ा है।

चाय पीकर दिलू खैनी मलने लगा। दिलू बाथरूम में गया तो सिरी भाई सिगरेट ख़रीदने नीचे चले गए। सूरज की पहली धाही सड़क पर चमक रही थी। सड़क अपनी सीलन से उबर रही थी। बस के इन्तज़ार में तीन-चार लड़कियाँ खड़ी थीं–जिनके चेहरे पर एक बेलौस भाव था कि बस में चढ़ने के साथ ही किसी को भी इडियट या स्टुपिड कह सकती थीं। पास खड़े दो अधेड़ अपने कपड़े-लत्ते से चुस्त-दुरुस्त लग रहे थे। उनकी जेब में पैसे थे। मोबाइल फोन थे। तथा थैंक्यू, एक्सक्यूज मी, सॉरी जैसे धुने हुए शब्दों के अलावा किसी के पास पता बताने तक का समय और शब्द नहीं थे।

वह सितम्बर का दूसरा सप्ताह था। रविवार के बाद सोमवार। बीयर, रम, ह्विस्की की बासी गन्ध को धोकर सुबह लक्स और रेक्सोना की तरह महक रही थी। सप्ताह की पहली सुबह, सभी के चेहरे फ्रेस-फ्रेस और आँखें चढ़ी-चढ़ी दिखती थीं। दूर से आते ऑटो रिक्शा पास आकर रुकते तो एफ.एम. पर

मम्म माइंड ब्लोइंग महिया वाले गीत बजते थे।

सिगरेट पीते हुए सिरी भाई कमरे में आए तब दिलू टी.वी. देख रहा था, जिसमें एक लड़की अपनी चिकनाहट के साथ-साथ एक क़लम की चिकनाहट दिखाते हुए कह रही थी–रोटोमैक लिखते-लिखते लव हो जाए।

आज रीजनल ऑफ़िस जाना था। अपने सारे काग़ज़-पत्तर, टिकट पासपोर्ट-बीजा पुख्ता कराने कि सब ठीक तो है? और हवाई जहाज कब और किस दिन है?

दोनों नाश्ता कर के नीचे उतरे। रीजनल ऑफ़िस जाने तक का रूट उन्हें पता नहीं था। लॉज के रिसेप्शन वाला आदमी, जो दिखने में ए. के. हंगल की तरह लग रहा था–ने बतलाया। और अपना कार्ड भी दिया ताकि उन्हें लौटने में दिक़्क़त न हो।

सड़क पर सब कुछ की बड़ी जमात थी–हल्ला-गुल्ला, लोग-बाग गाड़ी-बस सब कुछ। यहाँ पर कहीं भी खो जाने का खतरा था और वे दोनों बताए गए सारे रूट भूल गए थे। दिलू ने तो सुना ही नहीं था। यह सब टेक्निकल चीज़ें सुनने और समझने का सारा जिम्मा वह सिरी भाई पर थोप देता था।

सड़क के किनारे चारों तरफ़ होर्डिंग, बैनर, पोस्टर लटक रहे थे। उन बैनरों के सारे चेहरे मुस्कुराते थे। उन मुस्कुराते चेहरों के बीच यदि 18वीं शताब्दी के किसी दार्शनिक का भी चेहरा होता तो वह चेहरा उन चेहरों के बीच काफी मनहूस दिखता। और कोई मनचला उस चेहरे के नीचे लिख देता–यू आर फेल्योर।

पर वे दोनों जहाँ खड़े थे वहाँ वैसा कुछ नहीं था। यदि कुछ था तो यह कि उन तमाम होर्डिंग, बैनरों, पोस्टरों के ऊपर एक कतार में खड़े सारे के सारे लैम्पपोस्ट बुझा दिए गए थे। बस एक लैम्पपोस्ट था जो बुझा नहीं था–शायद खराब हो–उसकी पीली रोशनी कहीं नहीं पहुँच रही थी। पर उसके चेहरे पर 18वीं शताब्दी के उसी दार्शनिक की तटस्थता, गम्भीरता, स्थिरता और स्तब्धता थी जिसके सर्वहारा विचारों का इस्तेमाल एक अवैध कारतूस की तरह हर जगह किया जा रहा था। नीचे की तमाम गन्ध, रंग और शोर उसके पास कॉकटेल

की तरह पहुँचते थे। ऐसा महसूस किया जा सकता था कि मौसम की अपेक्षा वहाँ ज़्यादा गर्मी थी। एक परिन्दा उस पर बैठने बैठने को हुआ कि फिर उड़ गया। पर वे दोनों बहुत देर तक वहीं खड़े रहे–सड़क के किनारे। तब दिलू ने खैनी बनाई। और जब उसने अपनी हथेली सिरी भाई की तरफ़ बढ़ाई तब सिरी भाई को लगा कि दिलू भी साथ है।

सिरी भाई जब अपने भीतर किसी से कुछ पूछने के लिए तैयार होते और सोचते कि किस तरह पूछा जाए तब तक वह आदमी चला गया होता था। उसकी जगह पर एक दूसरा आदमी–फिर शुरू से। फिर उसके हिसाब से मानसिकता बनानी पड़ती, फिर शुरू से। अजीब शहर है। साला बड़ी रफ़्तार है।

"दिल्लू! क्या बतलाया था उसने?" सिरी भाई ने इतना धीरे से पूछा कि लगा किसी अजनबी से पूछ रहे हों।

"हमसे क्या पूछ रहे हैं भाई, आप ही से तो बतलाया था।" इस उत्तर के साथ सिरी भाई अकेले हो गए। दिलू को लगा। उसे लगा कि इस चौंधियाई दुनिया में सिरी भाई को अकेला नहीं छोड़ना चाहिए। दिलू के मन में धोखाधड़ी वाला अपराधबोध हुआ। दिलू ने अन्दर-अन्दर सिरी भाई को सॉरी बोला। सिरी भाई अन्दर-अन्दर दिलू को मेंसन नॉट बोले।

"चाय पिएगा दिलू?" यह एक मेंसन नॉट था।

"चलिए पी जाए। फिर खैनी बनाता हूँ।" यह एक सॉरी था।

दिलू को एक बात सूझी पर उसने सिरी भाई से नहीं पूछा। उसे लगा कि सिरी भाई उत्तर नहीं दे पाए तो फिर अकेले छूट जाएँगे। फिर अपराधबोध होगा। फिर सॉरी बोलना पड़ेगा। सिरी भाई फिर मेंसन नॉट बोलेंगे।

दिलू यह समझ नहीं पा रहा था कि इस महानगर में पूरब किधर होता है। और सड़क पर आकर पता पूछने की बजाय पूरब पूछना निरा बेवकूफी लग सकती थी। पर किसी भी अजनबी जगह पर पता पूछने से पहले पूरब पूछना ज़्यादा ज़रूरी हो सकता था।

...सॉरी सिरी भी इस महानगर में...

....मेंसन नॉट दिलू! इस बस में चढ़ जाओ। उस आदमी ने बतलाया है

कि यह बस रीजनल ऑफ़िस तक जाएगी।

बस में पहले सिरी भाई चढ़े। सिरी भाई की देखादेखी दिलू भी चढ़ गया।

यह वह बस थी जो रीजनल ऑफ़िस तक जाती थी। उसमें चढ़ने के साथ ही दोनों को खिड़की वाली सीट मिल गई। खिड़की से जब कोई सुन्दर सा मकान सरकता हुआ दिखता दोनों उस मकान को किसी हीरो-हीरोइन का मकान होने की कल्पना कर लेते–मन ही मन। मन ही मन मकान के दरवाज़े से किसी के निकलने का इन्तज़ार करते। इस तरह एक अजनबी शहर में मन के दरवाज़े से अपने आप को दाखिल कर लेते मन ही मन।

मन ही मन एक डर खाता रहा कि कहीं हम उस जगह से आगे न चले जाएँ जहाँ उतरना है। हालाँकि जगह से पहले उतरना भी उतना ही दारुण होता जितना जगह से आगे। पर पहले उतरने का भय नहीं होता। मसलन बर्फ में गलकर मरना आग में जलकर मरने से कम दारुण लगता है। सिरी भाई ने कण्डक्टर को दुबारा आगाह किया। सिरी भाई को मुसीबत में देख दिलू ने अगल-बगल वालों को भी आगाह कर दिया।

कण्डक्टर के कहने पर दोनों उस जगह पर उतर गए, जिस जगह का दोनों के लिए कोई अन्य महत्त्व नहीं था, सिवाय उस ऑफ़िस के। अनजान जगह में नजदीकियाँ कहीं नहीं होतीं। हर अदृश्य जगह दूर लगती या इतनी पास कि कहीं नहीं दिखती। अँधेरे में झींगुर के झिझियाने की आवाज़ दूर परती से आती सुनाई पड़ती। खिड़की के पास से नहीं। वहाँ से पैदल इतना चलना पड़ा कि पैर नहीं दुखे। एक काँचदार भवन में पहुँच दोनों ने अपना काग़ज़-पत्तर दिखाया। सामने की कुर्सी पर बैठी लड़की जींस की पैंट और सफ़ेद टी-शर्ट में थी। टी-शर्ट गोल गले का नहीं था। वी गले का भी नहीं था। मालूम नहीं किस गले का था। यू गले का भी नहीं। हाँ, गले के नीचे एक बड़ा-सा डब्ल्यू का आकार ज़रूर बनता था। उसने दिलू और सिरी भाई के साँवले और स्थिर चेहरे को बारी-बारी से देखा। दोनों ने गोरा, सुन्दर चमकदार, उन्नत और एक उत्सुक डब्ल्यू एक ही बार में देख लिया। बारी-बारी से नाम लिया। ओमनाथ महतो? दिलू ने अपनी गर्दन आगे बढ़ा दी।

श्री प्रकाश पाण्डेय? सिरी भाई ने भी वैसा ही किया।

लड़की ने ड्रॉअर से स्टॉम्प निकाला और सारे काग़ज़ों पर मुहर लगाती हुई सबको सहेजकर फाइल में रखती हुई मुस्कुरा दी। हिदायत भरी एक आत्मीय मुस्कान। शहर की सिगरेट की तरह सफ़ेद और छरहरी मुस्कान–फिल्टर्ड–कि वहाँ जाना तो ये काग़ज़-पत्तर सँभालकर रखना कि बहुत कमाकर वापस वतन लौट आना कि सिगरेट स्मोकिंग इज इंजुरियस टु हेल्थ।

उस स्वीन करती मुस्कान के जवाब में दिलू एक गुगली मुस्कान मुस्कुराया था। नहीं-नहीं हँसा था! आप बहुत अच्छी हो वाले भाव के साथ–कत्थई दाँतों की एक देसज हँसी।

उस धुएँदार मुस्कान के जवाब में सिरी भाई भी मुस्कुराए थे–आप दलाल नहीं हो वाले भाव के साथ एक सफ़ेद, पतली, छरहरी, कसैली और दोनों तरफ़ से खुली मुस्कान, जैसे चारमीनार होती है।

उस काँचदार आफिस से बाहर निकले तो सड़क पर एक उन्मुक्त शहर था। शहर की यह दूसरी मुस्कान थी जो इन्हें कहीं भी, कभी भी पहचान सकती थी। पहली जो इस शहर में क़दम रखने के साथ ही फोर लेन वाली सड़क के किनारे एक बैनर पर लटकी हुई दिखी थी–शाहरुख मयूर खान। और दूसरी जो इनके फाइल में बन्द थी–एक भाववाचक संज्ञा।

यह दोपहर का समय था–पैरलल। पूरे शहर को स्टैच्यू कह दिया जाता तो यह स्टैच्यूड शहर ईसा से पन्द्रह सौ साल पूर्व की कोई विलुप्त संस्कृति जान पड़ता–सम्भ्रान्त और विकसित। और इतने सारे जड़वत चेहरों की मुस्कानों को बटोरकर रख दिया जाता तो एक दूसरा छोटा और ख़ुशहाल शहर विकसित हो सकता था। और जड़ता टूटने पर वे चेहरे उस बासी मुस्कान को नहीं ढूँढ़ते। उनके पास मुस्कुराने के और न जाने कितने कारण और ताजे बहाने होते–अनगिनत।

समन्दर से नहाकर करीना कपूर अभी-अभी निकली थी। और छलाँग मारकर (क्रिकेट की भाषा में ड्राइव मार कर) पेप्सी की एक बोतल को पकड़ लेने की एक पोजफुल कोशिश–

...ब्यूटीफुल ना सिरी भाई?

दिलू को यह सीन ख़ूब भाया था। गाँव पर भी यह सीन था–पर इतना बड़ा, साफ़ और ठण्डा नहीं कि देह में सिहरन हो जाए। गाँव में वह उन्मुक्त नहीं हो पाती थी। जबकि यहाँ के सीन में उन्मुक्त-उन्मुक्त लगती थी। सब लोग उन्मुक्त-उन्मुक्त।

सड़क पर खड़ी लड़कियों के हाथ में छाता नहीं था। शरीर का कटाव उन्मुक्त-उन्मुक्त लगता था। घूमने के एवज में दोनों आस-पास पैदल चलते और चाय पीते। दिलू खैनी मलने लगता। सिरी भाई सिगरेट ख़रीद लेते।

आज की चाय अच्छी नहीं थी। ना ही दिलू को अच्छी लगी, ना ही सिरी भाई को। गाँव छोड़ते वक़्त मन में एक ठोस दुख था। अब देश छोड़ने के भाव से सब कुछ पिघल रहा था।

–हवाई अड्डा किधर है भाई? दुधियाए धान-सा यह एक मासूम पूछना था जिसका उत्तर कुछ भी हो सकता था। मसलन उस बिल्डिंग के पीछे, यहाँ से दो किलोमीटर पश्चिम या दक्षिण या कुछ भी। कहीं भी।

बिल्डिंग के पीछे है। यह एक झूठ पर निर्दोष उत्तर था।

अजनबी शहर का सच भी फैण्टेसी लगता है अक्सर।

मसलन किसी की एक दिन की कमाई आठ-दस लाख–झूठ।

अमिताभ बच्चन एक ऐड का चार करोड़ लेता है–झूठ।

महेन्द्र सिंह धोनी एक घण्टे में दो करोड़ कमाता है–झूठ।

भूख के कारण भी कोई आत्महत्या करता है–झूठ।

देश झूठ।

सरकार झूठ।

प्रेमिकाएँ झूठ।

झूठ-झूठ-झूठ...

लॉज के कमरे में वह एक गुनगुनी रात थी। हर तरफ़ कुछ बजता था और वे दोनों जब चुप हो जाते तब हर तरफ़ एक चुप्पी बजती थी। शहर के हर ठोसपन, हर सच के ऊपर–डेढ़ इंच ऊपर–एक झूठ। छोटी पार्टी–झूठ। उस

अन्तिम रात पर एक लम्बी उड़ान का कॉकटेल फरेब–पूरा कमरा ऑफ़िसर च्वाइस और ब्लैक चांसलर के कॉकटेल से झीना-झीना–झूठ।

एक चालीस–मुम्बई टू दुबई।

रात की एक बची सिगरेट थी। जिसको लेकर सिरी भाई बाथरूम में गए थे। बाद में दिलू गया था। सिरी भाई ने नीचे आकर उस रिसेप्शन वाले आदमी से आज दो बातें पूछीं।

एक, हवाई अड्डा कौन-सी बस जाएगी।

"कितने बजे की फ्लाइट है?"

"एक चालीस।"

"मैं यहाँ टैक्सी मँगा दूँगा। नौ बजे निकल जाइए। दो-तीन घण्टे पहले पहुँचना होता है। ठीक रहेगा।"

"ठीक है।" कहकर सिरी भाई ने दूसरा प्रश्न किया कि तुम्हारा नाम क्या है? और इसी प्रश्न की छोटी-सी पोंछी–कि कहाँ के हो?

"नन्दकिशोर नाम है। छपरा के पास दाउदपुर का हूँ। ये मेरा कार्ड ले लीजिए। वहाँ से जब आना होगा उसके पाँच दिन पहले मुझसे कंटेक्ट कीजिएगा। गाँव जाने का टिकट और यहाँ रहने की व्यवस्था हम कराकर रखेंगे। यह हमारी सर्विस है। हम दलाल नहीं हैं।"

सवा आठ बजे दोनों अपने बैग के साथ नीचे आ गए। टैक्सी लगी थी। टैक्सी में बैठकर सिरी भाई ने उसे बीस का नोट देना चाहा। उसने नहीं लिया। यह कहकर कि आने पर दीजिएगा।

तुम दलाल नहीं हो! नोट को जेब में रखते हुए सिरी भाई ने मन ही मन कहा।

वह मुस्कुरा रहा था। सिरी भाई डर रहे थे। दिलू ताकतवर था। वह डर नहीं रहा था। एक दुख था जो अब तिर रहा था। यह जहाज का टेक-अप होना था। वे दोनों उड़ रहे थे–धरती से बहुत ऊपर। यह उड़ान कबूतरी उड़ान नहीं थी।

हर उड़ान फैण्टेसी नहीं होती।

नीचे सिर्फ़ हिलते हुए हाथ थे, जो उनके लिए नहीं थे। बस कुछ चेहरों की मुस्कुराहटें थीं। सलामती की दुआएँ थीं–जिनकी लरें अब टूट रही थीं। वे चेहरे अब धुँधले पड़ते जा रहे थे। और कुछ धुँधलके अब साफ़ होना चाह रहे थे। यात्रा का वह बीच का पड़ाव था–जहाँ से पिछला छूटने लगता है अगले की ताक में।

पाँच घण्टे बाद दोनों इण्टरनेशनल एयरपोर्ट उतरे। सारे नजारे संगमरमर पर कुछ फिसलते-से कि एक फिसलती नज़र से सिरी भाई ने एक तख्ते पर लिखा हुआ पढ़ा था, "ओमनाथ महतो और श्री प्रकाश पाण्डेय" अंग्रेज़ी में।

दोनों जाकर वहाँ खड़े हो गए। दो चेहरों ने मुस्कुराते हुए इनका स्वागत किया। यह एक खाड़ी प्रदेश में ख़ुशामदीद था। एक ड्राइवर था तो दूसरा साथ में रिसीव करने आया था। दूसरा इंडियन था तो पहले को हिन्दी नहीं आती थी।

गाड़ी चली तो दूसरे ने एक देशी उत्साह के साथ पूछा था–कहाँ से?

भाषा का ठेठपन सुनकर दिलू की आँखें चमक गईं। लगा कि उसी गाड़ी से गाँव लौट रहे हैं। अब वह कहने ही जा रहा था कि इंडिया से और भाई तुम कहाँ के कि सिरी भाई ने बीच में ही कहा, "डेहरी ऑन-सोन, बिहार"।

"देवरिया, यू.पी." कहकर उसने सिरी भाई से दुबारा हाथ मिलाया।

गाड़ी एक कालोनीनुमा जगह पर आकर रुकी। यहाँ की हर सुन्दरता कृत्रिम थी। आठमंजिले उस मकान की लम्बाई-चौड़ाई औसतन बड़ी थी। एक बिल्डिंग से सटी दूसरी, दूसरी से सटी तीसरी। ये कम्पनी के सर्वेण्ट क्वार्टर्स थे। प्रत्येक कमरा लगभग बीस-बाइस स्क्वायर फुट का। सबमें ब्लैक काँच जड़ी दो-तीन बड़ी-बड़ी खिड़कियाँ–जिन पर बैगनी रंग का मोटा पर्दा झूलता था। हर कमरा एयर टाइट। कमरे की चारों दीवारों पर ऊपर-नीचे दो-दो बेड–होस्टलनुमा। कमरे में आठ लोग–आठों लोग अपने थे। दो यू.पी. के, एक दिल्ली का, एक आसामी, दो साउथ इंडियन और दो वे ख़ुद। कमरे को ख़ाली कर दिया जाता तो वह किसी सरकारी विद्यालय के रसायन की प्रयोगशाला-सा दिखता–वहाँ एक अजीब-सी गन्ध होती है–तीक्ष्ण। काम में लगने से पहले चार दिन की छुट्टी अपनी थी।–आब-ओ-हवा में सेट होने की गरज से।

कमरे में एक छब्बीस इंच की कॉमन टी.वी.–हिन्दी फ़िल्में अपनी थीं। दोनों ख़ुश हो जाते। शाम को सभी आते। आपस में बातें होतीं। हँसी-मजाक और ब्लू फ़िल्में। खाना और फिर सो जाना। जहान साला अपना है–वाले अन्दाज में।

आए दिन टी.वी. पर यह ख़बर–आईफा अवार्ड इन दुबई। टी. वी. में दिखने वाले ये वे चेहरे थे जिनके मुम्बई में होने का गुमान रचा जाता पर वे चमकते दिलबेरा में ही थे। अब दुबई में दिखेंगे–दो-तीन महीने बाद।

दिन भर निठल्ले बैठे रहना और सुबह जल्दी उठने की उत्सुकता–कि रात को नींद नहीं आई थी। अधनंगी स्मृति में एक बहती बयार खाड़ी के पार से आती थी। उस एयर टाइट कमरे की इस्पाती गन्ध में कुछ चित्र काँप जाते। उदास मन बैठ जाता।

"क्या हुआ दिलू?"

"यहाँ खैनी मिलती है भाई?"

"अभी?"

"नहीं भाई कभी भी–आधा डब्बा है।"

"शुक्रवार को मिलेगी। छुट्टी रहती है। सबलोग बाज़ार जाते हैं–जो नमाज अदा नहीं करते।" यह नींद नहीं लगने के बीच मन नहीं लगने की बतकही थी।

इस तरह एक खाड़ी प्रदेश में सूरज का उगना था। सुबह के पाँच बजे थे। एक घण्टे के भीतर फ्रेश होकर नाश्ता करके सभी तैयार। साढ़े छह बजे कैम्पस से बस खुली। चन्द मिनटों में कम्पनी में। गाड़ियों की रफ़्तार यहाँ बहुत होती। तेल सस्ता था। और सभी एक अदृश्य ट्राफिक नियम मानकर चलते थे। सड़कों पर पुलिस नहीं दिखती थी।

पहले दिन दोनों को अपने-अपने उस्ताद मिले। अलग-अलग साइट पर काम मिला। आठ बजते-बजते सूरज लावा की तरह फूटने लगता। आँखों पर काला चश्मा, सेफ्टी बेल्ट और पीले हेल्मेट के साथ जब दस बजे खाने की टेबल पर मिले तो यूँ लगा कि कबके बिछड़े हुए हम आज यहाँ आके मिले जैसे...। नाकारेपन में बिताई ज़िन्दगी का एक-एक रोआँ झरता-सा। पसीने

प्रायश्चित की तरह बह रहे थे। तापमान उन्चास डिग्री सेल्सियस। मोम उनसठ डिग्री पर पिघलता है फिर उड़ने लगता, सब कुछ की तरह। सिरी भाई ने जब चश्मा उतारा तो चेहरे पर गाल और नाक के बीच वाली घाटियों से पसीने की लकीरों से अलग दो और लकीरें बह रही थीं जैसे मेन रोड से कोई सँकरी गली फूटती है–चोर गली–माशूका के घर की तरफ़–जिसे सिर्फ़ दिलू पहचानता था। क्या हुआ जवान दिलू ने कहा था। दिन भर उसके उस्ताद उसे यही कहते रहे थे। वह सिरी भी को बुस्ड कर रहा था। तपी गर्मी में उसका चेहरा शीशम के ताजे चीरे पटरे सा चमक रहा था। उसने सिरी भाई को इस तरह पहले भी देखा था; पर इस तरह नहीं देखा था। सिरी भाई एक विद्वान आदमी थे। और उनका गणित तगड़ा था। यह बात इस पराए मुल्क में कोई नहीं जानता था। दिलू अपना था।

शुक्रवार को पूरा मुल्क एक सफ़ेद चादर सा खामोश दिखता। इस रेगिस्ताननुमा धरती पर अन्धड़ कुछ बेजार से उठते। सूरज एक मिक्स्चर की तरह दिखता। धरती का एक-एक अणु अभ्रक के चकत्तों सा चिलक उठता।

शहर से दूर इंडस्ट्रियल इलाक़े में हर रात एक रात का होना एक सुखद समाचार सा था। हर शुक्रवार मस्जिद में नमाजियों की तादाद और शहरों और बाज़ारों में ग़ैर मुल्कवालों की तादाद बढ़ती। पंछी नहीं के बराबर दिखते। कभी-कभार सड़क के किनारे पड़ी सूरज से झुलसी किसी गौरा की छोटी देह दिख जाती। दीवारों पर फ़िल्मी पोस्टर नहीं दिखते। सियासत उस मुल्क में एक सफ़ेद काँच की शीशी थी। कुल मिलाकर उस मुल्क का अपना कोई रोमांच नहीं था। पॉलिश किए गहनों की तरह शहर की उलंग इमारतें धूप में कुछ इस तरह चमकती कि वहाँ एक सिल्वर-सिल्वर जादू था।

वहाँ के लड़के अक्सर आवारा होते। पेट्रोल सस्ते दामों पर बिकता था। उस मुल्क का दुनिया की हर गतिविधि पर अच्छी-ख़ासी दखलन्दाजी थी। दुनिया के तमाम मीडिया क्लास में वह एक इण्टरनेशनल मार्केट के साथ-साथ इण्टरनेशनल वाइब्रेशन के नाम से शुमार था।

यह तीन महिने बाद के तीसरे सप्ताह के बाद चौथे सप्ताह का वृहस्पतिवार

था। फिर शुक्रवार-छुट्टी, मस्ती, बियर, फ़िल्में, अपनों से मुलाकात और न जाने क्या-क्या...। दिन नहीं गुब्बारा था। एक छोटी पार्टी–आने वाले गुब्बारे की ख़ुशी में।

तीन दिन पहले सिरी भाई की जाँघ पर एक घाव हुआ था। आज पक गया था। चलने में कठिनाई होती थी। हर लँगड़ाते क़दम पर गाँव याद आता। आज ख़ूब पीने का इरादा था।

इन नामालूम-सी सर्दियों की वह एक किरकिरी रात थी और उन लोगों के बीच बेइन्तहाँ ख़ुशियों का जगना था। कमरे के भीतर की दुनिया में एक कसैली गन्ध तिरती थी। बाहर की दुनिया में कैसीनो की घिरनी की चालाकी थी। हर क्षण कुछ बदलता था–दस...बारह...बीस...पचास...कुछ भी। हल्की आवाज़ में टी.वी. चल रही थी। नशे की हाल में टी.वी. या शीशा देखने से नशा जल्दी चढ़ता है। उनकी बातों में हर तरह का सब्जेक्ट था और देशभक्ति का जज्बा दम-ब-दम काँपता था। आवाज़ें काँपनी शुरू हुई थीं, पर बातों में एक शार्पनेश था। टी.वी. पर जब दृश्य बदलता कमरे में अँधेरा चमक जाता। पलकें झपक जातीं। आज टी.वी. पर आइफा अवार्ड का लाइव टेलिकास्ट होना था। चैनल नौ बजे से ही व्यस्त था। प्रोग्राम बारह बजे से होना था। चैनल पर एक बिन्दास बाला की एंकरिंग थी–जिसके घुँघराले बाल खुले थे और वह बार-बार उन्हें दो उँगलियों से कान के पीछे किया करती थी। उसके होंठों की ललाई, होंठों की अपनी ललाई जितनी थी। पलकें बुझनी शुरू हुई थीं। यह अन्तिम ग्लास का दौर था।

"चलो यार बाहर चलते हैं।" एक कोरस ध्वनि थी सबके लिए।

"हम नहीं जा पाएँगे।" यह सिरी भाई थे।

"भाई को चढ़ गई।" उतान खड़ा दिलू था। हँसी की स्थायी मुद्रा से ज़्यादा उसके होंठ फैल गए थे। उसका मुँह ओटनी की तरह दिख रहा था।–चढ़ गई भाई जी।

"नहीं, घाव हुआ है।" सिरी भाई बहुत सँभलकर बोले थे। यह घाव का होना नहीं था। घाव के होने के एहसास का होना था। स्मृति की खुरचन में यह

एक याद की तरह था कि मुझे घाव हुआ है और बाहर नहीं जाना चाहिए। जाँघ में हुए घाव से चलने में परेशानी होती थी। स्मृति में हुए घाव से स्मृति में चलने से कोई परेशानी नहीं होती। स्मृति में घाव होना एक बात है और चलना दूसरी।

नशे की तन्द्रा केले के पत्ते-सी होती है, हर जगह से कुछ फटती और कुछ खुलती-सी कि कहीं कोई दरवाज़ा नहीं होता। और उस कहीं नहीं दरवाज़े को दिलू बार-बार खटखटा रहा था। और उस कहीं नहीं दरवाज़े के पीछे एक कमरा था। कमरे में सिरी भाई अकेले और दुखी थे। उनकी स्मृति में एक घाव था, जो दुख नहीं रहा था। दुख रहा होगा कि स्मृति को घाव से जोड़कर वे दुखी थे। और रो रहे थे।

सड़क पर लैम्प पोस्ट के पीछे एक बालू का मैदान पसरा था। बालू के मैदान में एक रात पसरी थी। लैम्प पोस्ट के बहुत ऊपर एक आकाश था। लैम्प पोस्ट के थोड़ा ऊपर से बहुत ऊपर आकाश तक एक चटकदार रात थी और आकाश कहीं नहीं दिखता था–उसके होने के यूनिवर्सल ट्रुथ की महज कल्पना थी। गाँव में जामुन के खोखल में एकमुश्त एक चटकदार रात हमेशा रहती थी। मणि वाले साँप की दंतकथा वहीं से शुरू होती। सड़क से हटकर लैम्प पोस्ट के पार जाना एक चटकदार रात में जाना था। और एक चटकदार रात में जाना अपने गाँव की तरफ़ जाना था–विदाउट टिकट, विदाउट पासपोर्ट, विदाउट परमिट–खलीबली।

इस तरह गाँव की तरफ़ जाना बंजारों के उत्सवधर्मी आवागच्छ की तरह लगता था। अँधेरे में एक हुड़दंग कि प्यार अगर मिले तो हर नशा है बेकार जहाँ चार यार–ऐ! एक साथ। सब रुक कर। फिर शुरू से–यह बलराम था। कि अचानक रामगोपाल वर्मा की सतही हॉरर फ़िल्मों की तरह एक आवाज़ काँपी थी–हू इज देयर? उस आवाज़ से कहीं कुछ नहीं काँपा था–एक क्षण के लिए। कि उसी के समानान्तर एक दूसरी आवाज़–भाग रे पुलिस। सारी लरें टूटकर बिखर गईं। कौन-सी आवाज़ किधर से आई थी, कुछ पता नहीं चल रहा था। नीम अँधेरे में सिनेमा का जैसे निगेटिव रील चल रहा था। हर आँख मौत से आक्रान्त मौत की तरफ़ भागती-सी। भागने की हर दिशा खुली थी, मौत किसी

भी दिशा से आ सकती थी। बहुत तेज़-तेज़ भागने पर दिलू को लग रहा था कि उसके पाँव एक ही जगह उठ-गिर रहे हैं। वह बहुत देर से कहीं नहीं भाग रहा है। लहर के विपरीत थके हुए तैराक की तरह हाथ-पाँव चलाते रहने की जद्दोजहद के अलावा और कुछ नहीं।

कमरे में गहरे क़दमों की आवाज़ें। सारे लोग एक पर एक कमरे के फर्श पर। अनेकानेक तेज़ गर्म साँसें कमरे में भर गईं। सिरी भाई जग गए। उन्हें लगा कहीं जल्दी निकलने की गरज से जैसे नए कपड़े पहनकर पुराने कपड़े वहीं छोड़ देतीं औरतें। कहीं साया, बिस्तर से आधा नीचे लटकता ब्लाउज, एक कोने में साड़ी, एक कोने में कंघी, नीचे कोने में टूटे हुए गुमेठे बाल, हवाई चप्पलें–एक कोने में दिगम्बर उससे सटा बलराम, उसके पाँव के पास निमन, निमन बरुआ। दूसरे कोने में अंकित अस्थाना उसके पैरों में भैरव पासी और उसी से सटा मनेजर राजदार। उस रात का कोलाज बनता तो सिर्फ़ दो आँखों की तस्वीर बनती–जैसे भीड़ में खो गए किसी बच्चे की सूनी और बेचैन आँखें। सिरी भाई की दो आँखें अपने बिस्तर पर बैठ यह नहीं सोच पा रही थी कि ये कौन हैं और हम कहाँ हैं। आँखों का फ्लैश पूरे दृश्य पर चमकता। जलती-बुझती टी.वी. की रोशनी में आइफा का प्रोमो और बार-बार एक नकली हँसी हँसती वह बाला, सिरी भाई की चौंधियाई आँखें और दृश्य में हर बार एक शक्ल छूट जाती।

दिलू कहाँ हैं? सारी इन्द्रियों को एकत्र कर धमनियों के अन्तिम शिरे से उफनी यह आवाज़ थी, जिसमें शुभ के सारे संकेत मिट गए थे।

भाई! उसे पुलिस ने पकड़ लिया- डरे हुए चेहरों के बीच यह दिगम्बर की आवाज़ थी। काँपते हुए दृश्य में अँधेरा काँप रहा था। टी.वी. पर किसी लौंडेनुमा व्यक्ति की एंकरिंग थी–धीमी। जिस पर मॉडर्नाइजेशन का ठप्पा था।

पलक झपकते ही सिरी भाई गेट पर थे।–कहाँ रे? कि एकाएक एक झटके के साथ सिरी भाई कमरे के फर्श पर कमर के बल छितर गए। उनका घाव अब दुख नहीं रहा था। दिलू बदहवासी में भागता हुआ यहाँ तक पहुँचा था–सबकी आशाओं को चीरता-सा। वह बेतरह हाँफ रहा था। वह लौंडेनुमा व्यक्ति एक

हाथ अपने सीने पर रख बड़े ही नाटकीय अन्दाज में कुछ कह रहा था। जैसे कि अक्सरहाँ हिन्दी सिनेमा का एक डायरेक्टर बोलता है। टी.वी. में।

कहाँ था रे? सिरी भाई रो रहे थे। उस रोने में टूटना नहीं था। एक लर टूटते-टूटते बच गई थी–अपने अन्तिम सिरे पर। और तनती तो शायद टूट जाती। एक में एक जकड़े गए सब।

हम पुलिस को मार दिए भाई। इस विजय में गर्व की चासनी नहीं थी–डर था। निमन बरुआ ने उठकर कमरे का दरवाज़ा बन्द कर दिया। अंजाम सोचकर भीतर बिजली का स्पार्क होता था। एक गम्भीर आदमी गम्भीरता से मरता होगा पर एक मसखरे की मौत वैसी नहीं होती होगी। एक चम्पई रंग की मौत। पराए मुल्क में अपनों की मौत, गाढ़ी-काली अलकतरे-सी बदरंग और बदसूरत होती होगी। हर जुमला छटककर अलग हो जाता होगा।

टी.वी. का फ्लैश जब-जब चमकता एक साँवला और ताकतवर चेहरा चिहुँक जाता। हर बार दरवाज़ा खुलने-सा लगता।

...जान से? बलराम ने पूछा था।

मालूम नहीं भाई... वह अँधेरे में तड़फड़ा रहा था। उसके नाक-मुँह से ख़ून बह रहा था। वह एक ही जगह घिरनी की तरह नाच रहा था। उठ नहीं पा रहा था। हम ज़ोर से नहीं मारे थे भाई, पता नहीं कैसे लग गया। दिलू सिरी भाई को पकड़कर रोने लगा। सिरी भाई को लगा वे कुछ क्षण बाद अकेले हो जाएँगे। और दिलू सॉरी नहीं बोलेगा। वे भी रो रहे थे और उन्हें लग रहा था कि वे वर्षों से इसी तरह रो रहे हैं। दिलू ते खलीबली हो जा। यह निमन बरुआ की आवाज़ थी। वह सबसे ज़्यादा पीया हुआ, सबसे होश में था। शराब का इन्तजाम वही करता था। दो-तीन बार का रिटर्नर था।

"हम भाग नहीं सकते भाई। निकलते ही मार देगा।" दिलू अपना सब कुछ खो रहा था। मस्तिष्क का कोई भी तार कभी भी छूट सकता था। वह लकवा का मरीज हो सकता था। पागल हो सकता था। बेहोश हो सकता था–हम पकड़ा गए तो कह देंगे कि हम जान-बूझकर नहीं मारे थे–स्मृति की सारी लरें टूट रही थीं–हम नशे में नहीं मरना चाहते भाई। मेरे बापू से मत कहिएगा कि हम शराब

पिए थे भाई। हम उनकी बहुत इज्जत करते हैं भाई। हमें बचा लीजिए भाई।

"सुबह तक पुलिस सबको पकड़ लेगी भाई। यहाँ की पुलिस बहुत हरामी है।" यह मनेजर राजदार था। रिगर।

"पइसा से नहीं छूटेंगे?"

सिरी भाई दिलू को अपने बिस्तर पर सुलाए थे। और उसके सिरहाने दोनों हाथ माथे पर रख उकड़ूँ बैठे थे। जैसे लाश के पास बैठे हों।

"नहीं भाई! पुलिस दिलू को इंजेक्शन दे देगी। गोली भी मार सकती है। फाँसी भी भाई। और हम सबको कोड़ा से पीटेगी भाई।"

यह अंकित अस्थाना था जो बहुत देर बाद बहुत डरी हुई आवाज़ में बोला था।

"हमको भी?"

"सबको भाई?"

"कल शुक्रवार है, किसी को गोली नहीं मारी जाती। इंजेक्शन, फाँसी कुछ नहीं।" तलछट अँधेरे कोने से निमन बरुआ एक रहस्य की तरह बुदबुदाया था। उसने अभी-अभी जो कहा था और अभी-अभी जो कहने वाला था के बीच सिरी भाई क्षण-भर के लिए जी लिए। एक पल। एक दिन।

"भाई बड़ी वाली मस्जिद के सामने इसे बाँधकर सारे नमाजी एक-एक पत्थर मारेंगे, शैतान मारो के नाम पर और दिलू..."

सिरी भाई का घाव दुख नहीं रहा था। ऑफ-ऑन टी.वी. की लाइट पर पिघलते शीशे-सी रात चमक जाती। आँखें बुझ जातीं। हर खटका दरवाज़ा खुला लगता। हर सन्नाटा खटका लगता। और हर आवाज़ सन्नाटा लगती।

कि लाखों तालियों की गूँज में सन्नाटा कुहरे की तरह फट गया। सिरी भाई काँपने लगे। टी.वी. में हज़ारों चकमक बत्तियाँ जलीं। एक अँधेरे दृश्य में दो जूतों की खटखट और लाखों तालियाँ-सीटियाँ। कि एकाएक एक प्रकाश का फौव्वारा उस आकृति पर पड़ा–ब्लू सूट और ब्लैक चश्मे में फ्रेंचकट सफ़ेद दाढ़ी वाला एक ऊँचे कद का बड़ा अभिनेता, नीलम की अँगूठी वाले हाथ को हवा में लहराते हुए अपनी चिर-परिचित मोटी आवाज़ में उल्लास के

साथ कह रहा था–सल्लाम दुबई। नशीली और सूनी आँखें चमक गईं। सिरी भाई हिल गए।

स्क्रीन बुझ गया–काला। पार्श्व से एक महीन वायलिन की आवाज़ और निपट अँधेरा। हाथ लगाया तो दिलू वहाँ नहीं था। सिरी भाई सबको जगाना चाहे होंगे। आवाज़ हलक से बाहर नहीं आ रही होगी। पूरा चेहरा पीला और पूरे शरीर में लू-सी सिहरन हुई होगी। सिरी भाई की इस स्थिति को थोड़ा और स्पष्ट किया जाय तो यूँ कि एक नई क्लासिकल फ़िल्म के बहुत ही पुराने और अन्तिम शॉट में अपनी नायिका की याद में नायक की मृत्यु इसी तरह होती थी। वह एक धूसर फ़िल्म का सबसे बिगेस्ट शॉट था। सात मिनटों का–विदाउट रीटेक, विदाउट कट। जिसका निर्देशक धँसी हुई आँखें और भूरी मूँछों वाला व्यक्ति था। और वह अपनी तीसरी फ़िल्म की सहनायिका के साथ प्रेम करता था। वह कैमरे की आँख से उस सहनायिका को देखता और ख़ुश होकर मुस्कुराता था। वर्षों बाद उसकी मुस्कान उसके चेहरे पर फफूँद की तरह जम गई थी। क्योंकि वर्षों पहले उसकी फ़िल्म की सहनायिका शराब के नशे में ब्रेन हैमरेज से मर गई थी। अपने कैरियर के बुढ़ापे के दौर में वह उस सहनायिका की याद में एक फ़िल्म बनाना चाहता था। वह विदाउट रीटेक, विदाउट कट वाला सात मिनटों का शॉट उसी फ़िल्म का शुरुआती शॉट था। लेकिन बीच में ही उस निर्देशक का इन्तकाल हो गया। वह फ़िल्म यदि बनती तो वह उस निर्देशक के जीवन की पहली कलरफुल फ़िल्म होती और हिन्दी सिनेमा की भी। पर बहुत वर्षों बाद इधर के एक नए डायरेक्टर ने बड़ी बारीकी से उस सात मिनटों वाले शॉट को अपनी नई फ़िल्म की एंडिंग में इस्तेमाल किया। और कहीं भी उस पुराने निर्देशक का आभार प्रकट नहीं किया। और ना ही उस सहनायिका का ही।

पार्श्व में खोई उस वायलिन की एक महीन आवाज़, जो किसी बियाबान में खोती थी–वहीं से एक पीली रोशनी कमरे में फैलनी शुरू हुई थी। यह स्मृति का टूटना था। कि एक अदृश्य हाथ सिरी के कन्धे पर पड़ा और वे दबोच लिए गए, "चलिए भाई फ़िल्म ख़त्म हो गई।"

"कहाँ गया था रे स्साला?" अन्तिम सिरे में बची आशा की एकमात्र टप जो बाढ़ की तरह उफनी थी। सिरी भाई पसीने से तर–यह स्मृति का लौटना था।

"खैनी थूकने गया था भाई।" यह एक सहज अभिव्यक्ति थी, "सॉरी।"

वह कुहरे वाली ठण्ड की महकती एक रात थी। दिलू साइकिल चला रहा था। पीछे सिरी भाई कम्बल ओढ़े बैठे थे। पीछे छूटी हुई वायलन की महीन आवाज़ थी। छब्बीस इंच की रंगीन टी.वी. पर जलती हुई बल्ब की पीली परछाईं थी–एक छूटे रह गए शब्द के साथ। द एंड। जैसे अभी-अभी तुम्हारे मस्तिष्क में छूटा रह गया एक शब्द–

...कहानी?

ख़ाली दिनों में लोकबाबू की जंगल-गाथा

एक तोते का जन्म पहली बार एक कहानी में हुआ था, दुनिया ने पहली कहानी एक तोते के मुँह सुनी थी।

इधर के दिनों में यह कहानी कई तरह से शुरू हो सकती थी, पर जिस समय इस कहानी की महज एक ही शुरुआत थी तब ख़ाली, सूनी, लम्बी पगडण्डियों पर बेढब दोपहरें ख़ाली कनस्तरों-सी बजती थी। तब के दिनों में पेड़ों से पत्ते और फूल बहुत झरते थे—फल पककर चू जाते। उन्हीं दिनों लोकबाबू को फूल बहुत अच्छे लगते और उन्हें फूलों को देख दया आती थी। दुनिया में और भी कई चीज़ें थीं जो लोकबाबू को भाती थीं और उन तमाम भाने वाली चीज़ों के प्रति उनके मन में दया जैसी भावना थी—करुणा जैसी भी।

होता यूँ था कि कभी-कभार चीज़ें अच्छी लगनी बन्द हो जातीं पर उसके हिस्से की दया और करुणा लोकबाबू के अन्दर ज्यों की त्यों बनी रहती।

हमारी दुनिया में जब बहुत कम कथाएँ थीं। उस समय भी लोकबाबू के पास, हमारे लिए, बेतरतीबी से गढ़ी हुई अनेक कथाएँ थीं। और तब लोकबाबू हमारे बीच एक ख़ाली और फ़ुरसताह दिन की तरह थे।

जाड़े की रातों में रजाई में घुसकर हम जवान हो रहे थे। कहने की गरज ये कि बीस पैसे रोज़ के भाड़े पर नागराज और चाचा चौधरी का कॉमिक्स पढ़ना हमने छोड़ दिया था। हम भूतनाथ महाविद्यालय जाने लगे थे। वहाँ जिन चार

चीज़ों से हमारा साबका पड़ा, उनका महत्त्व बस इतना कि हमारे गाँव के बहुत बाहर से जो एक नहर गुज़रती थी, कहते हैं, नेपाल से आती थी। उस पर एक पुराना पुल था। उस पर से चार चक्के की गाड़ियाँ बड़ी सावधानी से गुज़रती थीं। थोड़ी भी दाएँ-बाएँ हो तो पुल की दीवार से रगड़ जाए। उस पुल से हर आदमी एक दहशत में गुज़रता था। लोकबाबू जब पुल से गुज़रते, बस की खिड़की से नहर के पानी को प्रणाम करते, इस तरह देखा-देखी सब करते। महिलाएँ ज़्यादा करतीं। वह पुल ऐसा नहीं था जिस पर बैठकर किसी लड़की के साथ प्रेम किया जाय या किसी बच्चे से कहा जाय–ओ देखो पुल! मतलब कि उस पुल का एक पुल होने के अलावा कोई अलग से मतलब नहीं था। हमारी ज़िन्दगी में आई वे चार चीज़ें भी बस उसी पुल की तरह, अपने मतलब के साथ थीं।

साइकिल, सिगरेट, जैक्सन और गुलशन नन्दा

चूँकि महाविद्यालय गाँव से चार किलोमीटर दूर था सो साइकिल थी। गाँव की तरह साइकिल पुरानी थी। चाचा बातों-बातों में कहते कि साइकिल का बस फ्रेम ही पुराना है, बाक़ी सब नया ही समझो। फिर भी साइकिल चलती थी तो अक्सर आवाज़ होती थी। गाँव के चलने में अक्सर आवाज़ नहीं होती। गाँव में कभी-कभार चोरियाँ हो जातीं सो कभी-कभार आवाज़ भी होती थी। रात के समय चाचा साइकिल को सिक्कड़ से बाँधकर आँगन में रखते थे। गाँव में साइकिल की चोरी अक्सर होती।

गाँव में ट्रैक्टर चलाना सिर्फ़ तीन को आता। बहुतों को साइकिल चलानी नहीं आती और बहुतों को पता भी नहीं चलता था कि बहुतों को साइकिल चलानी नहीं आती। गाँव में प्रेम प्रसंग ऐसे ही फलते-फूलते थे। लड़के नैनीताल भाग जाते, लड़कियाँ पास के रेलवे स्टेशन पर पकड़ी जातीं।

गाँव में गरमी के सीजन में शादियाँ होतीं, लोग जाड़े में बूढ़े होकर मरने लगते। मरने वाले के अनुपात पर जाड़े की डिग्री मापी जाती। जाड़े में हुई शादियाँ, लोगों को दिनों-दिन तक याद रहतीं। क्लर्क बाबू जब मर गए और गाँव के लोग नहर के बाँध पर उन्हें जलाने ले गए–वह गरमी का कोई महीना

था। हम सब सरकारी शीशम के नीचे क्लर्क बाबू के जल्दी जलने का इन्तज़ार कर रहे थे। गरमी के महीने में हवा चौतरफ़ा चलती थी सो आग की लपटें और तेज़ हो जाती थीं। दीक्षित जी कहते–सोमवारी एकादशी में मरना अच्छा होता है। बहुत देर बाद बहुत दूर बैठे प्राइमरी वाले गणेश मास्टर ने कहा कि क्लर्क बाबू बढ़िया आदमी थे और उससे भी बहुत बाद में कहा कि उन्हें साइकिल चलानी नहीं आती थी। गणेश मास्टर की बातों पर न जाने क्यों हमें सहज विश्वास नहीं हुआ। किसी की चिता पर कोई झूठ कैसे बोल सकता था भला, और वो भी मरने वाले के बारे में। हम याद नहीं कर पा रहे थे कि क्लर्क बाबू को साइकिल चलानी नहीं आती थी। सहज विश्वास भी नहीं होता था। कई बार हमारे मस्तिष्क में, क्लर्क बाबू की फरहर ज़िन्दगी की रील, साइकिल पर बैठे हुए घूमती थी। गणेश मास्टर पहले बताए होते तो क्लर्क बाबू को पैदल चलते देख हम सहज विश्वास कर लेते। अब मरे हुए के नाम पर कोई सट्टा कैसे खेले। आदमी अक्सर मरे हुए के नाम पर व्यापार चलाता है। हमने गणेश मास्टर को एक सन्देह की दृष्टि से देखा। गणेश मास्टर एक सरकार की तरह झेंप गए।

बहुत बाद यह पता चलता कि क्लर्क बाबू की साइकिल नहीं चलाने वाली बात, क्लर्क बाबू को किसी भी तरह कथा में ज़िन्दा रखने का षड्यन्त्र मात्र थी। होता यूँ था कि वहाँ की हर कथा में क्लर्क बाबू बरबस चले आते और सुनने वालों को बहुत अन्त में यह गुप्त बात पता चलती कि क्लर्क बाबू को साइकिल चलानी नहीं आती थी।

क्लर्क बाबू का नाम लोकबाबू नहीं था। गोपीचन्द्र था। कुछ लोग उन्हें गोपचन, गोपचन भी कहते थे। लोकबाबू का नाम आलोक नाथ राय था। लोग उन्हें लोकबाबू, लोकबाबू कहते। चूँकि किसी भी कथा में क्लर्क बाबू के बरबस आ जाने से अक्सर सुनने वाले को भ्रम होता था, सो अक्सर रुककर मूल कथा से क्लर्क बाबू वाली कथा को बिलगाना पड़ता था कि ये ये थे और ये ये–अर्थात क्लर्क बाबू क्लर्क बाबू थे और लोकबाबू लोकबाबू।

...हाँ तो हम थे कि लोकबाबू का नाम आलोक नाथ राय था, लोग उन्हें लोकबाबू कहते थे।

जहाँ दुनिया एक माइक्रो-चिप में समाई जाती थी। लोग चाँद पर रहने, घर बसाने, होटल-बीयरबार खोलने, सहवास करने, हनीमून मनाने, बच्चे पैदा करने की बात सोच रहे थे। वहीं इस ओवरटेक वाली टुच्ची दुनिया में आलोक बाबू के 'आ' स्वर का लोप कब, कहाँ, कैसे हुआ, कौन सोचे भला। इतना सोचने का फालतू समय इस अजीब-सी बनती जा रही दुनिया में किसी के पास न था–बात बस इतनी-सी थी कि आलोक बाबू लोकबाबू बन गए बस!

लोकबाबू ने अपने जीवन में न जाने कितनी नौकरियाँ छोड़ीं और न जाने कितने मुहावरे गढ़े। मैं यहाँ छुटी हुई नौकरियों और गढ़े गए मुहावरों की बात नहीं करूँगा।

बात, हर बार छूटे रह जाते लोकबाबू की...

गाँव से सोलह किलोमीटर पश्चिम 'भोरे' से दो बसें, गाँव के पन्द्रह किलोमीटर पूरब मीरगंज टाउन को जाती थीं। उस रूट में सिर्फ़ दो ही बसें चलती थीं–अप-डाउन। सुबह नौ से शाम पाँच तक। जो बस नौ बजे भोरे से छूटती वह पौने दस, दस तक गाँव का चौराहा शंकर मोड़ पर पहुँचती। लोकबाबू की वह सवारी थी। लोकबाबू उसके असवारी थे। बस रोज़ छूटते-छूटते रह जाती। लोकबाबू रोज़ छूटते-छूटते रह जाते। महीने में एक-आध बार ऐसा भी होता कि लोकबाबू रहते-रहते छूट भी जाते।

जब लोकबाबू रहते-रहते छूट गए होते, चौराहे पर खड़े किसी सवारी की राह तकते और अन्ततः हमारी साइकिल के पीछे कैरियर पर असवार हो जाते। तब छूटे रह गए लोकबाबू तीन लोगों को गालियाँ देते मन ही मन–पत्नी, भैंस और एक ख़ास मुहावरा बनाने वाले आदिम आदमी को। पत्नी का सम्बन्ध गालियों से इस बाबत जुड़ता कि उसने लोकबाबू का अण्डरवियर सुखाकर न जाने कहाँ रखा था कि ढूँढ़ते-ढूँढ़ते देर हुई। लोकबाबू जब गरम होते, पत्नी धीरे से कहती, चिल्लाइए मत स्थिरे रखा है, मिल जाएगा। भैंस का हाल ये कि लोकबाबू कपड़ा पहनकर तैयार होते कि कोई बाहर से चिल्लाता–ऐ लोकबाबू! भैंस पगहा तुड़ाकर भर गाँव चौकड़ी भर रही है। और लोकबाबू दौड़ पड़ते।

लोकबाबू जब पत्नी को गाली देते, पत्नी को भैंस बोलते। भैंस को देते

तब भैंस को साली। पर दोनों सूरतों में वह मुहावरे वाला आदिम आदमी कॉमन होता, जिसने कहा होगा कि 'बस, ट्रेन और लड़की के पीछे मत भागो एक जाएगी तो दूसरी आएगी।' साले को क्या पता कि दूसरी के आने तक नौकरी चली जाएगी–लोकबाबू कहते।

इस तरह एक रोज़ रोज़-रोज़ के छूटे लोकबाबू ने हमारी साइकिल के कैरियर पर असवार होकर हमारा हाल-चाल पूछा और हमें एक कवि की तीन पंक्तियाँ सुनाईं। कवि का नाम धूमिल था और कविता में वेश्या और हिजड़े टाइप के कुछ शब्द थे।

ऐसा बहुत सम्भव है कि अब तक की इस कहानी से आपका बहुत सम्बन्ध नहीं बैठता हो, ठीक उसी तरह जैसे कि कहानी के नाम पर ऊपर किए गए बकवास से शुरू हो रही मूल कहानी का बहुत सम्बन्ध नहीं है। पाठक चाहें तो ऊपरी पैराग्राफ को छोड़ भी सकते हैं। समय बहुत नहीं हो तो कहानी यहाँ से भी शुरू हो सकती है।

समय को लेकर एक फिलॉसफी मैंने लोकबाबू से मारी थी–आप समझ नहीं रहे लोकबाबू, कम्प्यूटर का जमाना है, आधा 'न', आधा 'म' लिखने में दिक़्क़त होती है। कैरियर पर बैठे लोकबाबू थोड़े व्यवस्थित हुए, हैण्डल चकमका गया। मैंने फिर कहा, इसीलिए सब जगह बिन्दी लगाई जाती है।

मेरा अनुमान था कि बातों में 'कम्प्यूटर' शब्द आते ही लोकबाबू थोड़ा हिल गए होंगे।

चुस्त पैंट पहनने में दिक़्क़त नहीं होती? आधा 'म', आधा 'न' लिखने में ज़्यादा दिक़्क़त होती है? गुजराती, मराठी, तमिल, कन्नड़, नेपाली वाले कम्प्यूटर नहीं चलाते, सिर्फ़ हिन्दी वाले ही चलाते हैं? यही सब करके तो आप लोग भाषा और व्याकरण का (बीऽऽऽऽप) मार दिए। ई सब कौन (बीऽऽऽऽप) पढ़ाता है आपको?

लगा नहीं कि लोकबाबू मुझे डाँट रहे हैं। यूँ लगा कि हम किसी ईरानी फ़िल्म की समीक्षा सुन रहे हैं। लोकबाबू ज़ोर-ज़ोर से कुछ समझा रहे थे, मैं तेज़-तेज़ पैडल मारे जा रहा था।

यह एक दृश्य था। जबकि दृश्य कुछ इस तरह होना था कि कहानी में मुझे, सिगरेट पीते हुए एक हीरो की तरह एंट्री मारनी थी, पर ऐसा नहीं हुआ। मैंने कविताएँ लिखनी शुरू कर दीं। लाल छींटदार, ढीली-ढाली शर्ट पहनकर लहराते हुए साइकिल से कॉलेज जाना था, पर ऐसा नहीं हुआ। यह सब मेरे दोस्तों के साथ हुआ। और मेरे हिस्से, साइकिल के कैरियर पर हर रोज़ के छूटे लोकबाबू असवार हुए। और इस तरह साइकिल के कैरियर से ही मैंने दुनिया का आधा साहित्य पढ़ लिया।

दुनिया की हर चीज़ पर लोकबाबू के चश्मे का पावर सही-सही फिट बैठता था। कैरियर पर बैठे लोकबाबू कभी-कभी ऐसी बातें बतलाते जो युवा पीढ़ी से लेकर घरेलू औरतों तक के काम आ सकती थीं कि 'अख़बार में लिखे राशिफल पर विश्वास मत करो, वह हम अपने मन से बना-बनाकर लिखते हैं। कोशिश करते हैं कि सब का अच्छा-अच्छा लिखें और लिखते भी हैं। सिर्फ़ तुला राशि का गड़बड़ लिखते हैं।' पत्नी तुला राशि की थी। एक बार लिखा था, पति की सेवा करो, घर में धन की बारिश होगी–इस तरह।

"लोकबाबू मेरा क्या है?"

"कन्या राशि है। राशिफल अख़बार में पढ़ लेना। साइकिल दो, मैं लेट हो रहा हूँ।"

लोकबाबू जितने सुलझे हुए आदमी थे, उनका काम उतना ही उलझाऊ था–लाँगझारू। लोकबाबू 'दुनिया-जगत' नामक एक छह पेजिया अख़बार में प्रूफरीडर थे। उनके पास तीन सेट कपड़े थे। दो में ड्यूटी करते, तीसरे में पहुनाई जाते। जाड़े के लिए एक जोड़ी जूता-मोजा, एक फुल स्वेटर, एक बन्दर छाप टोपी और एक ऊनी आसमानी चद्दर थी। गरमी के लिए, जाड़ा वाला कपड़ा हटाकर जो बचता, वही था। बरसात में एक छाता और एक जोड़ी प्लास्टिक का जूता अलग से जुड़ता था। और एक स्याही बोकरती सवा रुपए की फाउण्टेन क़लम बरहोमासा थी। तीनों कुर्ते की जेब पर उसके निशान थे। जब भी लोकबाबू से बात करते समय कोई उनके कुर्ते की जेब पर नज़रें गड़ाता, लोकबाबू देखने वाले के चेहरे का गणित पढ़ते हुए मन्द-मन्द

मुस्कुराते, मुस्कुराहट में अगहनी बाजरे-सा एक लालछाँऊ भाव फूटता कि हम पढ़े-लिखे आदमी हैं, चोर नहीं हैं–लोकबाबू के साथ ऐसा अक्सर होता था।

लोकबाबू का घर गाँव के पश्चिमी सिमाने से थोड़ा और किनारे पर था। घर के किनारे एक नीम का पेड़ था। सुबह नीम की छाँव दूसरे गाँव के सिमाने में गिरती थी। तिजहरिया को नीम अपनी छाँव को समेटकर इस गाँव में आ बसता। लोकबाबू का खानदान पिछली तीन पीढ़ियों से इस गाँव में आकर नवरसा पर बसा था। लोकबाबू आज भी गाँव में एक पेईंग-गेस्ट की तरह रहते थे। साफ-सुथरे, चुपचाप कि कुछ भी बोलें तो मात्रा गड़बड़ हो जाए कि कब आकर एडिटर डाँट दे कि 'पुनर्प्रकाशन' होता है कि 'पुर्नप्रकाशन'? लोकबाबू हर जगह सतर्क, चौकस और चुप रहते। नीम का पेड़, बरसों से, चुपचाप, भर गाँव को दातुन बाँटता था। जैसे आम का पेड़ आम बाँटता है।

हमारे आवारा दिनों की जितनी भी बड़ी और बेवकूफ घटनाएँ थीं चुपके से लोकबाबू के चश्मे के नीचे से होकर गुज़री थीं। उन्होंने हर घटना का प्रूफ देखा था। हर घटना का तारकुन 'कु' बारझुन 'कू' ठीक किया था।

मृत्यु और चश्मे की बड़ी सरपट फिलॉसफी है। दोनों कब चढ़नी शुरू होती है–पता नहीं चलता।

अब लोकबाबू बस के पीछे नहीं भागते थे। शान के साथ चौराहे तक आते, बस मिली तो मिली नहीं तो साइकिल से।

साइकिल पर सवार लोकबाबू चले जा रहे थे। चेनकवर चेन से रगड़ खा रही थी और लोकबाबू के पीछे एक आवाज़ छूटती चली जा रही थी–तकुन 'कु', बरझुन 'कू'। मैंने चिल्लाकर कहा–लोकबाबू, मेरा ठीक-ठीक लिखिएगा, कन्या राशि।

लोकबाबू पीछे मुड़कर चिल्ला कर बोले–"शनि की साढ़ेसाती है, नीलम धारण करो, बाक़ी मैं देख लूँगा।" और साइकिल सड़क से उतर गई।

और यह उन्हीं दिनों की घटना है, जब इतिहास में मुझे सौ में तेईस नम्बर मिले थे और मैंने कहानीकार बनने की बात सोची थी। तब मेरे पास कुल अधूरी और सिर्फ़ अधूरी मिलाकर सात एकतरफ़ा प्रेम कहानियाँ थीं।

दिन तालाब के किनारे चुपचाप खड़ा रहता। शाम ढले लड़कियाँ कोरस में हँसती थीं। सब तरफ़ अच्छा-अच्छा घटने के आसार बने रहते थे कि लोकबाबू एक बढ़िया आदमी थे कि उनके अख़बार में कहानियाँ भी छपती थीं और लोकबाबू ने उन तमाम कहानियों के हीरोइनों के 'अस्तन' को 'स्तन' किया था।

लोकबाबू देर शाम साइकिल चलाते हुए लौटे थे। ऑफ़िस से महाविद्यालय तक लौटे थे। पूरब से पश्चिम में लौटे थे। दोपहर से शाम में लौटे थे। लौटे तो साथ-साथ कैरियर पर बैठी एक उदासी भी लौटी थी। कह रहे थे कि मालिक कह रहा है, अख़बार घाटे में जा रहा है। उन्होंने यह भी बतलाया कि उनकी उम्र सैंतालीस की है। उन्हें उदास देखकर मैंने आधी दर्ज़न अधूरी प्रेम कहानियों वाली बात छुपा ली।

महाविद्यालय से डेढ़ किलोमीटर दूर बड़कागाँव में हम लोगों ने चाय पी। लोकबाबू बिना चीनी वाली चाय पीते। उन्हें कोई बीमारी नहीं थी। चाय दुकान पर खड़े लोकबाबू जगलाल को बुलाकर धीरे से कहते, बिना चीनी वाली एक और चीनी वाली एक। जगलाल बहुत ही लाचारी से लोकबाबू को देखता, उसकी आँखों में लोकबाबू शरीफ-शरीफ बीमार लगते। वह लोकबाबू को ताककर थोड़ा मुस्कुरा देता। लोकबाबू थोड़ा बीमार हो जाते। वह मुस्कुराकर लोकबाबू की चाय में दो दाना चीनी मिला देता। वह इस फिराक में अक्सर रहता कि जिस दिन लोकबाबू बिना चीनी वाली चाय कहना भूल जाएँगे, उस दिन उन्हें वह चीनी वाली–कम चीनी वाली–चाय पिला देगा। लोकबाबू को बिना चीनी वाली चाय देने में जगलाल को थोड़ा दोष-सा कुछ लगता था और उसका मन फीका-फीका हो जाता। जगलाल हमेशा इस फिराक में रहता कि किसी दिन लोकबाबू की जेब में पैसा नहीं रहा तो उस दिन भी वह उन्हें चाय पिला देगा और कहेगा, कोई बात नहीं, जाइए, फिर कभी दे दीजिएगा, इनसान से ही तो भूल, ग़लती होती है न। इस तरह उसका दोष कट जाएगा। ऐसा लोकबाबू को भी लगता था।

लोकबाबू की दाढ़ी एक दिन की बढ़ी हुई थी। एक दिन की दाढ़ी में लोकबाबू अक्सर उदास लगते। चेहरे पर एक दिन की हरी दाढ़ी अक्सर रहती।

टोपाज ब्लेड से दाढ़ी बनाते और सेविंग क्रीम नहीं लगाते थे। लाइफबॉय साबुन मलते थे। जिस दिन दाढ़ी बनाते उस दिन भी एक दिन जितनी दाढ़ी छूट जाती।

चाय पीकर, हम लोग दुबारा साइकिल नाधे तब मैंने चुपके से आधी दर्ज़न प्रेम कहानी वाली बात बता दी। पहली बार लोकबाबू ने दिलीप कुमार की तरह रियेक्ट किया–ना मुन्ना...ना मुन्ना ना..., वाले स्टाइल में, पर यह बदला हुआ समय था। लोकबाबू शाहरुख की तरह लगे–उम्म्म्म न्न्नाह वाला स्टाइल था। लोकबाबू बाजीगर वाला चश्मा पहने थे...ग़रीबी पर लिखो, भुखमरी पर लिखो, चोर पर लिखो, दलाल पर लिखो पर प्रेम कहानी मत लिखो...उम्म्म्म न्न्नाह।

और यही वह जगह थी, जहाँ से कई बार हम पक्की सड़क छोड़कर खेतों के बीच से होते हुए, मैदान पार कर, पगडण्डी पकड़ लेते। जल्दी पहुँचने की गरज से। वहीं बीच मैदान में साइकिल रोक कर लोकबाबू ने झोला से एक पोस्टकार्ड निकालकर दिखलाया। उनका चेहरा बर उठा। पोस्टकार्ड लोकबाबू के नाम था। पोस्टकार्ड पर एक गन्दी राइटिंग में उनको धन्यवाद दिया गया था। भेजने वाले का नाम विष्णु प्रभाकर था। लोकबाबू के घर और दस-बारह ऐसे ही पोस्टकार्ड थे–दूसरे-तीसरे साहित्यकारों के लिखे।

लोकबाबू के प्रति इज्जत और बढ़ गई।

"मिलो, सबसे मिलो। परसों वाली कहानी की ख़ासियत देखे थे? लेखक को मोची, पान वाला, सब्ज़ी वाला, ठेला वाला, अण्डा वाला, डाकिया सब का नाम याद है। सबके बारे में पता है। तुम जहाँ साइकिल बनवाते हो उसका नाम तुम्हें पता है? सबके बारे में जानो और जानो कि वहाँ क्या है–लोकबाबू साइकिल चला रहे थे। मैं थक गया था। कैरियर पर असवार होने से ज़्यादा थकान होती थी। फिर भी सुकून रहता कि हम सुस्ता रहे हैं।"

"पर लिखूँ किस पर?"

"कहा तो, उस पेपर बेचने वाले पर लिखो। बहुत ग़रीब है। रोज़ पचास किलोमीटर साइकिल चलाता है। पचपन साल का बूढ़ा।"

चारों तरफ़ गेहूँ के खेत बिछे थे। बीच की पतली पगडण्डी, धरती पर राकेट का धुआँ-सा दिखता था। लोकबाबू का झोला लेकर, मैं पीछे कैरियर पर

बैठा था। मैं थका जा रहा था। पेड़ों के नीचे बैठे-बैठे लोग सुस्ता रहे थे। एक टिटिहरी हमारे पीछे पीछे बोलती आ रही थी। वीरान, शान्त, खेत, खलिहान और सरसराती हवा में एक टिटिहरी की पीछा करती आवाज़–प्रेम कहीं नहीं था।

पगडण्डी के बीचोबीच एक जामुन का पेड़ था। रास्ता पेड़ की परिक्रमा कर फिर सीधा हो जाता। वहीं से गुज़रते हुए, जामुन पर बैठा तोता बोला, "लोकबाबू।" लोकबाबू ऊपर ताकने लगे। साइकिल खेत में डगर गई।

"...तब! लिखूँ?"

साइकिल मैं चला रहा था। लोकबाबू ने धीरे से कहा, "लिखो!"

लोकबाबू अपने घर चले गए। घर में पत्नी थी। दो बेटियाँ, एक बेटा था। बेटियों का नाम निधी और रेनू था। मयंक बेटा था। पत्नी के घुटनों में हमेशा दर्द रहता। कभी-कभार चिल्हकता था। लोकबाबू घर में होमियोपैथिक गोलियाँ रखते थे। पत्नी का नाम पेउली था। शाम को सब बच्चे ओसारे में लालटेन बार कर पढ़ रहे थे। लोकबाबू को आते देख सब और ज़ोर-ज़ोर से पढ़ने लगे। उनके बच्चे उन्हें सिर्फ़ बाबू कहते। दुनिया लोकबाबू कहती। पोस्टकार्ड पर आलोक नाथ राय लिखा था।

लोकबाबू सीधे घर के अन्दर चले गए। पत्नी आँगन में सब्ज़ी काट रही थी। लोकबाबू जब घर में नहीं रहते थे, तब पत्नी ओसारे में बैठे दिन काटती। आँगन में अभी अँज़ोर था। गरमी में देर तक अँज़ोर रहता है। पत्नी ने अपना पीढ़ा लोकबाबू की ओर सरका दिया। लोकबाबू पीढ़े पर बैठ गए।

...मैं आ रहा था कि रास्ते में एक तोता बोला, "लोकबाबू"।

पत्नी हँसने लगी, "अरे ओ महन्त जी का तोता होगा।"

"लेकिन", मैंने कभी अपना नाम उसे नहीं बतलाया।

"किसी दूसरे के मुँह से सुना होगा।"

"तो उसे कैसे पता कि यह मेरा ही नाम है?"

"तो तुम्हें कैसे पता कि वह तुम्हें ही बोला?"

"अरे", मेरे ऊपर बोला।

"हो सकता है कि वह ऊपर बोला हो और उसी वक़्त तुम ठीक उसके

नीचे से गुज़रे हो।"

"पर वो बोला क्यों?"

"उसे अच्छा लगता होगा। जैसे लाल मिर्च अच्छी लगती है, वैसे लोकबाबू।"

"तो हर कहीं बोलेगा?"

"हो सकता है।"

"तब तो बदनामी होगी।"

"तब क्या करोगे, उसे पकड़ोगे?"

"नहीं, मैं पकड़ नहीं पाऊँगा।"

"तब, उसे ढेला मारोगे?"

"नहीं, तब वह और बोलेगा और गाली भी देगा।"

"तब?"

"तब, महन्त जी से बोलूँगा।"

भूतनाथ महाविद्यालय से गाँव आते वक़्त डेढ़ किलोमीटर की दूरी पर जो चौराहा था, वही गाँव से महाविद्यालय जाने में ढाई किलोमीटर की दूरी पर था। चौराहे के बीचोबीच, सड़क की बाईं तरफ़ एक बरगद का पेड़ था। पेड़ की मोटी डाल पर लटकती एक पीली तख्ती पर लिखा था–ऊँचकागाँव, ब्लॉक ऊँचकागाँव। ऊँचकागाँव को लोग बड़कागाँव बोलते थे। बड़कागाँव कहीं नहीं लिखा था। तख्ती पर लिखे ऊँचकागाँव को सब ऊँचकागाँव पढ़ते थे और बड़कागाँव बोलते थे।

दुनिया में हर कहीं धोखा था फिर भी हम सरकार पर विश्वास कर लेते थे। लोकबाबू कहते, 'सरकार पर विश्वास करो। सरकार लाचार है।'

मैंने कहा, "छपरा स्टेशन के पीली तख्ती पर छपरा लिखा है–हिन्दी में। अंग्रेज़ी थोड़ी-थोड़ी आती है सो अंग्रेज़ी में भी छपरा लिखा है। उर्दू पढ़नी नहीं आती; पर उर्दू में भी छपरा ही लिखा होगा, इतना विश्वास करूँ सरकार पर?"

"हाँ, करो, इतना तो ज़रूर करो।" कैरियर पर बैठे लोकबाबू कहते।

"बंगाल में स्टेशनों के नाम तीन भाषाओं में लिखे होते हैं–अंग्रेज़ी, बांग्ला और हिन्दी में। हिन्दी वाला नाम अक्सर गड़बड़ लिखा होता है–गणेश मास्टर कहते हैं। इसलिए कभी-कभार विश्वास डोलता है। कि हमें भाषा में धोखा दिया जा रहा हो तो? कि हमें चिन्ता होती है–मैं कहता।" लोकबाबू कैरियर पर थोड़ा व्यवस्थित हुए तो साइकिल डगमगा गई। एक बच्चा भिड़ते-भिड़ते बच गया। बच्चा दूर जाकर ग़ुस्से में चिल्लाया, "ऐ लोकबाबू लउकता नहीं है?" लोकबाबू तुरन्त समझ गए कि महन्त जी के तोते ने ही सब जगह उनके नाम का प्रचार किया है। नहीं तो इतना छोटा बच्चा उनका नाम आख़िर कैसे जानता। लोकबाबू को फिर तोते की हरकत पर चिन्ता हुई। पर चिन्तित लोकबाबू ने कहा कि चिन्ता की कोई बात नहीं है। तुम गणेश मास्टर से दूर रहो। वह ऐसी ही भड़काऊ बात सोचता है।

इस बदहवास भागते समय में लोकबाबू ने एक छोटा-सा छुईमुई का पौधा लगाया था कि दुनिया थोड़ा-सी ऑक्सीजन यहाँ से भी ले सके। कुछ दिन और जी सके। लोकबाबू इस व्यवस्था में नुक्ते जितनी जगह घेरते थे। सबका राशिफल अच्छा-अच्छा लिखते थे कि लोग अपने अच्छे हिस्से से ख़ुश हो सकें, बस।

"मुझे लगता है कि मैं पेपर बेचने वाले पर कहानी नहीं लिख सकता। मैंने बहुत पूछा तो उसने सिर्फ़ अपना नाम बतलाया–मुकेश।"

"उसका नाम बदलकर रामसहाय कर दो। कहानी में पेपर बेचने वाले का नाम मुकेश, अच्छा नहीं लगता। बाक़ी सब मैं बतला दूँगा।"

"सुनिए ना लोकबाबू", मैंने उन्हें साइकिल पकड़ा दी। उसका नाम बदलना ठीक नहीं होगा। उसके माँ-बाप ने यह नाम बड़ी हसरत से रखा होगा। हमें क्या हक है, किसी का नाम बदलने का।

"कहानीकार के पास बस इतना ही हक तो होता है। बाक़ी तुम उसे तो बदल नहीं पाओगे। जितना बदल पाते हो बदलो। और रही बात हसरत की तो उस हसरत में कि वह बड़ा होकर पेपर बेचेगा, नहीं होगा।

महाविद्यालय आ गया था। लोकबाबू साइकिल पर सवार अब चले जा रहे थे। कैरियर पर एक झोला था। झोले में एक पुरानी डायरी, एक अख़बार और

एक पोस्टकार्ड था। पोस्टकार्ड में लिखा था–आप एक सुदूर गाँव में रहकर हमें इतना पढ़ते हैं, जानकर अच्छा लगा। बहुत-बहुत धन्यवाद–निर्मल।

लोकबाबू बहुत बाद में बी.ए. किए थे। और उन्हें शिक्षक होना था। वे कभी-कभार मास्टर-मास्टर लगते भी थे। बहुत दूर बस से ऑफ़िस जाते समय बहुतों को लोकबाबू मास्टर ही लगते। मेघदूत बस का कण्डक्टर मोती उन्हें माट्साब पणाम कहता। लोक बाबू धीरे से हाथ उठाकर पणाम-पणाम कहते। उन्हें अच्छा लगता था।

"लोकबाबू! मास्टर पर कहानी लिखें?"

"हाँ, जगन्नाथ मास्टर पर लिखो", लोकबाबू ने बड़े उत्साह में कहा।

"जगन्नाथ मास्टर का नाम बदलकर गणेश मास्टर कर दें?"

"नहीं, जगन्नाथ तो ठीक है।"

"पर मैंने तो जगन्नाथ मास्टर से पढ़ा ही नहीं है। गणेश मास्टर से पढ़ा है।"

"नहीं, जगन्नाथ मास्टर पर लिखो। वे बहुत ग़रीब थे। दयालु थे, विद्वान थे। हर साल एक लड़के की फीस माफ़ करते थे।" यह कहते हुए लोकबाबू भावुक हो गए। भावुक लोकबाबू ताड़ के पेड़ पर ताकने लगे। ताड़ के पेड़ पर एक कौवे का घोंसला था। कौवा शराफत से अपने घोंसले के पास बैठा था। जामुन के पेड़ पर तोते का घोंसला नहीं था। तोता जहाँ-तहाँ अकेला घूमता था और उत्पात करता था। तोता बाँड़ था। लोकबाबू ने सोचा तोते का भी घोंसला होता तो तोता इतना उत्पाती नहीं होता।

ऐसा अक्सर होता कि पता भी नहीं चलता और महाविद्यालय आ जाता। साइकिल पर सवार लोकबाबू जाते हुए बहुत दूर दिखते। कभी-कभी मन करता कि क्लास न करूँ। चुपके से साइकिल के कैरियर पर बैठ जाऊँ, धीरे से कहूँ–लोकबाबू। लोकबाबू ऊपर ताकने लगें। उन्हें लगे कि तोता बोला। तब बहुत बाद में मैं कहता–मैंने बोला, लोकबाबू। और इस झूठ-मूठ के कहे पर सचमुच के ख़ुश हो जाएँ लोकबाबू। और यह देखकर कितनी ख़ुशी, कितनी राहत कि मेरे मुँह से लोकबाबू सुनकर उनके चेहरे की रंगत वापस अपनी जगह लौट आए। ऐसा अक्सर होता।

कॉलेज में हमारे साथ बहुत कम लड़कियाँ पढ़ती थीं। मैं उन सब लड़कियों के पैरों की एड़ियाँ देखता। फटी एड़ियों वाली लड़कियाँ मुझे ग़रीब-ग़रीब लगतीं। मैं उन पर कहानियाँ लिखने के बारे में सोचता। प्रेम कहानी। ग़रीबी में प्रेम कहानी।

इस तरह मैं सोचता रहता कि साइकिल पर सवार लोकबाबू धीरे-धीरे आ जाते। मैं उन्हें ग़रीबी में प्रेम कहानी वाला प्लॉट सुनाता। लोकबाबू मायूस होकर कहते–अख़बार मालिक पर कहानी लिखो।

टी.वी. में सैकड़ों चैनल आ गए थे। न जाने कई न्यूज चैनल भी। अख़बार और पत्रिकाएँ भी बढ़ी थीं। अब ये दुनिया ब्लैक एण्ड ह्वाइट नहीं रही थी। अख़बारों, पत्रिकाओं के प्लास्टिक पेज पर, ब्रैसियर-अण्डरवियर के प्रचार में तैलीय त्वचा वाली नायिकाओं के फोटो छपते थे। जो जितना दिखता था, वो उतना बिकता था। वहीं ये छह पेजिया 'दुनिया-जगत' उन सारी पत्रिकाओं में पोतन-सा दिखता था। यह अख़बार साहित्य को ज़्यादा कवर करता। रेणु के कई फीचर्स और रिपोर्ताज़ इसमें छपे थे–बहुत पहले।

इसके संस्थापक एवं सम्पादक हिन्दी के जाने-माने ललित निबन्धकार पण्डित भैरव प्रसाद थे। इस अख़बार से जुड़े और भी कई बड़े नाम थे। यह अख़बार 21 फरवरी, 1933 को बिहार के मीरगंज नामक एक कुनबे से प्रकाशित हुआ–छिन्दवाड़ा से प्रकाशित साप्ताहिक लोकमित्र के 16 फरवरी, 1923 ठीक दस साल बाद। कहते हैं कि दुनिया-जगत निकालने से पहले भैरव बाबू तब लोकमित्र से ही जुड़े थे। बाद में, हिन्दी ज़िलों की प्रान्तीय कांग्रेस कमेटी को लेकर हुई किसी खींचा-तानी में भैरव बाबू उससे अलग हो गए और यहाँ क़लम-दवात लेकर दुनिया-जगत निकालने लगे।

एक समय अपने सम्पादकीय के बल पर यह अख़बार हिन्दी के टॉप पाँच अख़बारों में शामिल हुआ।

बाबू भैरव प्रसाद ने ही पहली बार दुनिया-जगत के सम्पादकीय में यह खुलासा किया कि 1934 में गांधी क्यों सक्रिय राजनीति से अवकाश ग्रहण कर ग्रामोद्धार एवं अछूतोद्धार के कार्य में जुट गए थे।

कि जवाहर लाल नेहरू के अथक राजनैतिक प्रयासों से नवयुवकों का एक छोटा सा दल, कांग्रेस समाजवादी दल के नाम से, सन् 34 में पटना में गठित हुआ। इस दल के अध्यक्ष नरेन्द्र देव तथा सचिव जयप्रकाश नारायण थे। कौंसिल प्रवेश का विरोधी यह दल, गांधी की राजनीति का भी घोर आलोचक था।

कहते हैं कि अख़बार की इस बेबाक दृष्टि ने उस समय भारत के तमाम बुद्धिजीवियों को अपनी तरफ़ आकृष्ट किया था और शायद यही वजह थी कि बाद के दिनों में इस अख़बार से और भी कई नाम जुड़े जिनमें शिवपूजन जी, फणीश्वरनाथ, रामधारी सिंह, अनन्त नाग, उमाशंकर आदि उल्लेखनीय हैं।

और उन बड़े नामों की फेहरिश्त में एक नाम तारक नाथ राय का भी था।

...और क्या यह एक गर्व था या उसी जैसा कुछ कि लोकबाबू मास्टर न बन पाने के मलाल के बावजूद इस अख़बार से जुड़कर ख़ुश थे। और अब उसी अख़बार के बन्द हो जाने की ख़बर उन्हें कहीं अन्दर तक तोड़ रही थी।

भैरव बाबू का पोता अनुज अख़बार का मालिक था। अख़बार से इतर भी उसके कई कारोबार थे। वह भोजपुरी फ़िल्मों और शेयर बाज़ारों में पैसा लगाता था और बहुत बाद के दिनों में दुनिया-जगत के पिछले पन्ने पर, हर तरह के प्रूफ से छनकर आई, भोजपुरी सिनेमाओं की 'बेबों' की ब्लैक एण्ड ह्वाइट तस्वीरें छपने लगी थीं। बावजूद इसके, अनुज के हाइटेक और रंगीन कारोबारी दुनिया में यह अख़बार वाला पोरसन कहीं नहीं फबता था। बहुतों ने उसे सलाह दी कि वह अख़बार को बन्द कर स्टारडस्ट या फ़िल्मी कलियाँ जैसी पत्रिकाएँ निकाले। पर अख़बार-पत्रिका वाला काम उसे सिहुर-सिहुर लगता था। वह भोजपुरी का एक चैनल लॉन्च करना चाहता था और उसने अख़बार को बन्द करने का निर्णय लिया था।

लोकबाबू अक्सर सोचते कि अपने अख़बार में अपना राशिफल अपनी तरह से लिखा जा सकता है, लेकिन दूसरे के अख़बार में दूसरे का झूठ अपना राशिफल होगा।

अपना अख़बार तो अपनी किस्मत। दूसरे का अख़बार मतलब...

लोकबाबू का एक दाँत नकली था। मैंने कभी उनके दाँत के बारे में नहीं

पूछा। वे हँसते थे तो सारे दाँतों के बीच नकली दाँत अलग से दिखता था। वे मूँछ रँगते, बाल नहीं रँगते। मूँछों की सफ़ेदी को देखकर तारीख़ का अन्दाजा लगाया जा सकता था। कोई लोकबाबू से पूछता–आज सताइस तारीख़ है क्या? लोकबाबू समझ जाते कि मूँछ के सारे सफ़ेद बाल दिखने लगे हैं। तीन दिन बाद रँग लेना है। एक तारीख़ को मूँछ काली होती फिर गिनती शुरू...

जस-जस तारीख़ें बढ़तीं, मूँछों के रास्ते लोकबाबू तस-तस अधेड़ लगते। शरीफ-शरीफ अधेड़। अक्सर इन दो विशेषणों के साथ लोग विस्मृत हो जाते हैं। पर बावजूद इन दो विशेषणों के लोकबाबू हमेशा हाइलाइटेड रहे।

देर शाम पसीने से तर लोकबाबू महाविद्यालय के सामने सड़क पर आए। मैं उनके आने का ही इन्तज़ार कर रहा था। उनकी राह तकते मैं कभी थकता नहीं था। पाकड़ के नीचे बैठ कर, पचीस पैसे की मूँगफली खाते हुए राह तकता था। लोकबाबू साइकिल चलाते हुए मेरा इन्तज़ार करते पहुँचते। वे इन्तज़ार करते-करते थक जाते। लोकबाबू की मूँछ पर तेइस तारीख़ का शनिवार था। पसीने से तर लोकबाबू मुझे ताककर आदतन मुस्कुरा दिए। नकली दाँत दिखा। मुस्कुराहट में सावन का महीना था।

"आज लेट हो गए? मैं पाकड़ के पेड़ के नीचे आपकी राह देख रहा था।"

"हाँ, जल्दी-जल्दी आया फिर भी लेट हो गया। आज शनिवार है, फाइनल प्रूफ देखना होता है। रविवार को अख़बार निकलता है। और जल्दी चलो नहीं तो बारिश भी हो सकती है। मैं इसीलिए जल्दी-जल्दी आया।" लोकबाबू एक साँस में कह गए।

हम लोगों ने रास्ते में चाय नहीं पी। बारिश कभी भी हो सकती थी। मैंने कहानी की बात नहीं छेड़ी, सिर्फ़ एक लड़की की बात बतलाई। लोकबाबू ने मुझसे एक साइकिल की बात बतलाई। उन्होंने अपनी पत्नी को मुँह दिखाई में एक चाँदी की चेन दी थी और अपनी साइकिल बेच दी थी। और ये भी कि जब उनके पास साइकिल थी तब उनके बड़े-बड़े बाल थे। और ये भी कि जब वे साइकिल से लहराते हुए चलते तब लोग उन्हें जैक्सन-जैक्सन कहते थे–माइकल जैक्सन।

यह सब बहुत पहले की बात नहीं थी। पर मैंने लोकबाबू के बड़े बाल कभी नहीं देखे थे। लोग बीते समय का हवाला देकर सट्टा खेलते हैं। मैंने उन्हें सन्देह से नहीं देखा। आख़िर आदमी अपनों से ही तो झूठ बोलता है। मैं लोकबाबू का अपना था। लोकबाबू अक्सर अकारण झूठ बोलते थे। और चूँकि वे हमेशा चुप-चुप और अकेले रहते सो उनकी उम्र का पता किसी को नहीं चलता था। और वे उम्र की बात भी झूठ बोल जाते। लोकबाबू के सभी अपने थे।

लोकबाबू जब घर पहुँचे तब सचमुच का अँधेरा था। ओसारे में बच्चे पढ़ रहे थे। उनके साथ-साथ लालटेन भी पढ़ रही थी। लालटेन से दूसरा काम नहीं होता। बच्चे कहते–यह पढ़ने वाली लालटेन है।

लोकबाबू ने बच्चों को पढ़ते देखा और उन्हें बेटी की शादी की चिन्ता हुई। बड़ी वाली चौदह की थी। वे सीधे आँगन में चले गए। पत्नी अँधेरे में उनकी राह तक रही थी। उन्होंने अँधेरे में एक गिलास पानी माँगा। पत्नी गुड़ और एक गिलास पानी लेकर उनके सामने खड़ी हो गई। गुड़ साँझ जितना काला और रात जितना मीठा था।

"आज इधर बारिश हुई?" लोकबाबू आँगन में पीढ़ा पर बैठे थे।

"नहीं, उधर हुई?" पत्नी लालटेल का शीशा साफ़ करने लगी।

"नहीं।"

"तो, फिर क्यों पूछे?"

"उधर नहीं हुई थी", इसीलिए पूछा।

"उधर हुई होती तो नहीं पूछते?"

"नहीं, तब समझ जाता कि इधर भी ज़रूर हुई होगी।"

"उधर नहीं हुई तो क्यों नहीं समझ लिए कि इधर भी ज़रूर नहीं हुई होगी।"

"बाहर रहने पर घर की बारिश की चिन्ता होती है।"

"घर में रहने पर बाहर की चिन्ता होती है?"

"चिन्ता होती है, पर बारिश की नहीं, तोते की।"

"तुमने महन्त जी से कहा?"

"हाँ, कहा था।"

"उन्होंने क्या कहा?"

"कहा कि अब तोता मेरे बस में नहीं है, अब उसकी ग़लती मेरी ग़लती नहीं है।"

पत्नी ने लालटेन जला दी। लोकबाबू पत्नी को ताककर मुस्कुरा दिए। नकली दाँत दिखा। लोकबाबू की आँखें भूरी नहीं थीं। नकली दाँत थोड़ा हल्का भूरा था। पत्नी ने कहा, "तुम राज कपूर की तरह लगते हो।"

"और तुम नरगिस की तरह।"

इतने में पत्नी के हाथ पर सचमुच की दो-चार बारिश की बूँदें गिरीं। पत्नी ने कहा, "बरसात।"

लोकबाबू ने कहा, "प्यार हुआ, इकरार हुआ है, प्यार से फिर क्यूँ डरता है दिल।"

पत्नी ने कहा, "धत् श्री चार सौ बीस।"

सुबह रविवार था।

रविवार की सुबह लोकबाबू ख़ुश थे। सुबह-सुबह दातुन तोड़ने गए लोकबाबू ने नीम के पेड़ पर एक चिरई का खोंता देखा और ख़ुश हो गए। ख़ुश हो गए कि आज दफ़्तर नहीं जाना था। पहुनाई जाना था। उनकी बहन बीमार थी।

लोकबाबू सुबह-सुबह साइकिल माँगने आए।

"अरे! आज नया बुशर्ट पहने हैं?" लोकबाबू आज सुन्दर लग रहे थे। मूँछों पर भदवारी की पहली तारीख़ थी। लोकबाबू 'टाइड सर्फ' के विज्ञापन वाले लड़के-सा चहककर बोले, "धत्! ई तो हमरा पुराना बुशर्ट है।"

लोकबाबू ख़ुश थे कि पहुनाई जा रहे थे। लोकबाबू दुखी थे कि बहन बीमार थी।

लोकबाबू साइकिल से चले जा रहे थे। मैंने साइकिल का चेनकवर ठीक करवाया था। आज छुट्टी के दिन साइकिल के पीछे कोई आवाज़ नहीं छूट रही थी। लोकबाबू चले जा रहे थे, आज मैं छुटा रह गया था। वे चले जा रहे

थे, सिर को एक तरफ़ झुकाए, ऐसे मानो हर क़दम किसी का समर्थन करते जा रहे हों।

सच कहूँ तो अख़बार वाला, जगन्नाथ मास्टर, गणेश मास्टर या अधूरी प्रेम कहानियों पर मुझे कहानी कभी नहीं लिखनी थी। लोकबाबू से मैंने झूठ बोला था। लोकबाबू अपने थे।

साइकिल पर सवार लोकबाबू चले जा रहे थे, आँख से ओझल होते कि साइकिल रुक गई। लोकबाबू साइकिल से कूदकर उतर गए। साइकिल को स्टैण्ड किया और साइकिल की दाईं तरफ़ बैठ गए।

मैंने ज़ोर से चिल्लाया–लोकबाबू। लोकबाबू ने ऊपर नहीं देखा। मेरी तरफ़ देखा। मैं वहाँ तक दौड़कर गया था।

"लोकबाबू एक कहानी लिखूँ?" मैं हाँफ रहा था।

"लिखो।"

"लोकबाबू सिर नीचे किए चेन चढ़ा रहे थे। परेशान थे कि रास्ते में चेन बार-बार उतरेगा।"

"लिखूँ कि एक लोकबाबू थे..."

सिर उठाए तो नाक पर चेन की कालिख लगी थी, होंठों की दाहिनी कोर पर बरसाती दिन-सी एक भीगी मुस्कान थी। बाजीगर वाले चश्मे के पीछे लोकबाबू आँखों से ख़ुश थे, बोले–और?

"और कुछ नहीं, ...बस एक बहुत सुदूर गाँव में एक लोकबाबू रहते थे।"

ज़िन्दगी में यह पहली बार था कि तोता एक ज़िम्मेवारी के साथ नीम की दिशा में उड़ता चला जा रहा था। लोकबाबू को तोते के बारे में दूसरी तरह की चिन्ता हुई।

कहानी में यह पहली ही बार था कि लोकबाबू ने एक कहानी शुरू करने की दिशा में मारे ख़ुशी के बेपरवाही में कहा था–और!

तोता नीम की दिशा में उड़ते-उड़ते बोला–

...कि और एक गुलशन नन्दा।

प्रश्न 1.(घ) नीचे दिए चित्र को ध्यान से देखो और एक कहानी लिखो

उत्तर : 'जंगल-जंगल बात चली है पता चला है' वाले दिन थे। हैलीकॉप्टर आकाश में बहुत नीचे तक उड़ते थे। हमारे पास एक जोड़ी पंख थे। पंख ऐसे कि जैसे पंख होते हैं। सचमुच के पंख की तरह झूठमूठ के पंख और अक्सर घर से भाग जाने का मन करता था। इतनी तरह की ख़ुशियाँ थीं कि ख़ुशियों के मारे कभी-कभी मर जाने का मन करता। रोना हमें उस तरह याद नहीं था जैसे ज़रूरी चीज़ें याद रहतीं। ज़रूरी में भी कुछ इतनी ज़रूरी कि शाश्वत होतीं। मसलन सूरज ज़रूरी में शाश्वत था और हमें उसकी याद नहीं आती थी। माँ का चेहरा इतना ज़रूरी कि शाश्वत। आँखें बन्द कर हम सचिन का चेहरा खींच लेते पर माँ का चेहरा नहीं हो पाता। मुँदी आँखों में छीमी छुड़ाती, कपड़े सुखाती, टिफिन माँजती माँ दिखती पर ख़ाली अकेली माँ, माँ की तरह ख़ाली अकेली कभी नहीं दिखती थी।

हमारी ज़िन्दगी में स्कूल इस तरह मौजूद था कि वह अलग से याद नहीं था। कहानियाँ इतनी कि हर कहानी में हम थे। कहानियाँ अलग से न हम भूल पाते न याद रह पातीं। तमाम उलझनें, परेशानियों और व्यस्तताओं में भी हर दिन इतवार टाइप दिन थे जो सरपट भागती रेलगाड़ी की तरह सीटी बजाते हुए अचानक ही बीत जाते।

प्रश्न 1.(घ) नीचे दिए चित्र को ध्यान से देखो और एक कहानी लिखो

जिस तरह क्रिकेट एक खेल है, केविन पीटरसन एक खिलाड़ी है, साइटिका एक रोग है, ठीक उसी तर्ज पर कानपुर एक शहर है–जहाँ कभी महामारी नहीं फैली। शहर से बाहर अनारबाग नामक एक क़स्बा है। अनारबाग नामक क़स्बे में अनारबाग मिडिल स्कूल नामक एक स्कूल है जहाँ मैं और नितिन पाँचवीं कक्षा में साथ-साथ पढ़ते थे। कक्षा पाँच तक आसमानी शर्ट और छाई रंग का पैंट पहना जाता। लड़कियाँ आसमानी फ्रॉक पहनतीं। छह से आठ तक सादी कमीज और हरे रंग का पैण्ट था। नितिन की दीदी भूली सादी समीज और हरे रंग की सलवार में कक्षा सात में पढ़ती। भूली का एक पैर छोटा था। दूसरा जितना होना चाहिए उतना ही था। पहला पैर बायाँ पैर था। बाएँ पैर की चप्पल मोटी थी। दाहिने की जितनी होनी चाहिए उतनी ही थी। बाएँ पैर की चप्पल में अलग से चमड़े का मोटा सोल ठुका हुआ था कि दोनों पैर बराबर लगें। जब वह चलती थी तो बाईं तरफ़ थोड़ी झुकती थी। और उसके बाएँ पैर की पायल के घुँघरू दाहिने पैर की पायल के घुँघरू के अनुपात में ज़्यादा ज़ोर से बजते थे। उसे चलते देखकर लगता था कि बाईं तरफ़ अभी मुड़ जाएगी। उसे दाहिने भी मुड़ना होता तो बाईं तरफ़ झुककर मुड़ती। अगर दाहिना पैर छोटा होता तो सड़क पर चलते वक़्त गाड़ी वालों को लगता कि सामने जा रही लड़की अब दाहिनी तरफ़ मुड़ने वाली है और गाड़ी वाले अपनी गाड़ी धीमी कर लेते। उसकी लिखावट कर्सिव होती थी। हर अक्षर बाईं ओर झुके होते थे। परीक्षा की कॉपी जाँचते घड़ी सुधीर मास्टर अक्सर अपनी क़लम धीमी कर लेते।

नितिन मेरा दोस्त था। और हम कक्षा पाँच में पढ़ते थे। हमारे और भी दोस्त थे मतलब हम कुल पाँच दोस्त थे पर नितिन हम सब में ख़ास था क्योंकि वह बहुत तेज़ दौड़ता था और उसे बहुत सपने आते थे। हममें से किसी का भी नितिन से झगड़ा होता तो आगे आकर सुलह हमें ही करनी पड़ती थी। माफ़ी हमें ही माँगनी होती। सॉरी हम ही बोलते। हममें से कोई भी नितिन को खोना नहीं चाहता था। स्कूल में आकर वह हमें पिछली रात के सपने सुनाता और हम खेलना-कूदना छोड़कर पूरी टिफिन की घण्टी भर सपने सुनते और

कभी-कभी क्लास में भी। छुट्टी के वक़्त तो हम उससे सपने सुनते-सुनते ही घर वापस आते। तब के दिनों में हमें सपने नहीं आते थे और हमें सपनों के प्रति बहुत लालसा थी। उसी ने हमें बताया कि उसके पास एक जोड़ा पंख हैं जिन्हें वह तकिए में छुपाकर रखता है और रात को पंख लगाकर वह कहीं भी उड़ सकता है। पंख वाली बात उसके घर में तक किसी को पता नहीं थी। भूली को भी नहीं जो रात में उसके पास सोती थी। छुट्टी के वक़्त कभी रास्ते में भूली मिल जाती तो हम सब से कहती कि नितिन तुम सबको सपने सुना रहा है न, इसकी बात मत सुनो, यह झूठ बोलता है। इसे सपने नहीं आते हैं। सब बना-बनाकर बोलता है। इस पर नितिन चिढ़ जाता और भूली को लँगड़ी बोलता और कहता कि मैंने सपना देखा है कि तेरा पैर कभी ठीक नहीं होगा और तू मर जाएगी। भूली रोने लगती। हमें बुरा लगता पर हम सब उसे कुछ बोल नहीं पाते। भूली लँगड़ाते-लँगड़ाते रोती और नितिन को मारने के लिए दौड़ती। नितिन भाग जाता। हम सब उसके पीछे भागते। भूली जब दौड़ती तब अपनी बाईं हथेली से बाएँ घुटने को ज़ोर से पकड़ लेती और रोते-रोते दौड़ती। उसकी गर्दन की सारी नसें तन जातीं और निचला होंठ दाईं तरफ़ लटक आता और चेहरा ईंट-सा झँवा जाता और वह एक लम्बी अपाहिज कराह के साथ सड़क की बाईं ओर थस से बैठ जाती। सारी लड़कियाँ उसे घेर लेतीं। सड़क से जाते हुए साइकिल, मोटर-साइकिल वाले रुक-रुककर पूछते–क्या हुआ है और चले जाते। फिर भूली उठकर धीरे-धीरे घर तक आती। नितिन मार खाने के डर से और गई शाम घर लौटता।

नितिन को फिर कभी अपने पर पछतावा होता तब वह धीरे से कहता कि भूली के मरने वाली बात मैंने झूठ कही थी और यह भी कि उसका पैर जब वह बड़ी हो जाएगी तब ठीक हो जाएगा।

फिर नितिन अगले दिन स्कूल देर से आता। और उसे आता देख हम सब ख़ुश हो जाते। धीरे-धीरे पूरा स्कूल जान गया था कि नितिन को सपने आते हैं और वह सबको सुनाता है। वह पूरे स्कूल में हीरो बन गया था। जब वह देर से स्कूल आता तो पूरा स्कूल समझ जाता कि नितिन ने रात को ज़रूर कोई

बड़ा सपना देखा होगा। और देखते-देखते देर हो गई होगी। इसीलिए आज देर से स्कूल आया।

उस दिन शहर में कोई हलचल नहीं थी। शहर दूब की तरह शान्त था और सुबह की धूप में शुरुआती जाड़े की बची हुई गरमी थी। क्लासरूम के बाहर क़दम के पेड़ के नीचे खुले में हमारी पाँचवीं की क्लास लगती थी। खुले मैदान में पेड़ के नीचे क्लास लगने पर भी–मे आई कमिंग सर–बोलना होता था। कोई भी जो देर से आता क़दम की छाँव के बाहर खड़ा होकर मे आई कमिंग सर बोलता। नितिन देर से पीछे से आया था। पीछे पूरब था। सूरज की छाँव हमारी पीठ पर पड़ती थी। सूरज की छाँव उसकी धूप थी। हमारी पीठ खुले मैदान के क्लासरूम में पूरब की दीवार थी। हम सब दीवार से पीठ टिकाकर बैठते थे और मास्टरजी को पता भी नहीं चलता था। नितिन ने लगभग हमसे सटकर खड़े होकर पूछा–मे आई कमिंग सर? यह पूछना पूछने की तरह नहीं था, बोलने की तरह था। मास्टरजी ने बोलने की तरह कहा–बैठ जाओ। वह हमारे पीछे बैठ गया। वह लगभग क्लास के बाहर बैठा था। मास्टर जी ने फिर कहा–अन्दर बैठो। सभी लड़के थोड़ा-थोड़ा आगे सरक गए। नितिन अन्दर आ गया। पेड़ की छाँव के बाहर बैठने पर क्लासरूम के बाहर बैठना होता था। बाहर बैठने पर वह कभी भी भाग सकता था या वहीं बैठे-बैठे वह कुछ खेल भी सकता था या अन्दर के लड़कों को बाहर से हाथ बढ़ाकर मार भी सकता था। बाहर से बाहर जाने पर–मे आई गो आउट सर नहीं बोलना पड़ता था। आगे सरकते-सरकते जब सूरज की पूरी छाँव ख़त्म हो जाती तब शाम के चार बज गए होते थे। तब क्लासरूम अँधेरे में बन्द हो जाता और हमारी छुट्टी हो जाती।

वर्ष चौरासी के इकतीस अक्टूबर का वह बुधवार था। दुनिया के कैलेण्डर में यह दिन इसलिए ख़ास नहीं था कि वह हमारी छमाही परीक्षा का पहला दिन था और पहली परीक्षा हिन्दी की थी। ख़ास इसलिए था कि नितिन उस दिन भी देर से आया और मास्टर जी के पूछने पर उसने बताया कि उस रात वह एक लम्बा और बड़ा सपना देखता रहा सो सुबह देर से उठा। सपने में उसने आकाश में चील-कौवों-से मँडराते हज़ारों हवाई जहाज और हेलीकॉप्टर

देखे। पूरे देश में हज़ारों-लाखों लोगों को मरते-भागते चीखते-चीत्कारते देखा। जगह-जगह गाड़ी और घर फूँकते आदमियों को देखा और कुछ देर बाद लम्बी बेहोशी में अपने शहर को देखा, मास्टर जी ने बीच में रोककर कहा कि उस लम्बी बेहोशी को कोमा कहते हैं और यह बेहोशी तुम शहर के लिए कह रहे हो तो उसे कर्फ्यू कहो, फिर नितिन ने कहना शुरू किया कि उसने आगे देखा कि मास्टर जी आप क़दम के पेड़ के नीचे खड़े होकर कह रहे हैं कि सब बच्चा लोग घर भाग जाओ, आज परीक्षा नहीं होगी। दो-तीन दिन बाद होगी। और तुम सब घर जाकर घर में बन्द हो जाना, बाहर मत निकलना–नमस्ते! आपके मुँह से निकला 'नमस्ते' उस दिन का आख़िरी शब्द था। जैसे चौथे पाठ 'हमारे बापू' में गांधीजी ने 'हे राम' कहा था।

परती आकाश-सा वह खुला दिन था और हम भागते हुए घर चले आए थे। भूली भी भागते-भागते आई थी। हमारा स्कूल पाँच दिन तक बन्द रहा। परीक्षा से ही हमारे स्कूल की शुरुआत हुई और वह हिन्दी की परीक्षा थी। छमाही परीक्षा में पास-फेल का कोई डर नहीं था फिर भी परीक्षा नजदीक आते ही नितिन हम सब से घर से भाग जाने की बात कहता था। पैदल कलकत्ता भागने की बात अक्सर कहता। नितिन यदि भूली होता तो पैदल कलकत्ता भागने की बात नहीं कहता, सिर्फ़ स्कूल से पैदल घर आने भर तक की बात कहता। नितिन छोटे-छोटे अलग तरह का बाल कटवाता। हम सब चुपके-चुपके उसके बालों की नकल करते। मेरे घुँघराले बाल थे और वह कहता कि घुँघराले बाल वाले लोग रेलगाड़ी से कटकर मर जाते हैं। उसके पिता के भी बाल घुँघराले थे और वह उसी तरह मरे थे। नितिन के बाल घुँघराले नहीं छोटे-छोटे झाड़ीनुमा बाल थे। छोटे-छोटे झाड़ीनुमा बालों के नीचे एक छोटी खोपड़ी थी। भूली कहती–शैतान की खोपड़ी–छोटी खोपड़ी के भीतर छोटे से दिमाग में पैदल कलकत्ता भाग जाने वाली बात स्थायी रूप से विद्यमान रहती थी।

परीक्षा में हिन्दी के प्रश्न-पत्र का पहला प्रश्न–चित्र देखकर कहानी लिखो वाला होता। अक्सर वह चित्र उलझा-उलझा होता था। हम अक्सर इस प्रश्न से बचते और सोचते कि यदि प्रश्न में कहानी लिखी हुई होती तो कितना अच्छा

होता। हम अपने पेंसिल बॉक्स के रंगों से एक चित्र बनाते। एक रंगीन चित्र। रंगीन कहानी के रंगीन चित्र। और किसी से भी कह सकते कि कहानी गोल होती है और रंगीन भी। हमारे पेंसिल बॉक्स में जितने रंग होते कहानियाँ उतने रंगों की होतीं पर ऐसा नहीं था। हमारे सामने सिर्फ़ उलझी हुई ब्लैक एण्ड व्हाइट एक भद्दी-सी तस्वीर होती और चित्र में कहीं भी विद्यालय होता तो हम विद्यालय पर लेख लिख देते। कहीं कोने में खड़ी गाय होती तो 'गाय दूध देती है'। नितिन के साथ ऐसा नहीं था। वह ये प्रश्न बड़ी आसानी से कर लेता और वह दूसरे प्रश्नों के उत्तर याद करने से बच जाता। वह चित्र को देखता और उत्तर में उससे मिलता-जुलता कोई पुराना देखा हुआ सपना वहाँ टाँक देता। चित्र वाले प्रश्न में उसे सबसे ज़्यादा नम्बर मिलते। जैसे कि इस बार की परीक्षा में लिखा कि सड़क किनारे एक स्कूल था। स्कूल में छमाही परीक्षा हो चुकी थी सिर्फ़ पाक कला की परीक्षा बाक़ी थी। वह शनिवार का दिन था। स्कूल के सभी लड़के-लड़कियाँ और मास्टर ख़ुश थे। स्कूल के बाहर डेक में 'पग घुँघरू बाँध मीरा नाची थी' वाला गाना बज रहा था। चारों तरफ़ शोरगुल, हो-हल्ला। लड़के बाज़ार से दौड़-दौड़कर सामान लाते। लड़कियाँ दूसरी कक्षा के क्लासरूम में मिट्टी के चूल्हे पर खीर-पूड़ी-आलू की सब्ज़ी बना रही थीं। पूरा स्कूल खीर की तरह मीठा-मीठा महक रहा था। मास्टर लोग आकर लड़कियों को समझा जाते, बता जाते। कोई लड़की किसी को खीर चखाती, कोई किसी को तरकारी चखाती। हेडमास्टर को एक लड़की खीर चखाने ले गई। हेडमास्टर ने खीर खाकर पानी लाने को कहा। लड़की पानी लेकर आई।

लड़की ने पूछा, "सर, खीर कैसी लगी?"

हेडमास्टर ने पानी पीकर लड़की के सर पे हाथ रखकर कहा, "बहुत अच्छी बनी है। तुमने बनाई?"

लड़की ने कहा, "हम सबने मिलकर बनाई।"

हेडमास्टर लड़की को और क़रीब लाकर उसके गालों को सहलाते रहे और उसके परिवार का हाल-चाल पूछते रहे। फिर हेडमास्टर ने दरवाज़ा बन्द कर लड़की को अपनी गोद में बिठा लिया।

लड़की ने कहा, "हमें जाना है।"

हेडमास्टर ने कहा, "और क्या-क्या बना लेती हो?"

लड़की ने कहा, "खिचड़ी। हमें जाने दो।"

"और?"

"चोखा। हमें जाने दो।"

"चटनी। हमें जाने दो।"

"भाजी। हमें जाने दो।"

"चाय। हमें जाने दो।"

"सब्ज़ी। हमें जाने दो।"

"घर बुहारती हूँ। हमें जाने दो।"

"घर लीपती हूँ। हमें जाने दो।"

"भात बनाती हूँ। हमें जाने दो।"

"सिलाई करती हूँ। हमें जाने दो।"

"ख़ून! हमें जाने दो।"

और चारों तरफ़ की शोरगुल के बीच उस बन्द कोठरी में बेहोशी के पहले की दम तोड़ती एक लम्बी अपाहिज कराह कि आ 'बाप' हमें जाने दो।

देखते-देखते स्कूल के बाहर बहुत लोग जमा हो जाते हैं। हेडमास्टर रेल हो जाता है। पास के सदर अस्पताल में लड़की दम तोड़ देती है।

सुबह स्कूल बन्द रहता। कई दिनों तक बन्द रहता। स्कूल के बाहर चारों तरफ़ पूड़ी, सब्ज़ी, खीर बिखरी होती। कुत्ते इधर-उधर घूमते रहते। सूँघकर छोड़ देते। पूरा स्कूल श्राद्ध-सा महकता रह जाता।

नितिन की यह कहानी इतनी चर्चित हुई कि अगले दिन के अख़बार में हू-ब-हू ऐसी ही छपी। परीक्षा के पन्द्रह दिन बाद हमारा स्कूल खुला। नितिन उस दिन नहीं आया। दूसरे-तीसरे किसी भी दिन नितिन वापस स्कूल नहीं आया। हम हर रोज़ उसका इन्तज़ार करते रहे। हम हर रोज़ उसके घर जाते। अलकतरे से पुती किवाड़ एक पुराने ताले से हमेशा बन्द रहती। माँ कहती,

प्रश्न 1.(घ) नीचे दिए चित्र को ध्यान से देखो और एक कहानी लिखो

नितिन अपनी माँ के साथ मामा के घर गया। मामा के घर नितिन अक्सर गरमी की छुट्टियों में जाता पर इस बार ऐसा नहीं था। पूरे जाड़े के बाद एक पूरी गरमी आई, नितिन नहीं आया।

और देखते-देखते वार्षिक परीक्षा आ जाती है। जिस तरह घर के पते में सिनेमा हॉल, मन्दिर और नीम या बरगद का पेड़ शामिल था। ठीक वैसे ही आम के सीजन में परीक्षा का सीजन शामिल था। परीक्षा के दिनों में पूरा स्कूल कलकतिया आम-सा गमक उठता। तब वार्षिक परीक्षा के पेपर लाल और पीले होते थे। और फिर प्रश्न नम्बर 1 का घ चित्र देखो और कहानी लिखो। तब हम नितिन को बहुत याद करते।

चित्र में एक नारियल का पेड़ होता। बहुत दूर अपरिचित-सा और एक पेड़ होता। बहुत दूर तक फैले खेत और खेतों के बीच एक चुराए गए समय-सी शान्त पगडण्डी और उस पर भागते हुए हम बड़े हो जाते। उस आदमी-सा जो उस प्रश्न-पत्र के चित्र में होता।

वह आदमी, चित्र वाला आदमी जिसके बाल छोटे-छोटे झाड़ीनुमा होते, थोड़ा-थोड़ा नितिन की तरह लगता। चित्र वाला आदमी हाथ में सूटकेस लिये चित्र में कहीं जाता हुआ दिखता। चित्र में आदमी की बाईं तरफ़ हरसिंगार का एक छोटा पेड़ होता। हरसिंगार के छोटे-से पेड़ पर एक छोटी गौरैया चहकती हुई बैठी दिखती। चहकती हुई गौरैया के खुले चोंच के सामने एक बड़ा खुला नीला आकाश दिखता। चहकती गौरैया के चित्र में चहकना चित्र नहीं होता।

चित्र वाला आदमी थोड़ा दुखी-दुखी, सन्तुष्ट और सुलझा हुआ लगता। उसकी पूरी ज़िन्दगी में आने वाले पेंच सुलझे हुए लगते। उस चित्र वाले दुखी-दुखी, सन्तुष्ट और सुलझे हुए आदमी के सामने चील, गौरैया और तितली तीन जीव रख दिए जाते या तीनों के सिर्फ़ नाम बतलाकर पूछे जाते या तीनों के चित्र बनाकर पूछा जाता कि बतलाओ, इन तीनों के पंख के बारे में तुम क्या सोचते हो? तब वह पिछले किसी सपने से उसका उत्तर ढूँढ़ कर लाता और कहता कि चील का पंख उसकी ताकत है जिसका इस्तेमाल वह सिर्फ़ शिकार के लिए करती है। गौरैया का पंख विशुद्ध उड़ने के लिए है। वह इसका

उपयोग सिर्फ़ उड़ने के लिए करती है। उसका पंख उसका जीवन है क्योंकि वह एक चिड़िया है।

और चील?

वह एक शिकारी है।

तितली का पंख एक फरेब है। जो न शिकार के लिए है न उड़ने के लिए। उसका पंख उसकी सुन्दरता है जैसे लड़कियों की नेलपॉलिश होती है। तितली का पंख एक ख़ुशी है। दो उँगलियों से उसके पंख को पकड़ लो ख़ुशी के बर्क उँगलियों में आ जाते और उन्हें ग़ुस्सा तक नहीं आता।

इस तरह चित्र में आदमी के सामने रुकी हुई बस का चित्र होता। वह चित्र वाली बस तब कहीं नहीं जाती जब तक चित्र वाला आदमी उसमें चढ़ नहीं जाता। फिर बस कलकत्ता चली जाती।

पीछे छूटे रह गए हरसिंगार के पेड़ पर एक गौरैया गाती हुई छूटी रह जाती कि 'सबके पंख ज़रूरी होते।'

और कहानी ख़त्म हो जाती।

जादू : एक हँसी, एक हीरोइन

(वैसे वहाँ कुछ नहीं था, जहाँ वे नहीं थे सिर्फ़ एक एहसास था जो उनके लिए सब कुछ था। ज़िन्दगी के इस बदलते दौर में जहाँ परिचय की शुरुआत किसी दुर्घटना की तरह होती थी। मृत्यु का समाचार सुनकर पता चलता था कि यह आदमी अब तक ज़िन्दा था। वहीं इस कहानी की सत्यता के पक्ष में कहीं कोई हलफ़नामा दर्ज़ नहीं होना चाहिए था।)

अन्ततः टीले की तलाश समाप्त हुई। नहीं तो पहले साइकिल पर चढ़ने के लिए रोज़ ही एक टीले की तलाश करते थे अनिरुद्ध भाई। पूरा नाम अनिरुद्ध प्रसाद सिंह। जाति के भूमिहार हैं। मित्र तो नहीं कहेंगे बस एक रागात्मक व्यवहार है। औपचारिक बात-चीत। वे मुझे शरीफ़ समझते हैं और मैं उन्हें...।

साइकिल पर चलते-चलते रोज़ नई-नई बात सोचते हैं अनिरुद्ध भाई। कभी रामायण सोचते हैं, कभी राजनीति सोचते हैं, फ़िल्म, नौकरी, लड़की, कविता, कहानी, बचपन, जवानी, कमाई-खर्च, दिन-रात, सुबह-शाम, हवा-वर्षा–जाड़ा, खेत-खलिहान–...सब। यह सारी सोचें पहले अव्यवस्थित थीं। अब एक निश्चित दिनचर्या के तहत पूरी होती हैं। यह बात भी इनके मिजाज में कुछ सोचते वक़्त ही आई थी कि वे तो बहुत कुछ सोचते हैं। केवल इन्हें

क्रमबद्ध, लयबद्ध एवं व्यवस्थित करने की ज़रूरत है। सारी सोचें क्रमवार, व्यवस्थित ढंग से हों तो आदमी बना जा सकता है। और उन्होंने एक सिद्धान्त खोज निकाला–आदमी पढ़ने से ही नहीं सोचने से भी विद्वान बन सकता है।

और अब साइकिल पर चढ़ने से पहले ही सोच लेते हैं कि आज उन्हें सोचना क्या है।

साइकिल पर सवार अनिरुद्ध जी कुछ सोचते हुए कहीं जा रहे थे। पूछने पर पता चला अंग्रेज़ी के कुछ शब्दों पर विचार कर रहे हैं। अनिरुद्ध जी साइकिल से कूदकर नीचे उतर गए। कहने लगे, "यार, चाहे जो भी हो पर प्यार को किसी ने जन-जन तक पहुँचाया है तो वह अंग्रेज़ी ही है।" मैं चुप था, वे कहते रहे–"अंग्रेज़ी नहीं होती तो भला कौन किससे कहने जाता कि मैं... तु...म...से... प्या...र... क...र...ता... हूँ... या मैं... तु...म...से... प्या...र... क...र...ती... हूँ" वाक्य इस रफ़्तार से कहा गया मानो यह कहने में सदियाँ गुज़र जाएँगी–और सच तो ये था कि गुज़र भी जाती थीं। आगे, "यहाँ तो थैंक्यू भी बोलो तो लगता है आई लभ यू बोल रहे हो"–यक़ीन मानिए कि आई लभ यू बोलते घड़ी अक्षर की तरह होंठ भी उसी साइज में आड़े-तिरछे हुए थे–"देखो तो प्रमोद, इस अंग्रेज़ी ने कितने अच्छे-अच्छे शब्द दिए हैं–थैंक्यू, डार्लिंग, इसक्यूज मी, प्लीज इत्यादि। जानते हो प्रमोद, ये सारे के सारे शब्द आई लभ यू बन सकते हैं। आदमी के पास शब्दों का इस्तेमाल करने की कला होनी चाहिए। आदमी के पास अदायगी और लड़कियों के पास नज़ाकत हो तो प्यार तो साला सॉरी से भी शुरू हो सकता है।

अन्तिम वाक्य कहकर अनिरुद्ध जी ने इस कदर आँखें बन्द कीं मानो उन्हें पी-एच.डी. की थीसिस पर डॉक्टरेट की उपाधि मिल रही हो।

अनिरुद्ध जी की बन्द आँखें कि अनुभव और विषाद के बीच का मध्यान कि मौखिक वक्तव्य का पहला अल्पविराम कि मेरे निकल जाने भर का छोटा-सा दराज कि बन्द आँखों वाले इन सज्जन के कन्धे पर हाथ रखते हुए मैंने कहा, "सही है अनिरुद्ध भाई, एकदम सही।" मैं पीपल के सोर पर खड़ा हो गया। अनिरुद्ध भाई एकदम थथमथा गए। अपनी बड़ाई सुनकर या बात को

जल्दी ख़त्म कर देने के आश्चर्य से–मालूम नहीं क्यों।

अनिरुद्ध भाई बोलते हुए अच्छे आदमी लगते हैं। मैं अपनी तथा उनकी बातें सोचते हुए, उनकी विपरीत दिशा में चलते-चलते पीछे मुड़ा। टीले की तलाश में जा रहे अनिरुद्ध भाई एक अनुभवी तथा बुजुर्ग गिद्ध की तरह दिखे–जो किसी सूखे हुए वृक्ष की टूटी हुई शाख की तलाश में चला जा रहा हो। दरअसल टीला ढूँढ़ने वाली समस्या उन्हें तब होती थी, जब वे अपने घर से किसी अलक्षित मंजिल की तरफ़ निकल चुके होते थे और बीच में ही कहीं अकारण रुक जाना पड़ता था–जैसे कि आज। नहीं तो जब एक दिन सत्यदेव चौधरी के दुआर पर भैंस बाँधने वाला खूँटा गड़ा, उस दिन बहुत प्रफुल्लित हुए थे अनिरुद्ध भाई। तब से घर से निकलकर साइकिल डुगराते हुए आते और इसी खूँटे से उड़ान भरते। साइकिल थोड़ी डगमगाती, थोड़ी दाएँ-बाएँ करती। फिर सँभलकर अपनी गजगामिनी की गति पकड़ लेती–यह साइकिल की दिनचर्या थी।

यदि सच पूछें तो आजकल मैं अनिरुद्ध भाई से थोड़ा कतराने लगा हूँ। सोचता हूँ अनायास किसी दिन चौराहे पर पकड़ कर कहने लगें–यार प्रमोद, आज-कल मैं हिन्दी के शब्दों पर विचार कर रहा हूँ–तब मेरा क्या होगा। मैं तो वहीं खड़े-खड़े ज़मीन में सात हाथ गड़ जाऊँगा। क्योंकि तब तक अनिरुद्ध भाई समझ चुके होंगे कि–सही है अनिरुद्ध भाई, एकदम सही–का अर्थ उनकी बातों का समर्थन करना नहीं बल्कि उनसे पीछा छुड़ाना होता था।

पर एक बात है कि पिछले तेरह सालों से साइकिल पर सवार अनिरुद्ध भाई को कभी इस तरह नहीं देखा गया कि लगा हो कि वे कहीं जल्दी में हैं। हाँ, कभी-कभार ऐसा ज़रूर लगा, मानो वे सर्कस में हों या स्लो-साइकिलिंग कम्पटिशन में। इस बारे में भी अनिरुद्ध जी का एक तर्क है जो धीरे-धीरे सिद्धान्त का रूप ले रहा है। वह यह कि जो धीरे-धीरे साइकिल चलाता है वह सभ्य और शरीफ आदमी होता है और जो तेज़ तेज़... वह लफंगा।

अभी तक अनिरुद्ध के साथ जी और भाई जैसे शब्द सुनकर आपको लगता होगा कि वह एक अधेड़ आदमी हैं पर यह सम्मान

उनकी दिनचर्या को दिया जाता है जो उन्हें समान देने के लिए विवश करती है। लेकिन यह कहानी गिरधर परसा गाँव के उस अनिरुद्ध की है, जिसका एक बाप था, एक माँ थी, एक बिरादरी थी, कुछ खेत थे, बारहवीं पास का सार्टिफिकेट था। और वह... वह अपने आप को बुद्धिजीवी मानने से इनकार कर रहा था। उसका मानना था कि इस देश के मौजूदा हालात समाज में तथाकथित बुद्धिजीवी कहलाने वाले लोगों की ही देन हैं।

आगे की बात यह है कि वे सिर्फ़ चाय पीते हैं और एक लड़की से प्यार करते हैं। वह लड़की जब भी उनके सामने आती है, शराफत के बोझ तले दबी हुई उनकी पलकें थोड़ी और झुक जाती हैं। लड़की, उन्हें एक पुरानी फ़िल्म की हीरोइन की तरह लगती है। नहीं-नहीं, लड़की नहीं सिर्फ़ कड़की की हँसी पुरानी फ़िल्म की हीरोइन की हँसी की तरह लगती है। जिसका नाम उन्हें मालूम नहीं–लड़की का नहीं, हीरोइन का। लड़की का नाम पुष्पा है–पुष्पा। अनिरुद्ध भाई चाहें तो उसकी हँसी पर एक कविता लिख सकते हैं या चाहें तो एक गाना भी गा सकते हैं–क्या ख़ूब लगती हो, बड़ी सुन्दर दिखती हो।

वह उन्हें भइया बोलती है। उन्हीं के गाँव के पूरब टोला की धोबिन की लड़की है।

समय गाँव से लेकर शहर तक, हर जगह बदल रहा था, फर्क बस इतना था कि उस समय भी लोग पृथ्वी को नहीं सूरज को घूमते हुए मान रहे थे।

कुम्हार मिट्टी का बर्तन बनाना छोड़कर मिट्टी में सब्जियाँ उगा रहे थे। लुहारों के लड़के ड्राइवरी या चिमनी पर ईंट ढोने का काम कर रहे थे। डोम, जो बाँस के झाड़ू और टोकरी बनाते थे अब उसी टोकरी से बालू ढोकर ट्रकों पर लादते और दिहाड़ी पचपन रुपए पाते। वहीं पवरियों, चुड़िहारों, भटों और औरतों के हाथ पर गोदना गोदने वाली नेटुआइनों की तो प्रजाति ही बदल चुकी थी या यूँ कहें समाप्त हो चुकी थी। धोबियों ने गदहा पालने और गाँव के फटे-पुराने कपड़े धोने के एवज में, किसी तीज-त्यौहार पर साल में एक बार कुछ

मिल जाने की आस को छोड़ कर, खेतों में काम करने और मजदूरी करने का बीड़ा उठा लिया था, पुष्पा उसी जाति की साँवली, पतली और कम बोलने वाली लड़की थी जो अनिरुद्ध भाई को भा गई थी।

अपनी ज़िन्दगी में सिर्फ़ एक बार छुए हैं पुष्पा को, अनिरुद्ध भाई।

'कब?'

एक बार जब वह उनके खेत में रोपनी कर रही थी। खेत में पानी था। घुटनों तक साड़ी उठाए पुष्पा की चाची। गंजी और गमछा पहने अनिरुद्ध भाई। और सलवार को घुटनों तक उठाए, हाथ की रंग-बिरंगी चूड़ियाँ–जो पुरानी पड़ जाने के कारण एक ही तरह की लग रही थीं–कोहनी तक उठाए तथा छाती की गोलाइयों को गन्दे गमछे से ढके पुष्पा, धान की रोपनी कर रही थी। अनिरुद्ध भाई को एकाएक लगा कि उनके पाँव के नीचे कुछ साँप जैसा जीव सरक रहा है। डर के मारे अनिरुद्ध भाई ने कूदकर भागना चाहा। पाँव अन्दर तक कीचड़ में धँसा था सो वहीं गिर गए और उन्हें पुष्पा ने ही हँसते हुए उठाया था। तब।

अपने नाम की तरह शीतल, आवाज़ की तरह शान्त, चाँदनी रात की सुन्दरता और एक चाँद-सी मुस्कान। ऐसा भला कौन होगा जो अपने आप को इस पुष्पा के हवाले नहीं कर देगा।

वैसे तो शरीर की हर गतिविधि दिमाग से संचालित होती है। आँखों के सामने कुछ आते ही पलकों का बन्द हो जाना या शरीर पर मच्छर बैठते ही हाथ का वहाँ चला जाना इत्यादि। पर कुछ काम ऐसे भी हैं जिनमें दिमाग नहीं लगता, जैसे–साइकिल चलाते घड़ी पैडल के साथ पाँव का घूमना। सो साइकिल चलाते वक़्त जाड़े की रात में रजाई में घुस कर सोने का मजा तो नहीं कहेंगे पर बहुत मजा आता है अनिरुद्ध भाई को। जाड़े के इस मौसम में, जहाँ हवा हड्डियों तक का एक्स-रे कर देती है, वे सुबह-सुबह उठकर नहा-धोकर, पूजा-पाठ करके साइकिल निकालते हैं। साइकिल थोड़ा पोंछते हैं। फिर बड़े छाप की बिछाने वाली चद्दर–जिस पर लाल और पीले रंग के कहीं न खिलने वाले फूलों की छाप होती है–ओढ़ कर चल देते हैं, सत्यदेव चौधरी के दुआर की ओर। सत्यदेव चौधरी का दुआर अर्थात भैंस बाँधने वाला खूँटा अर्थात

अनिरुद्ध भाई के टेक-अप होने की निश्चित जगह। यहाँ आकर साइकिल पर सवार होते हैं। साइकिल थोड़ी दाएँ-बाएँ करती है। थोड़ी डगमगाती है। फिर एक मूक गति से पालतू जानवर की तरह साइकिल चल देती है। अनिरुद्ध भाई चल देते हैं। एकदम धीरे, गजगामिनी की गति और उनके मिजाज में एक पुरानी फ़िल्म की हीरोइन की हँसी आ जाती है। ठीक वैसे ही जैसे मकबूल फिदा हुसैन के मिजाज में माधुरी दीक्षित आई थी। अनिरुद्ध भाई मन ही मन थोड़ा मुस्कुरा देते हैं।

आजकल अनिरुद्ध भाई कहाँ जाते हैं? क्यों जाते हैं किसी को कुछ नहीं मालूम। काफी छान-बीन के पश्चात गुप्त सूत्रों से पता चला कि सुबह पौने सात बजे निकलते हैं। सीधा पूरब दिशा को जाते हैं। वहाँ दो खेत हैं, उसे निहारते हैं। वहाँ से ठीक उत्तर दिशा को जाते हैं। वहाँ और दो खेत हैं, उसे भी निहारते हैं। और वहाँ से जब पश्चिम का रुख करते हैं, तब घाम उग गयी होती है। चद्दर को लपेट कर कैरियर में दबाते हैं। पैंट की जेब से काली फीते वाली घड़ी निकालकर हाथ में बाँधते हैं। और यह सोचने लगते हैं कि आख़िर आदमी हाथ में घड़ी बाँधता है या घड़ी में हाथ। कितना अच्छा होता कि लोग घड़ी में हाथ को न बाँधकर हाथ में घड़ी को बाँधकर रखते। यहाँ तो लोगों ने घड़ी में हाथ बाँधकर जीना दूभर कर लिया है और गुमान कि हाथ में घड़ी बाँधते हैं। यह सोचते हुए पहुँच जाते हैं अनिरुद्ध भाई शंकरमोड़ चौराहे पर।

चाय, पान, दवा, दारू और किराना दुकानों से बना है यह चौराहा। दुकानें यहाँ दो कतारों में हैं। कतारों के बीच से बिहार सरकार की एक सड़क गुज़रती है। सड़क कब बनी मालूम नहीं। पर इस सड़क से भी पुरानी यहाँ कोई चीज़ है तो वो है रामाधार शाह की चाय की दुकान। रामाधार की दुकान में चाय पीते हैं। अख़बार पढ़ते हैं। हाथ में घड़ी और घड़ी में समय देखते हैं। रामाधार के लड़के को एक का सिक्का देते हैं। पाकड़ के सोर पर खड़े होकर साइकिल पर सवार होते हैं। साइकिल डगमगाती है। दाएँ-बाएँ करती है। साइकिल चल देती है। अनिरुद्ध भाई चल देते हैं। गाँव के सिवान पर रुकते हैं। घड़ी खोलकर जेब में रखते हैं। फिर चल देते हैं अपने नीड़ की तरफ़। धीरे-धीरे, एकदम

धीरा-गजगामिनी की गति।

ये सूचनाएँ बिरजू ने दीं। पूरे गाँव को पता है कि बिरजू झूठ ज़रूर बोलता है पर सूचना के मामले में नहीं। इस सूचना के बारे में वह अपनी माँ तक की किरिया खाने को तैयार है। तो यहाँ इस संशय की कोई गुंजाइश नहीं कि यह सूचना सही है या ग़लत।

यहाँ इस सूचना के मद्‌देनज़र कई सवाल खड़े होते हैं।

प्रश्न नम्बर एक कि अपना चौराहा छोड़कर ढाई किलोमीटर दूर शंकरमोड़ चौराहे पर अख़बार पढ़ने क्यों जाते हैं अनिरुद्ध भाई।

प्रश्न नम्बर दो घड़ी से सम्बन्धित है।

और प्रश्न नम्बर तीन कि आख़िर आजकल इतना चुप-चुप क्यों रहते हैं अनिरुद्ध भाई।

एक लोककथा : कर्बला का कुआँ और अली साहब

गाँव के ठीक पूरब तो नहीं कहेंगे। और पूरब तथा उत्तर का कोण भी नहीं कहेंगे। पूरब दिशा के थोड़ा बाजू में। उत्तर दिशा वाले बाजू में। ठीक पूरब अर्थात परभू बाबा के तीन मंजिले छत से, सामने देखने पर जो बहुत दूर तीन ताड़ का पेड़ दिखाई देता है। उसी में से बीच वाला पेड़ ठीक पूरब कहलाता है। सूरज उसी पेड़ के ठीक पीछे से निकलता है। अनिरुद्ध भाई का दो बीघे का खेत। धोबिन की लड़की पुष्पा–खेत की मजदूर–पुष्पा की हँसी–पुरानी फ़िल्म की हीरोइन की हँसी। अनिरुद्ध भाई का खेत, कर्बला का कुआँ। कुआँ प्रसिद्ध है, सो खेत की पहचान–कर्बला वाला खेत।

खेत के पास कुआँ नहीं, कुएँ के पास खेत। क्योंकि यह कुआँ तब से है, जब इस संसार में किसी भी सभ्यता का विकास नहीं हुआ था। कुएँ की एक कहानी है। कुएँ में पानी नहीं ख़ून है। कुएँ में झाँकना मना है।

बात तब की है जब गाँव में एक बार अकाल पड़ा था। सूखा। घोर अकाल। फसलें खेत में खड़ी-खड़ी ही झुलस गईं। चारों तरफ़ कोहराम मच

गया। न जाने कितने चौपाए तड़प-तड़पकर मर गए। धरती फट गई। कहीं भी चिरई-चुरूँग की कोई आवाज़ नहीं सुन पड़ती थी। अकाल का पता पक्षियों को पहले चल जाता है–कहते हैं रामायन चाचा।

तभी एक पागल वृद्ध भूख और प्यास से विकल इस कुएँ के पास आया था। कुआँ तब सूखा था। वह पागल वृद्ध कुएँ में कूद पड़ा (या गिर पड़ा) और तेईस दिन तक एक पाँव पर खड़े होकर भगवान से पानी माँगता रहा। (इस कथा की त्रासदी अब भी उस गाँव के बुजुर्गों की आँखों में देखी जा सकती है।) उसके शब्द कुएँ से बाहर नहीं आ पा रहे थे। अस्पष्ट रूप से जो शब्द आ पा रहे थे–कुण्ड, कुन, कण या कुण्डु कुछ ऐसे ही थे। उस शब्द के मानी उन (रामायन चाचा जैसे लोगों की) आँखों में नहीं दिखते, जहाँ वह त्रासदी दिखती है। अन्ततः वह वहीं, उस कुएँ में गिर पड़ा। लोग उसके दर्शन करने के लिए आते रहे। लगभग चलीस-बयालीस घण्टे के पश्चात उसके शरीर की सारी गतिविधियाँ शान्त होती रहीं और साथ-साथ कुछ अस्पष्ट शब्द धीरे-धीरे अशान्त होते गए।

कुएँ की अपनी एक अलग प्रतिध्वनि होती है, जहाँ शब्द काँपते नहीं, डोलते हैं। मरते नहीं, रोते हैं।

शुक्रवार की साँझ। सूरज ढल रहा था। उमस कुछ और बढ़ आई थी। भीड़ कुछ और उमड़ी थी। लोगों ने बाहर से ही कुएँ में मिट्टी डालना प्रारम्भ किया। उसे उसी कुएँ में दफ़ना दिया गया।

परभू बाबा के तीन मंजिली मकान के ठीक पीछे, बड़े बँसवार के झुरमुटों में सूरज कहीं छिप जाता है कि उस दिन भी छिपा था। रामायन चाचा के चेहरे की झुर्रियाँ कुछ फैल सी जाती हैं–आँखें छोटी हो जाती हैं कि लगभग मूँदे हुए भाव से कहते हैं–"...तब उस शाम आकाश में न जाने किधर से घुमड़ते हुए काले मेघ आए थे। देखते ही देखते शाम रात में बदली थी। और तब बिजलियाँ ऐसी कड़कीं कि बस..." रामायन चाचा की आँखें भी चमक जाती हैं–"तब हम बच्चे थे"–कहते-कहते बच्चों-सा चहक उठते हैं, "घण्टे दो घण्टे में लगा कि बाढ़ आ जाएगी। पूरे गाँव, खेत, खलिहान, नदी-नाले, ताल-तलइया

सब जगह पानी खड़ा हो गया। इस तरह क्या कहें तीन महीने तक लगातार, रातों-दिन पानी गिरता रहा। गाँव में सियार, डांगर मर-मरकर उतराने लगे। देखते-देखते महामारी फैल गई। अब आदमी की मरने की बारी थी। महामारी जनो हो? इ सब बरम के कुपित होने से होता है। पूरा गाँव त्राहि-त्राहि करता उसी कुएँ के पास भागा। और इधर कुएँ में..." हमारी आँखें प्रश्न पूछती हैं, "कुएँ में?"

"कुएँ में पानी की जगह ख़ून भरा था लबालब।" रामायन चाचा की पकी मूँछों के भीतर रहस्य भरी मुस्कान थिरक उठती है–कहते हैं–"एकदम लाल टेस। खौलता हुआ।"

और हम सिहर उठते थे उस कथा में।

"जादू?"

"नहीं रे बाबा ख़ून ...एकदम लाल टेस", रामायन चाचा कहते हैं। "फिर सभी हाथ जोड़कर गुहार लगाए। मनौती माँगे। खुरमा-बतासा चढ़ाए और तभी सबके बीच से भंगी महाराज ने शंख फूँका और कहा कि गाँव पर दया करो हे कुण्डू महाराज। हम हर साल तुम्हारी पूजा करेंगे। फिर तीन बार शंख फूँका। शंख की तीसरी ध्वनि ख़त्म होते-होते सूरज अपना धाही दिया था।

तब से वहाँ हर साल एक मेला लगता है। कुण्डु का मेला। उस पागल, वृद्ध, बरम, कुण्डु महाराज की मृत्यु तिथि पर।

चूँकि यह तय नहीं हो पाया था कि वह पागल, वृद्ध हिन्दू था या मुसलमान। इसलिए दोनों समुदाय के लोग उस मेले में बड़े सच्चे दिल से शरीक़ होते हैं। अखाड़ा जमता है। करखा खेला जाता है। दुकानें लगती हैं।

हिन्दू समाज के प्रमुख परशुराम बाबा और मुसलिम समाज के अली साहब, दोनों इस कुएँ के आर-पार बैठते हैं। आमने-सामने। धोती और गंजी पहने परशुराम बाबा तथा सफ़ेद लिबास में काला गमछा ओढ़े अली साहब। अली साहब मदरसे के मौलवी हैं। सभी दीन-दुखिया मेले के दिन आते हैं। अपनी-अपनी समस्या अली साहब या परशुराम बाबा में से, जिससे चित्त फरियाता, उससे बताते हैं। दोनों प्रमुख अपने-अपने ग्राहकों की समस्या अपने

अपने ढंग से कुएँ में झाँककर पूछते हैं। कुआँ निदान बतलाता है जो सिर्फ़ उन्हीं दोनों को सुनाई पड़ता है। और वे लोग अपने-अपने ग्राहक को निदान बतला देते हैं।

(यहाँ कोई भेदभाव नहीं है। किसी भी जाति का आदमी किसी भी प्रमुख से अपना प्रश्न पूछ सकता है।)

बसन्ती देवी को लड़का नहीं हो रहा था। परशुराम बाबा ने कहा कि तुम्हारा कोई सन्तान जोग नहीं है। वह घूम-फिर कर आई और परशुराम बाबा से नज़रें चुराकर यही समस्या अली साहब से पूछी। अली साहब ने कहा कि अल्लाह के करम से तुम्हें एक नेक और होनहार औलाद होगी। बिरजू उसी वरदान का पका फल है। गाँव का सूचना विभाग उसी के ज़िम्मे है। अली साहब बहुत पहुँचे हुए आदमी हैं। आदमी नहीं देवता हैं।

गई शाम मेला खतम होता है। सभी अपने-अपने घर चले जाते हैं। अली साहब वहीं बैठे रहते हैं। रात को जब बारह का गजर होता है, अली साहब कुएँ में घुसकर ख़ून से नहाते हैं। और नंगे बदन मदरसे में वापस चले जाते हैं।

"जादू?"

"नहीं रे सच्ची। ख़ून से लाल टेस।"

मदरसे में वापस आते वक़्त यदि कोई नंगे बदन उस डगर पर लेट जाए, और अली साहब उस लेटे हुए आदमी पर पाँव रख दें, तो समझो कि अली साहब का आशीर्वाद उसे मिल गया। लेटने वाले की मन की मुराद पूरी हो जाती है।

यह बात गाँव के सभी लोग जानते और मानते हैं। बिरजू को छोड़कर। बिरजू का मानना है कि यह सब बात ग़लत है, एकदम ग़लत।

एक बार जब रात को बिरजू संग्रामपुर से नाच देखकर अकेले घर लौट रहा था। आधी रात हो गई थी। कहीं एक भी चिरई-चुरूँग तक नहीं थे। सिर्फ़ झींगुर की झिझियाने की आवाज़ थी उस वीराने में और रास्ते में था वह कर्बला वाला कुआँ। तब बहुत डर लगा था बिरजू को उस दिन। फिर भी। कुएँ में

ख़ून? कैसा लगता है? रात का वीरान पहर कि मन के वीराने में एक और वीरान रात। सच की रात से झूठ की रात ज़्यादा वीरान थी। झूठ की रात में भय था तो सच की रात में धोखा। झूठ की रात में ख़ून तो सच की रात में कुआँ। सच की रात में बिरजू होता था, झूठ की रात बिरजू में होती थी। हृदय गति तेज़ हो जाती। ज़ोर-ज़ोर से हाँफने लगता। भीतर की रात जब बाहर निकलती तो बाहर की रात और काली हो जाती। और वह और काली रात को निगलने लगता। धौंकनी और तेज़ हो जाती। भीतर से लेकर बाहर तक एक काली रात विषैले धुएँ की तरह चारों तरफ़ तैरने लगती। तब साँस लेना भी मुश्किल काम लगता था। साँस भी नहीं ले पा रहा था बिरजू। बेतरह डर गया था।

"जादू?"

"नहीं रे बाबा आगे देखो ना।"

उसने कुएँ में झाँका, हालाँकि झाँकना मना था। फिर भी झाँका। कुएँ के भीतर बहुत अँधेरा था सो कुछ नहीं दिखा।

उसे ज़ोर की पेशाब लगी थी। भय की पेशाब। मन में शरारत सूझी कि कुएँ में पेशाब कर परीक्षण किया जाए। वह कुएँ में पेशाब करता रहा और मन ही मन अपने डर के साथ-साथ एक अन्धविश्वास को फाड़ता रहा। कुएँ में पानी नहीं था।

"ख़ून?"

ख़ून भी नहीं, कुआँ सूखा था बिलकुल।

कुएँ में न पानी है न ख़ून। हाँ कुआँ गहरा ज़रूर है–यह सिर्फ़ बिरजू की दलील है और बहुमत उसके पक्ष में नहीं है।

अनिरुद्ध भाई बिरजू जैसे बेहूदा लोगों पर विश्वास नहीं करते। अब तो बस कुण्डु के मेले का इन्तज़ार है। इस बार प्लान बना लिए हैं कि जाकर मेले वाली रात, नंगे बदन, मदरसे वाली डगर पर लेट जाएँगे और मन में मुराद कि–या कुण्डु महाराज या तो हमें धोबी बना दो या पुष्पा को भूमिहार।

(कहानी जीवन दर्शन नहीं बल्कि जीवन का एक दर्शन होती है। सम्पूर्ण जीवन का सिर्फ़ एक दृश्य, एक पहलू, एक पहर। दूसरे

दृश्य, दूसरे पहलू, दूसरे पहर की दूसरी कहानी)

पुष्पा ने आज तक अनिरुद्ध भाई से कुछ नहीं कहा सिर्फ़ ताककर हँसती है। अनिरुद्ध भाई भी हँस देते हैं। वह चली जाती है। अनिरुद्ध भाई सोचने लगते हैं।

एक दिन सुबह-सुबह उठकर अनिरुद्ध भाई झांगा से दुआर बुहार रहे थे कि मुँह में मोटा सा नीम का दातुन लिये अवधेश बाबू ने कहा, "जाकर लिलवतिया से कह दो कि वो और श्रीकांतवा जाकर कर्बला वाले खेत में सोहनी कर दें। बीया गिराना है दो-चार दिन में।

"काहे, धोबी लोग अब सोहनी नहीं करेगा का," अनिरुद्ध भाई ने कहा।

"ना ऊ सब नहीं करेगा, खेत में बइठ के ख़ाली-ख़ाली बतिआता है सब," तेवर कड़ा था। अवधेश बाबू अनिरुद्ध भाई के पिता हैं। गाँव के प्राइमरी स्कूल के शिक्षक पद से रिटायर गिद्ध। दिन भर टर्र-टर्र करते रहते हैं।

"आ लिलवतिया दिन भर खलिहान में बइठ के बीड़ी फूँकती है, ऊ ठीक है," अनिरुद्ध भाई ने जवाब दिया। आवाज़ में मर्दानापन था। आँखें झुकी थीं। मानो सत्तर-अस्सी के दशक में सिल्वर स्क्रीन पर चल रहे बाप-बेटे का शीत युद्ध। अनिरुद्ध भाई अमिताभ बच्चन और अवधेश बाबू दिलीप कुमार या संजीव कुमार।

जो बुझाय सो करो कहकर अवधेश बाबू अन्तर्धान हो गए।

अनिरुद्ध भाई दुआर बुहार कर उठे। मुँह और मूड दोनों साफ़ किए। साइकिल निकाले। और चल दिए सत्यदेव चौधरी के दुआर पर। धोबी टोला जाने के नाम पर अनिरुद्ध भाई इस कदर ख़ुश होते हैं, मानो ससुराल जा रहे हों।

पुष्पा की माँ से मुखातिब होते हुए उन्होंने पूछा कि पुष्पा कहाँ है?

पुष्पा की माँ अब किसी के खेत में काम नहीं करती। नहीं हो पाता है। कम देखती है। कम सुनती है। मुँह है, बहुत बोलती है। ख़ूब गरियाती है। गाँव का गाँव तबाह है मारे ख़ुशी के। बच्चे ख़ुश होकर गालियाँ सुनते हैं और बड़े मन्त्रमुग्ध होकर। वह अनिरुद्ध भाई की इज्जत करती है। गाँव में भूमिहारों को बाबू साहब कहा जाता है। सो वह उन्हें बाबू साहब कहती है। खड़ी हो गई।

झाड़ू से दुआर बुहार रही थी। हाथ चमकाकर धीरे से बोली–उधर ही खेत में गई है, का बात है?

"सोहनी का बात करना था," अनिरुद्ध भाई कौवे की तरह गर्दन उठा-उठाकर इधर-उधर ताक रहे थे।

"ठीक है हम कह देंगे", पुष्पा की माँ ने कहा।

अनिरुद्ध भाई भारी मन से "ठीक है" कहकर किसी टीले की तलाश में आगे बढ़ने लगे–साइकिल पर चढ़ने के लिए।

साइकिल पर सवार अनिरुद्ध भाई घर आने लगे कि रास्ते में, हाथ में हँसिया लिये पुष्पा आती हुई दिखाई पड़ी। पुष्पा अनिरुद्ध भाई को दूर से देखकर हँस दी। अनिरुद्ध भाई को हँसी नहीं आई। दया जैसा कुछ भाव बह रहा था। वे साइकिल से कूदकर नीचे उतर गए। कूदकर ही उतरते हैं। आराम से नहीं उतर पाते। पुष्पा रुक गई।

"ऐ रे पुष्पा एक बात है", अनिरुद्ध भाई ने बड़ी आत्मीयता से कहा।

पुष्पा ने सवाल पूछने की दिशा में गर्दन उठा दीया और साइकिल के हैण्डल पर हँसिए से दो बार ठोक दिया... टुन्न टुन्न। मन में बड़ी ग्लानि भर कर अनिरुद्ध भाई ने कहा कि कर्बला वाले खेत में सोहनी है।

यदि अनिरुद्ध भाई ही घर के मालिक होते तो नहीं कहते। बड़ा दुख होता है, कहने में, पुष्पा से कोई काम कराने में। बड़ी नाजुक चीज़ है पुष्पा सिर्फ़ रानी बनने के लायक है–भोरे-भोरे उठ कर, कम पत्ती और ज़्यादा चीनी वाली चाय बनाने लायक। पुष्पा ने खड़े-खड़े वहीं ज़ोर से छींका और दूसरी छींक के लिए आसमान में ताकने लगी। अनिरुद्ध भाई को यह बहुत बुरा लगा कि ऐसे ही छींकती रही तब तो हुई शादी। लोग क्या कहेंगे कैसी बेलूर, बेशहूर है। पुष्पा अभी मुँह बाए ऊपर आसमान ही ताक रही थी। दूसरी छींक नहीं आई।

"चाची से बोले हैं," पुष्पा ने हाथ से घण्टी बजा दी। अनिरुद्ध भाई ने घण्टी पर हाथ रख दिया। पुष्पा की चाची पुष्पा के साथ काम करती थी।

"ना तू बोल देना", अनिरुद्ध भाई ने घण्टी से हाथ हटा लिया ताकि पुष्पा फिर घण्टी बजाए। इस बार उसके हाथ पर हाथ रखेंगे।

ठीक है कहकर पुष्पा हँस दी। फिर आँखें झुकाकर कहा कि एक बात कहनी थी।

अनिरुद्ध भाई ने बड़ी आत्मीयता से पूछा, "क्या बात है, बोल ना।"

"कब खेत में जाना है?" पुष्पा फिर हँस दी। यह पुष्पा के मुँह से मेल खाती हुई हँसी नहीं थी। पुष्पा पहली बार मजदूर लगी और उसकी हँसी किसी पुरानी फ़िल्म की हीरोइन की हँसी से हट कर, उसकी रंगहीन चूड़ियों-सी निरीह, बेसुरी और बेजान लगी। एकदम लाचार।

"नहीं-नहीं, बात बोल तू, क्या बोल रही थी?" अनिरुद्ध भाई जहाँ पुष्पा की हँसी पर पागल हुए जाते थे, आज अधीर हो गए।

"बोल न पुष्पा, तू क्या बोल रही थी?"

"कुछ नहीं, यही तो...", पुष्पा ने कहा। अनिरुद्ध भाई की इस विचित्र स्थिति के बारे में पुष्पा को हींग भर भी अन्देशा नहीं था।

"नहीं-नहीं बोल, मुझसे छुपाएगी पुष्पा?" मन तो हुआ कि पुषा का हाथ पकड़ लें और कहें कि तू मुझे अपना नहीं समझती पुष्पा।

"बात ए थी कि हमको दस रुपिया का दरकार था," फिर रुककर बोली, "मजदूरी से काट लीजिएगा।"

यह दूसरा वाक्य अनिरुद्ध भाई के अन्तस तक धँस गया। पुष्पा को रुपिया दूँ और मजदूरी से काटूँ? क्या आज तक मुझे यही समझी है पुष्पा? अनिरुद्ध भाई ग्लानि से भर गए। उनके पास पैसे बिलकुल नहीं थे।

पुष्पा का रुपिया माँगना अच्छा लगा। इस तरह से माँगना कत्तई अच्छा नहीं लगा।

"ठीक है, अभी तो नहीं हैं। तुम रुको, मैं लाकर देता हूँ। कब तक चाहिए?" अनिरुद्ध भाई ने यह बात पुष्पा से इस तरह कही मानो दो ग़रीब दम्पती आपस में अपने दुख-सुख बाँट रहे हों कि घोंसला टूट जाने पर दो पक्षी दम्पती आपस में नए आवास की चिन्ता कर रहे हो कि जेठ की वीरान दुपहरी में चल रहे प्रेमी-प्रेमिका कहीं छायादार वृक्ष के नीचे बैठकर विश्राम करना चाह रहे हों और प्रेमी लाख प्रयत्नों के बावजूद वह वृक्ष नहीं खोज पा रहा हो...

"खेत में कब जाना है?" पुष्पा ने पूछा।

पुष्पा ने यह बात इस तरह से कही कि अनिरुद्ध भाई को लगा मानो वह यह समझ रही है कि मैं उसे पैसा देना नहीं चाह रहा हूँ। अनिरुद्ध भाई पुष्पा को निर्निमेष ताकते रहे। आँखें सजल हो गईं।

"कब?" पुष्पा ने फिर पूछा।

"कल सुबह, ख़ूब सबेरे।"

एक टीला देखकर अनिरुद्ध भाई साइकिल पर सवार हुए। साइकिल ने अपनी दिनचर्या पूरी की। अनिरुद्ध भाई ने पीछे मुड़कर देखा कि साइकिल फिर लड़खड़ा गई। एक स्वाभाविक हँसी पुष्पा हँस दी। अनिरुद्ध भाई भी हँसे, जो हँसी दया और दीनता से बनी थी।

अनिरुद्ध भाई ने घर आकर चारों तरफ़ जद्दोजहद किया। रुपया नहीं मिला। अन्तिम उपाय बचा था जो क्षण भर के लिए सफल होता था–गिद्ध के मुँह से बैल का मांस चुराना अर्थात बाप के जेब से रुपया काढ़ना। मास्टरी के पद से रिटायर व्यक्ति के पास कड़कड़िया नोट नहीं होता सो कुर्ता की निचली जेब में झूलता ख़ुदरा सात रुपया ही था। वही लेकर चल दिए। सात रुपए ही लेकर जाने से अनिरुद्ध भाई के मन में ग्लानि तो बहुत हो रही थी। साइकिल पर चलते-चलते एक जगह ब्रेक लग गई और एक बात मिजाज में आई जो पीपल के नीचे निश्चिन्त बैठकर सोचने वाली थी। वह यह कि क्या पुष्पा प्यार का मतलब जानती होगी।

जानती होगी पुष्पा कि शादी के पहले भी एक प्रेम होता है, जो ज़रूरी होता है।

–वह प्रेम किसी दूसरे पुरुष के साथ होता है।

–प्रेम में आई लव यू बोला जाता है।

–प्रेम में छुप-छुपकर मिलना पड़ता है।

–प्रेम में एक प्रेम पत्र होता है।

–प्रेम पत्र में दिल का छोटा-बड़ा फोटो बनाया जाता है।

–प्रेम पत्र वाले दिल के छोटे-बड़े फोटो को छुआ जाता है।

–दिल के छोटे-बड़े फोटो को चूमा भी जाता है।

–प्रेम में गले मिला जाता है।

–प्रेम में झूठ बोला जाता है।

–प्रेम में हाथ पकड़ा जाता है।

–प्रेम में हाथ पकड़कर प्रेम गीत गाया जाता है।

–प्रेम में पकड़े गए हाथ को चुपके से चूम लिया जाता है।

–प्रेम में गुलाब का फूल दिया जाता है।

–प्रेम में प्रेमी प्रेमिका को जूड़ा में लगाने वाला रबड़ देता है।

–प्रेम में नए-नए कपड़े पहने जाते हैं।

–प्रेम में मेला घूमने जाया जाता है।

–मेले में जलेबियाँ खाई जाती हैं।

–और जो नहीं किया जाता वह यह कि प्रेम में छींका नहीं जाता।

अनिरुद्ध भाई जब सात रुपए लेकर पुष्पा के घर पहुँचे तो ख़ुद को बड़ा सस्ता पा रहे थे–पर मन में एक क़रीबी का एहसास ज़रूर था। पुष्पा घर के दरवाज़े पर बैठी थी। बीच में। एक पाँव चौखट के इस पार दूसरा उस पार। बीचोबीच में बैठी थी। जाड़े का दिन था। देह घाम लोढ़ रहा था। धूप अच्छी लग रही थी। पुष्पा अच्छी लग रही थी–बेफ़िक्र। उनको देखते ही खड़ी हो गई।

"का बात है भइया?"

"वो, तू रुपिया नहीं माँगी थी।"

"हाँ, माँगी थी।"

अनिरुद्ध भाई ने जेब में हाथ डाला। उँगलियाँ पाँच और दो के सिक्के को छू गईं। मन में फिर वो ग्लानि वाला भाव घुला। हाथ में पैसा लेकर चकित नज़रों से उन्होंने पैसे को देखा।

"क्या हुआ भइया?"

"लगता है तीन रुपए कहीं गिर गए। ...खैर, ले काम चल सके तो चला ले पुष्पा।"

"ठीक है, हो जाएगा।"

"ख़ुश है तो..."

पुष्पा हँस दी। अनिरुद्ध भाई का यह वाक्य पुष्पा को अजीब तरह से लगा। पुष्पा लजा गई। मन था बहुत बातें करने का पर जगह और समय दोनों अच्छा नहीं था।

सात रुपए देकर लौट रहे अनिरुद्ध भाई पुष्पा को आज अपने बहुत क़रीब पा रहे थे। और, साइकिल पर चलते चलते सोचने लगे कि कल खेत में पुष्पा के साथ प्रेम का श्रीगणेश करेंगे।

(पाठक वृन्द को याद रहे कि कल कर्बला वाले खेत में पुष्पा के साथ प्रेम का श्रीगणेश करेंगे अनिरुद्ध भाई)

पुनर्जन्म : एक सत्यकथा

इस प्रेम-मोहब्बत के दरमियान एक और चीज़ थी जो अनिरुद्ध भाई को भीतर ही भीतर साल रही थी। अनिरुद्ध भाई को अपनी दीनता, अपनी हालत पर आज बहुत दया आ रही थी। एक घड़ी जिसे अनिरुद्ध भाई ने छह महीने पहले गनेशस्थान मेले से पचास रुपए में ख़रीदा था, उसे आज तक चुराकर बाँध रहे हैं। किसी तरह गुणा-भाग करके चौबीस घण्टे में एक रुपया उपराजते हैं, तो शान से रामाधार के होटल में एक कप चाय पीते हैं। जिसके ऊपर जान देने की सोच रहे हैं–दिल तो दे ही चुके हैं–उसे दस रुपए तक नहीं दे पाते। स्साला... यह भी कोई ज़िन्दगी है। अब भान हुआ कि नौकरी करनी चहिए। येन केन प्रकारेण।

1. गाँव से भागकर नौकरी करना (इसमें प्रमुख है गाँव से भागना)।
2. आत्महत्या के लिए जहर खाना।
3. और पुष्पा के साथ प्रेम का श्रीगणेश करना।

तीनों की शुरुआती कण्डीशन बड़ी खतरनाक है। एक आम आदमी के लिए दूसरा और अनिरुद्ध भाई के लिए पहला और तीसरा काम एकसमान है।

गाँव से भागना हो तो कैसे भागें, क्या-क्या समान लेकर भागें। कितना रुपया लेकर भागें। किससे बताकर भागें। किससे नहीं बताकर भागें। और

आख़िर में भागें तो कहाँ भागें।

जहर अभी खाएँ कि कल खाएँ कि न खाएँ। मरने के बाद क्या होगा। कौन रोएगा। कौन क्या कहेगा। माँ रोएगी, कौन चुप कराएगा।

पुष्पा से क्या कहें? पहले हाथ पकड़ें कि पहले उसे देखकर आँख मारें कि उसे ताककर हँस दें कि आई लव यू बोल दें कि खेत में पटककर चुम्मा ले लें।

पहले घर से भगोड़ों या नौकरी करने जाने वालों के लिए एक ही स्टेशन था–हावड़ा स्टेशन। अब इस नई पीढ़ी ने दिल्ली, गुजरात की तरफ़ रुख किया है। तो चले आए गुज़रात के कर्कश करातों के बीच अनिरुद्ध भाई भी वेल्डर बनने के लिए।

(यहाँ पाठकगण एक बात मान लें ...या कल्पना कर लें)

"जादू?"

"नहीं रे बाबा! सच्ची।"

"एकदम सच्ची?"

"नहीं रे! सौ-सौ।"

"फिफ्टी-फिफ्टी।"

"चल।"

"मान लीजिए अनिरुद्ध भाई अनिरुद्ध भाई न होकर कुछ और होते–चन्दन, मंटु, नीरज कुछ भी।...उनके पास साइकिल न होकर मोटरसाइकिल होती।"

"यह गाँव-गाँव न होकर शहर होता।"

"पुरानी नहीं, नई फ़िल्में होतीं।"

"सारी लड़कियों के कपड़े और हँसी, नई हीरोइनों की तरह होती।"

"सब कुछ नया होता।"

"नए लोग होते।"

"नई बातें होतीं।"

"पिछली हर बात परम्परा और इस बदले हुए परिवेश की हर बात अप-टू-डेट लगती।"

और इस बदले हुए परिवेश में, रात को टी.वी. पर फैशन शो देखते हुए अनिरुद्ध भाई को लगता कि यह उनका पुनर्जन्म है। या यूँ कहें कि सारी चीज़ें वह नहीं होतीं जो हैं, बल्कि सारी चीज़ें वह होतीं जो हम ऊपर से सोच रहे हैं।

और इस तमाम ऊहापोह में सिर्फ़ पुष्पा वही होती जो वह है तो क्या होता?

हाँ तो हम कह रहे थे कि पुष्पा के साथ, कल, कर्बला वाले खेत में प्रेम का श्रीगणेश करेंगे अनिरुद्ध भाई।

इस बदले हुए परिवेश की चर्बी पर भर रात एक खुरापात नाचती रही और अनिरुद्ध भाई गम्भीर हो गए कि आख़िर वे पुष्पा से चाहते क्या हैं और पुष्पा उनके बारे में क्या सोचती है। कहीं वह उन्हें अमीर, गम्भीर और शरीफ़ तो नहीं समझती है न? एकदम ग़लत बात है कि वह भी उन्हें वही समझे जो गाँव वाले समझते हैं।

यदि अमीर समझेगी तो पास नहीं आएगी–वहाँ समानता नहीं होती। गम्भीर समझती होगी तो बात करने में हिचकेगी और कहीं यदि शरीफ़ समझती होगी तो प्यार नहीं करेगी।

...कहीं पुष्पा यह तो नहीं समझती होगी कि शरीफ़ लोग प्यार नहीं करते, इश्क नहीं करते, किसी लड़की की तरफ़ नहीं ताकते, किसी स्त्री को नहीं छूते, पत्नी को भी नहीं। सिर्फ़ अमीरों की पोशाक पहन, गम्भीरता से कुरसी पर बैठकर किताब पढ़ते हैं और शराफत से पत्नी से चाय माँगते हैं और बच्चा पैदा हो जाता है। अमीर लोग सम्भोग नहीं करते–सिर्फ़ पत्नी के पास सोकर किताब पढ़ते हैं और बच्चा पैदा हो जाता है।

यदि यह सब समझती होगी पुष्पा तो कोरा बकवास समझती है।

ऐसी ही कुछ-कुछ अवधारणाएँ अनिरुद्ध भाई की भी थीं पर इस बदले हुए परिवेश ने उन सारी अवधारणाओं को खारिज कर दिया है। और, इन अमीर, गम्भीर और शरीफ़ लोगों का एक नया ख़ाका सामने रखा है। तब से यह सब होने से अपने आप को इनकार करते रहे अनिरुद्ध भाई।

हाथ में हँसिया लिये, घुटनों तक सलवार उठाए, हाथ की बेमेल चूड़ियों को कोहनी तक उठाए और वक्ष के उभारों को गन्दे गमछे से ढके, जो लड़की खेत में काम कर रही थी–अनिरुद्ध भाई को यह समझते देर न लगी कि वह पुष्पा ही है। अनिरुद्ध भाई वहीं कुएँ के पास पेड़ के नीचे बैठे रहे। मन में तमाम भाव बन रहे थे, बिगड़ रहे थे–जो कि अक्सर शराब के नशे में होता है। विचारों का एक समुद्री तूफान आता है और शान्त हो जाता है–मस्तिष्क कोई स्थायी विचार नहीं बना पाता।

इस बार लग रहा था, मानो कोई पुरानी फ़िल्म की हीरोइन ही खेत में काम करने का अभिनय कर रही है।

जहाँ शब्द यदि चुप से बेहतर न हों तो वहाँ चुप रहना ही बेहतर होता है। अनिरुद्ध भाई के मन में हुआ कि इस प्रेम की शुरुआत प्रेमपत्र से हो तो कैसा हो? विचार काफी सतही था पर प्रेम में विचारधारा की जगह ही कहाँ होती है। सो प्रेमपत्र की बात सोची गई। प्रेमपत्र की पूर्व तैयारी नहीं थी, सो काग़ज़ या लेटर पैड का होना...। सो होमियोपैथ के दवाई वाले खाम पर पत्र लिखना प्रारम्भ हुआ। लिखने के लिए बातें बहुत थीं। भाव कुछ स्थिर और विस्तृत हो रहे थे।

सरिता की शीतल धारा-सा अनुरागी चित्त, जब गम्भीर विचारों को शुष्क आवाज़ों से प्रकट करता है...सुन्दरता का बखान...बखानों के दरमियान एक तुच्छ मुस्कान...दिल में उठे जज्बातों को एक नई दिशा देकर हया के पर्दे को नए अन्दाज़ से झुकाना...मासूम चेहरे पर शरारती बातों का होना ...छोटी-छोटी बातों पर रूठना...रूठने के दरमियान ख़ुश होना...छोटी-छोटी बातों पर संवेदनशील होना...संवेदनशील बातों पर हँस देना...समस्या में शावक-सा होना...हर बात में एक क्यों का होना...अपनी चाहत में एक चाह का होना या अपने चाह में एक चाहत का होना–अनिरुद्ध भाई बैठे-बैठे ऐसे ही बहुत कुछ सोच रहे थे। लिख कुछ भी नहीं रहे थे। उन्हें ये सारी चीज़ें अच्छी लग रही थीं। अच्छी लगने वाली वस्तु या व्यक्ति में अच्छाइयों का होना अच्छा ही लगता है। जेठ की दुपहरी का ढलान था। अब शाम होने वाली थी। शाम के बाद एक

रात। जेठ की प्रचण्ड धूप के बाद एक शुष्क रात का होना अच्छा ही लगता है और उस रात में बरसात का होना ? जनाब आप ही बताएँ कि कैसा लगता है ?

उस खाम पर कुछ नहीं लिखा। एक दिल का फोटो बना दिया अनिरुद्ध भाई ने। दिमाग की फ्रीक्वेंसी एक बार दिल में धँसे तीर की तरफ़ घूमी पर आज सोचने का समय नहीं था। खड़े हुए और चलने के क्रम में पेड़ पर चढ़ रही एक जंगली लता से एक पत्ता तोड़ लिया अनिरुद्ध भाई ने। जिसकी सूरत हू-ब-हू उस दिल की तरह ही थी जो उन्होंने उस दवाई वाले खाम पर बनाया था। अपनी ही चित्रकारी पर हँसी आ गई मेरे एम. एफ. हुसैन को। अच्छा हुआ कि दिल बनाया और पत्ता बन गया, पत्ता बनाने जाते तो शायद जहाज भी बन सकता था–पानी वाला जहाज।

क्लासिकल प्रेम के दृष्टिकोण से प्रेमपत्र को हटाकर पत्ता देकर प्रेम का इजहार करनें की बात सोची गई। चलते-चलते कुएँ की तरफ़ देखा अनिरुद्ध भाई ने। नंगा लेटकर वरदान माँगने के अलावा बिरजू की दलील भी दिमाग में घूम गई। अनायास ही कुएँ में झाँक लिया जो कि ख़ाली था। सूखा था। कुएँ को देखकर मन में दया आ गई। निर्निमेष ताकते रहे उस कुएँ को अनिरुद्ध भाई। छुपा लेना चाहते थे दिल के किसी कोने में एक प्रेमपत्र, एक पत्ता, एक जादू और एक पुष्पा की हँसी की तरह इस कुएँ को–जो कई बार बचा लेता है गाँव को आत्महत्या करने से, छुपा लेता है अपने में पूरे गाँव को, खेत को, खलिहान को, आकाश को, रामायन चाचा की झुर्रियों को, पुष्पा, पुष्पा की हँसी और उस गाँव की तमाम बूढ़ी आँखों की त्रासदी को–शहर से आ रही एक जादुई शहरी हवा के छूने से पहले।

रामायन चाचा के बेतरतीब मूँछों के भीतर से फूटती है एक रहस्यमयी हँसी–जादू के रूप में एक कुआँ। एक जादू, एक कुआँ।

"जादू का कुआँ?"

"नहीं रे बाबा...कुएँ का जादू।"

"एक कुआँ, एक जादू?"

"नहीं रे... कुएँ में जादू, जादू में कुआँ।"

बड़ी सरगर्मी के साथ गाँव शहर बनने के फ़ीराक़ में लगा है। अमीर, गम्भीर और शरीफ़ बनने की फ़ीराक़ में जो कि बहुत खतरनाक बात है।

पुष्पा सुस्ता रही थी। उनको देखते ही खड़ी हो गई। हँस दी। अनिरुद्ध भाई बढ़े जा रहे थे। इस बार की हँसी में वो अल्हड़ता नहीं थी।

"क्या पुष्पा, कटनी हो गई?"

"नहीं, सुस्ता रहे हैं," पुष्पा बैठ गई।

"दे पुष्पा, तब तक हम काटते हैं।"

"हाथ कट जाएगा।"

"नहीं कटेगा।"

"कट जाएगा, बस...कल भर की तो कटनी है।"

अनिरुद्ध भाई वहीं डरार पर पुष्पा के पास बैठ गए। पुष्पा ने उठकर हँसिया उठा लो।

"बैठ ना पुष्पा, कल तो हो ही जाएगा।"

"आज काटूँगी तब कल होगा, नहीं तो परसों होगा।"

"ठीक है...सुन तो..."

"क्या?"

"एक चीज़ देनी है, हाथ खोल," पुष्पा ने हाथ बढ़ा दिया। अनिरुद्ध भाई ने उस पर मुड़ा हुआ सौ का एक नोट रख दिया।

"ये क्या है?"

"रुपिया है।"

"क्यों?"

"एक बार तू माँगी नहीं थी, बहुत पहले और मेरे पास दस रुपए भी नहीं थे। आज हैं। मैं कमाता हूँ न पुष्पा।"

"ई हम नहीं ले सकते।"

"क्यों?"

"ऐसे ही।"

"इसके बाद मैं तुझसे कुछ नहीं कहूँगा, पर ले लेती तो अच्छा लगता।"

पुष्पा हाथ में रुपिया लिये अनिरुद्ध भाई को ताकती रही। अनिरुद्ध भाई सिर उठाए तो उनकी आँख में एक गौरैया की आँख दिखी–जो किसी बरगद की सबसे ऊँची शाख पर, बरसात में, अपने घोंसले में अपनी प्रेमिका-गौरैया के पास बैठा हो और बेबसी से बाहर भीगते हुए लोगों को देखता हो और अपने घोंसले की आयु और अपनी ज़िन्दगी और अपने अण्डों के बारे में सोचता हो।

"एक बात कहूँ पुष्पा, तू बुरा तो नहीं मानेगी न?" अनिरुद्ध भाई ने पुष्पा से पूछा।

बात के समर्थन में पुष्पा ने गर्दन उचका दी। पुष्पा चुप थी।

"मैं तुझसे प्यार करता हूँ पुष्पा," अनिरुद्ध भाई पुष्पा की आँखों में देख रहे थे। उस हर परिस्थिति का सामना करने के लिए तैयार थे, जिसकी शुरुआत पहले आँखों से ही होती है।

"मुझे मालूम है," पुष्पा की आवाज़ में बहुत शुष्कता थी–आँसुओं के कार्य शब्द कर रहे थे।

पुष्पा का हाथ थामे अनिरुद्ध भाई खेत के डरार पर बैठे रहे। पुष्पा निर्वेद रूप से बैठी रही–अनिरुद्ध भाई के हवाले में। भावों के आदान-प्रदान करने वाले शब्द असमर्थ हो चुके थे। आँखें स्थिर हो चुकी थीं।

"पुष्पा, तू मुझसे शादी करेगी?" इस पूरे शान्त वातावरण में अनिरुद्ध भाई का यह शब्द पुष्पा को ऐसे जान पड़ा मानो दूर आकाश में, चिड़ियाँ आपस में कतार बनाकर उड़ रही हों, और बातें कर रही हों–जिसकी आवाज़ यहाँ तक नहीं सुनाई पड़ती सिर्फ़ महसूस की जा सकती है।

"अगले दिन सूरज के सर पर चढ़ने से पहले यह कटनी कर लेनी है", मानो अपनी असमर्थता जाहिर करते हुए दो गौरैये–पति-पत्नी, प्रेमी-प्रेमिका– आपस में बातें कर रहे हों।

"न वो अगला दिन होगा, न सूरज होगा, न वो प्रचण्ड धूप होगी पुष्पा", पुष्पा की हथेली को अपने दोनों हाथों में छुपाए एक पागल की भाँति कह रहे थे अनिरुद्ध भाई, "दूसरा दिन, दूसरा सूरज और एक शुष्क बयार में इन पंछियों की तरह उड़ते हुए हम होंगे पुष्पा," अनिरुद्ध भाई ने पुष्पा की हथेली

को चूम लिया।

पुष्पा की आँखें सजल थीं। आँखों में उगते हुए सूरज सी धाही थी। पुष्पा के मुख पर कुछ-कुछ हँसी जैसे भाव थे। पुष्पा की हँसी को अनिरुद्ध भाई पहली बार इतने क़रीब से देख रहे थे। वे उस हँसी को छू सकते थे। पकड़ सकते थे। एक रोएँदार हँसी हर कहीं उड़ रही थी, अनिरुद्ध भाई उस पर फूँक सकते थे।

कुछ-कुछ अँधेरा हो रहा था। पुष्पा अनिरुद्ध भाई को देख रही थी। अनिरुद्ध भाई ऊपर आकाश में पंछियों को अपने घोंसले की ओर लौटते हुए देख रहे थे।

पुष्पा के लिए यह सब एक सुन्दर दृश्य था। सुखद स्वप्न।

अनिरुद्ध भाई के लिए एक सुन्दर राग। बेमेल और मद्धिम चूड़ियों की खनक–सुरबद्ध, लयबद्ध, नूरबद्ध...

"सच्ची में?"

पनिआयी आँखें स्मृतियों की खोह में धँसती चली जाती हैं–और हँसते हैं बूढ़े अनिरुद्ध भाई।

"नहीं रे... जादू"

चित्रकथा

एक समय की बात है शहर से दूर और थोड़ी सटी हुई नाटों की एक बस्ती थी। बस्ती से लगा एक रेलवे स्टेशन था–मजिरवां। वह सिर्फ़ एक प्लेटफ़ॉर्म वाला स्टेशन था। आम प्लेटफ़ॉर्मों की तरह यह धरती से दो हाथ ऊँचा नहीं था। सपाट था, बिलकुल बराबर। पूरा प्लेटफ़ॉर्म लाल ईंट और बजरी का बना था। कुछ ही महीने पहले यह रूट छोटी लाइन से बड़ी लाइन की गई थी। प्लेटफ़ॉर्म की शुरुआत में करकट से बना एक कमरा था, जिसमें टिकट कटता था। कमरे से लगा करकट का ही एक बरामदा था जिसमें चिट्ठी डालने के लिए डाक विभाग का लाल रंग का एक बक्सा था, जिस पर अंगरेजी में लेटरबॉक्स लिखा था। लाल रंग का लेटरबॉक्स स्टेशन पर इस तरह किनारे था कि दूर से आती गाड़ियों को वह लाल बत्ती की तरह लगता होगा और गाड़ियाँ धोखे में भी रुकती रही होंगी। स्टेशन के ठीक सामने, दूसरी तरफ़ एक सफ़ेद चर्च था और चर्च से लगा एक छोटा-सा एक साफ-सुथरा स्कूल था। मिशनरी स्कूल।

पिछले बुधवार को हेमन्त की चिट्ठी आई थी। आज जवाबी अन्तरदेशी डालने मजिरवां स्टेशन जाना हुआ। क़स्बे के लड़के-लड़कियाँ अपने मनपसन्द गीत के लिए हेलो फरमाइश और चित्रहार में ख़ूब पोस्टकार्ड भेजते थे। डाकिया एक काला, नाटा और पुराना आदमी था। उसे सबके पसन्द के गाने और सबके गाने की पसन्द याद थी। लड़कियों के पोस्टकार्ड लड़के छोड़ने

जाते। गरमी की बड़ी दुपहरी में लड़कियाँ अपने ओसारे में बैठी मेजपोश बिनती रहतीं और जब लड़के साइकिल से गुज़रते तो धीरे से वे पोस्टकार्ड सड़क पर फेक देतीं। लड़के इशारे समझते थे। पोस्टकार्ड उठाते और चल देते। "प्यार माँगा है तुझी से..."–लड़कों के साइकल के हैण्डल पर टँगा रेडियो गाता था।

स्टेशन से बस्ती के बीच में भर कोस की एक डगर पड़ती थी। और उस भर कोस की डगर के बीचोंबीच, असमंजस की तरह एक तिराहा पड़ता था। तिराहे के बीचोंबीच लगभग बारह-पन्द्रह फुट का मोटा-सा एक पाया था। पाए में दरारें पड़ गई थीं और उसमें पीपल के पेड़ उग आए थे। यहीं से गुज़रते हुए मेरा एक रुपए का एक सिक्का गिर गया। मेरी जेब फटी नहीं थी। और ना ही मैं ऊपर की जेब में पैसे लेकर दौड़ रहा था। कभी दौड़ना भी होता तो मैं बाएँ हाथ से ऊपर की जेब दबाकर भागता था, पर ऐसा कुछ नहीं था। हुआ यूँ कि तिराहे के एक कोने पर चनेसर की समोसे की एक दुकान थी। जो शाम को ही खुलती थी। उस समय दुकान बन्द थी और मैंने ख़ुद से एक सट्टा खेला कि मेरे जेब में यदि सोलह रुपए से ज़्यादा हुए तो स्टेशन से लौटानी में शाम को चनेसर की दुकान में दो समोसे खाऊँगा। मैं उसी झोंक में जेब से पैसे निकालकर गिनने लगा था। उसी क्रम में बीचोंबीच तिराहे पर वो एक का सिक्का गिरकर खो गया। इतने साफ़ तरीके से आँखों के सामने गिरा था कि बार-बार लगता था कि अभी मिल जाएगा। भरी दुपहरी में तिराहे पर उकड़ूँ बैठकर मैं खोया सिक्का ढूँढ़ने लगा।

गोपाल और मण्टू साइकिल से स्टेशन जा रहे थे। गोपाल साइकिल चला रहा था। मण्टू रेडियो लेकर पीछे कैरियर पर बैठा था। दोनों ने सिर पर गमछे ओढ़ रखे थे। मुझे उकड़ूँ बैठा देख दोनों साइकिल से उतर गए।

"आपकी तबीयत खराब हो गई क्या?" गोपाल ने पूछा।

"नहीं, मेरा एक सिक्का खो गया।" अब मैं घास पर ठीक से बैठ गया। मेरी कनपटियों के पास थोड़े से भी बाल पके नहीं थे, सिर्फ़ आगे से थोड़े झड़ गए थे। मैं कुछ ज़्यादा ही बूढ़ा लग रहा था। इतना कि मुझे देखते ही किसी को मदद करने की चाव कस दे। हवा बिलकुल नहीं थी। साइकिल पेड़ के

पास टिकाकर वे दोनों मेरे पास आकर खड़े हो गए। हम तीनों किसी पुर्तगाली नाटक के अन्तिम दृश्य की तरह लग रहे थे–चुप और बेमन।

"आप सच-सच बताइए कि क्या बात है?" मण्टू ने कहा। अब वे दोनों भी घास पर बैठ गए।

"सच में मेरा सिक्का गिरा है।" मैंने इधर-उधर देखा कि सिक्का मिल जाए। अब वह सिर्फ़ सिक्का नहीं रह गया था, सबूत बन गया था कि मैं इन दोनों को दिखा सकूँ।

हम तीनों सुस्ताने की तरह तिराहे पर बैठे रहे। मण्टू के हाथ में सात पोस्टकार्ड थे। पोस्टकार्ड पर निब वाली क़लम की लिखावट थी। बारी-बारी उसने सारे पोस्टकार्ड पढ़ने शुरू किए। अन्तिम पोस्टकार्ड मीनू का था, जिसे अपने भाई-बहनों के साथ देव आनन्द की फ़िल्म का कोई गाना सुनना था। पोस्टकार्ड में देव आनन्द का नाम देवानन लिखा था।

गोपाल ने उठते हुए कहा कि न हो तो दीजिए आपकी चिट्ठी हम डाल देंगे। मैंने मनाकर दिया। वे साइकिल से पक्की सड़क पकड़कर चले गए। मैं नटों की बस्ती वाली कच्ची डगर से चल दिया।

वे दोनों चिट्ठी डालकर स्टेशन पर पीपल के नीचे चबूतरे पर लेटे थे। चबूतरे पर और भी दो बूढ़े बैठे थे। दोनों नट बस्ती के बूढ़े थे। वे दोनों बचपन के साथी थे। हमेशा से वहीं बैठे हुए। उनके बैठने में एक मौज था। वे घर का काम-काज करके यहाँ सुस्ताने आते थे। वे दोनों अपनी-अपनी कहानी एक दूजे में बोए थे। एक को इसलिए ज़िन्दा रहना पड़ रहा था क्योंकि दूसरा ज़िन्दा था। उनके बग़ैर स्टेशन का दृश्य पूरा नहीं होता था। वे दोनों हमेशा बतियाते हुए, अपनी-अपनी कहानी एक-दूजे में बोते हुए दिखते थे। गोपाल और मण्टू वहीं लेटकर रेडियो बजा रहे थे। चिट्ठी डालकर मैं भी वहीं बैठ गया था। दोनों बूढ़े चुप थे। पेड़ों पर हरे रंग का बसन्त उतरा था। चिट्ठी डाल देने के बाद याद आया कि मैं उसमें उमस की बात लिखना भूल ही गया था। पेड़ के नीचे बैठते ही हल्की नींद आने लगी। हल्की नींद का रंग बहुत हल्का होता था–दिन-दोपहर में भी पेड़ों पर बैठा अँधेरा जैसा, बसों की खिड़कियों जैसा,

सरकारी बाबू के मुँह जैसा, दोपहर के भात और पुरानी लाइब्रेरियों के चीकट मेज और भारी झूलते पंखों जैसा और हल्की नींद का वजन बहुत हल्का–बनिये के पासंग जैसा। नींद खुली तो वे दोनों बूढ़े चबूतरे से उठकर जाते हुए कहानी के किसी अच्छे मोड़ पर पहुँचे थे। उनके पैरों में एक ठिठकन थी। हमसे थोड़ी दूर चार लोग लुंगी बिछाकर लेटे थे। ये पटरी मरम्मत करने वाले मजदूर थे, जो खाना खा चुकने के बाद लुंगी पर लेटकर माँजे हुए अपने बरतन सुखा रहे थे। रेलगाड़ी अभी तक नहीं आई थी। डाकिया उसी गाड़ी से आता था। पूछने पर पास ही लेटे एक मजदूर ने बताया कि आधे घण्टे में रेलगाड़ी आएगी।

स्टेशन के सबसे किनारे एक लड़का पतंग उड़ा रहा था। उसका आधा शरीर धूप में था। आधे घण्टे में गाड़ी आने वाली थी। मिशनरी स्कूल में चौथी घण्टी बजी थी। तीसरी घण्टी के साथ ही लड़का अपना पतंग उतारने लगा। लाल लेटरबॉक्स के पास नीचे बोरे पर लड़के की अपनी दुकान थी। उसके झोले में छोटे-बड़े कई चित्र थे, जिसे गाड़ी आने से पहले लड़का बोरे पर फैला देता था। और एक कार्डबोर्ड पर सफ़ेद छोटे काग़ज़ रखकर नया कोई चित्र बनाने लगता। लड़के के पास उस इलाक़े के सारे पंछियों के चित्र थे। महोख और घुघुनी पाखी के चित्र सबसे ज़्यादा थे। ये पंछी इस इलाक़े में सबसे ज़्यादा थे। गाड़ी आने पर लड़का खिड़की-खिड़की जाकर चित्र बेचता था। चित्र बेचते घड़ी लड़का उन चिड़ियों की आवाज़ निकालता था। बच्चे घुघुनी चिरई ख़ूब ख़रीदते थे। और यदि किसी-किसी यात्री के दो बच्चे हैं तो वो एक के लिए घुघुनी तो दूसरे के लिए महोख ख़रीदता था। घर के बच्चों के लिए लोग–भरत पाखी, बुलबुल, टिया पाखी, खंजन, मैना–सब मिलाकर ख़रीदते थे। लाइन पार के मिशनरी स्कूल और गिरजे की तसवीर भी लड़का अच्छी बनाता था। दुनिया रँगने के लिए उसके पास बहुत सारी मोम की रंगीन छोटी-बड़ी पेंसिलें थीं। वह जब स्टेशन का चित्र बनाता तो सबसे पहले पीपल का पेड़ बनाता और पेड़ के चित्र के नीचे उन बतियाते हुए दो बूढ़ों का चित्र बनाता। सबसे अन्त में लड़का, स्टेशन के किनारे पतंग उड़ाते एक लड़के का चित्र बनाता और हँस देता।

गाड़ी आने के पहले मुझे लौट आना था कि बारिश आ गई। मजदूर शेड के भीतर आ गए। उनका हथौड़ा फावड़ा बाहर भीगने लगा। लड़का पतंग उतार चुका था। दोनों बूढ़े कहानी के मोड़ से वापस लौट आए। गोपाल अचकचाकर उठ गया। वह चारों ओर औचक देखने लगा। औचक देखने में मण्टू नहीं दिख रहा होगा। जब सोया था तब धूप थी। उसे लग रहा होगा कि वह रेलगाड़ी में है। जब चढ़ा था तो धूप का स्टेशन था। अभी गाड़ी बारिश के स्टेशन पर खड़ी थी। तब उसने मण्टू को भी देखा। वह भीगते हुए सिकुड़कर सो रहा था। वहाँ बन्द करने के लिए कोई खिड़की नहीं थी। गोपाल ने मण्टू को जगाना ज़रूरी समझा। वह इसी तरह सोता रहा तो गाड़ी रात के स्टेशन पर चली जाएगी। रात के स्टेशन पर भूख लगेगी। कुछ ख़रीदकर खाना पड़ेगा। और सुबह के स्टेशन के इन्तज़ार में फिर सो जाना होगा। बहुत देर बाद पेशाब लगेगा। एक करके आएगा फिर दूसरा जाएगा। फिर पहला, फिर दूसरा। इस तरह चार बार करने पर गाड़ी सुबह के स्टेशन पर आ जाती होगी। भिनसार भोर का आउटर होता होगा। यहाँ आकर गाड़ी थोड़ी धीमी हो जाती होगी और भिनसार की गाड़ी चुपके से सुबह के स्टेशन पर लग जाती होगी। सुबह का स्टेशन अन्तिम स्टेशन होता होगा। यहाँ से गाड़ी आगे नहीं जाएगी।

बारिश एक मुसीबत की तरह थी। सभी उससे बचने के लिए इकट्ठे हो गए थे। शेड में खड़े होकर गाड़ी की राह देखने की तरह लोग बारिश खुलने की राह देख रहे थे। लड़का अपनी पतंग लिये मेरे पास ही खड़ा था। उतनी देर धूप में रहने के कारण अब भी उसके भीतर तपिश बाक़ी थी। उसकी आँखें लाल हो आई थीं। मैंने उसे देखकर मुस्कुरा दिया। वह भी हँसा। मैंने देखा कुछ लोग उसी की ओर देख रहे थे। वह किसी पौराणिक कथा का शातिर पात्र लग रहा था कि हो न हो अभी फूँक मारकर बारिश रोक दे या धरती का घूमना रोक दे या धरती के एक कोने से चिल्लाए तो दूसरा कोना गुँजा दे। मैंने कनखी से फिर उसे देखा पर आश्चर्य कि वह वहाँ से ग़ायब था। इधर-उधर भी कहीं नहीं दिखा। उसकी ख़ाली जगह में पीले भोजपत्र पर लिखी किसी वेद की एक ऋचा पड़ी थी। सब लोग उसे घूर रहे थे। भीड़ से बाहर मैं अलग

खड़ा हो गया। बाहर नज़र पड़ी तो लड़का लेटरबॉक्स पर बैठा पाँव डोलाते हुए मूँगफली वाले से बतिया रहा था। मुझे देखकर मुस्कुराया। लड़के का यह छोटा चमत्कार था। छोटा जादू।

अपने छोटे से केबिन से स्टेशन मास्टर जब बाहर निकले तो बारिश और तेज़ हो गई थी। हवा जंगली थी। कबूतर टिन शेड के नीचे बैठे थे। स्टेशन मास्टर को देखकर सब चौकन्ने और चुप हो गए। पतंग वाला लड़का लेटरबॉक्स पर से सरककर उतर गया। बारिश की झपास लेटर बॉक्स में जाती थी। सारी चिट्ठियाँ थोड़ी-थोड़ी भीग जाएँगी। एक की चिट्ठी का दुख बहकर दूसरे की चिट्ठी में लग जाएगा। दूसरे के सुख की हल्दी थोड़ी पहले में लग जाएगी। इस तरह सबकी चिट्ठी का समाचार एकमेक हो जाएगा। मेरी चिट्ठी जब नैनीताल पहुँचेगी तो दोस्त बिना लिखे भी समझ जाएगा कि मजिरवां में बारिश का मौसम चल रहा है।

बारिश खुली तो मेरा गला सूख रहा था। मुझे ज़ोर की प्यास लग रही थी। प्यास लगना पहली बार मुझे रूमानी नहीं लगा। मुझे पसीने आने लगे। मैंने सोचा कि बेहोश होकर वहीं गिर जाऊँ और देखूँ कि कौन मेरे लिए क्या करता है। पतंग वाला लड़का जाता दिख रहा था। नंगे पाँव। सब लोग ऐसे स्टेशन से निकल रहे थे जैसे ट्रेन से उतरे हों। सभी बड़ी जल्दी में थे। मुझे कोई देख नहीं रहा था। मैं किसी को दिख नहीं रहा था। मैं सबके पीछे-पीछे चल रहा था। बिछलहर के कारण सभी सँभलकर चल रहे थे जैसे लम्बी यात्रा के बाद आदमी चलता है। रेलगाड़ी की लम्बी यात्रा में चलने की आदत छूट जाती है।

हवा चलने से पेड़ों से पानी झरता था। धुला आकाश हाथ भर चौड़ा हो गया था। सूरज भारी क़दमों से धीरे-धीरे डूबने जा रहा था।

चनेसर की दुकान के सामने चार लोग खड़े थे। तिराहे पर साँझ खड़ी थी। उस मोटे पाए में एक पतंग फँसकर भीग गई थी। सबसे पहले मैंने चनेसर के लड़के से पानी माँगकर पिया फिर चनेसर से मैंने सिक्के खोने वाली बात बता दी। उसने कहा कि अब वो मुझे कभी नहीं मिलेगा। उसने बताया कि यहाँ सभी का कुछ न कुछ खोया है।

"तुम्हारा भी कुछ खोया होगा?" मैंने पूछा।

"मेरा खेत खोया है।"

"खेत कैसे खो सकता है?"

"तुम्हें सरपंच से मिलना चाहिए।" चनेसर ने मेरी बात काटते हुए कहा।

"क्यों?"

"अपने सिक्के का खोना दर्ज़ करा देते।"

"नहीं तो...?"

"मैं अपने बेटे से बोलकर सरपंच के रजिस्टर में दर्ज़ करा दूँगा।"

"तुम अपना खेत दर्ज़ कराए हो?"

"हूँ।"

"खेत मिला?"

"नहीं।"

"तो?"

"जब सरपंच का रजिस्टर भर जाएगा तो तिराहे के लिए एक कोतवाल बहाल होगा।"

"कोतवाल बहाल होगा तो खेत मिल जाएगा?"

"मिल सकता है।"

मुझे चनेसर का विश्वास बहुत अच्छा लगा। मैं सरपंच के यहाँ चला गया। सरपंच का रजिस्टर आज़ादी के तैंतीसवें साल की एक अगहनी धूप से शुरू हुआ था, जिसमें किसी के खो जाने की पहली रपट थी। बात उन दिनों की है जब दुनिया में भीड़ कम थी। ऊँचे मुहानों के पेड़ आकाश को छूते थे। जहाँ तक नज़र उठाओ गुलाबी चादर बिछाए समय पसरा होता था। समय इतना इफरात में था कि उस पर कोई पहरा नहीं था। लोग चिड़ियों की अलग-अलग बोलियाँ पहचान लेते थे। उन दिनों रंगों में मिलावट का जमाना नहीं था–वे सिर्फ़ सात थे और स्वाद चार।

कुल मिलाकर उलझनें तब कम थीं और अफसाने बहुत ज़्यादा।

जीवन के तह तक अफसानों का इतना विस्तार था कि कई-कई अफसानों

में सलवटें पड़ जातीं। मरने के बाद तब जन्नत इस बात पर नसीब होता था कि जीतेज़ी कौन कितना अफसाना बना था। मार्कोपोलो और वास्को-डी-गामा ज़माने के पीर-पैगंबर थे।

एक अफसाना रफ़्फ़ान का भी

तिराहे से सटे मोड़ पर एक बढ़ई रहता था। तिराहे से सटी उसकी दो पलानी थी। पलानी बढ़ई ने अपने हाथों से बनाई थी। पलानी के बाहर से टाट का घेरा था। टाट और पलानी का ऐसा रचाव था कि दोनों पलानियों के बीच एक अँगनई निकल आई थी। ऐसी कि उसमें चाँद उतर आए। इसी पलानी में बढ़ई अपनी बीवी के साथ रहता था। बीवी का नाम रफ़्फ़ान था। चाँद की सूरत रफ़्फ़ान जैसी थी। और रफ़्फ़ान रफ़्फ़ान जैसी थी। अँगनई में जब अँज़ोरिया उतरती अँगनई महक उठती थी। अँगनई के एक कोने में टाट का एक नहानघर था, जिसमें रफ़्फ़ान नहाती थी। चाँद वहाँ टाट में खोंसे साबुन की टिकिया भर था–थोड़ा ग़लता हुआ, थोड़ा पिघलता हुआ।

रफ़्फ़ान मझोले कद-काठी की एक ख़ुशगवार औरत थी।

रफ़्फ़ान के जीवन में तीन परेशानियाँ थीं। तीन शिकायतें। एक कि नहाते घड़ी कपड़े रखने के लिए उसके पास कोई अलगनी नहीं थी। दूसरा कि किसी-किसी बेजार-सी दुपहरी में रफ़्फ़ान जब अपने भीतर कुछ गुनगुनाने को होती तो उसके पास कोई झूला नहीं था, जिस पर डोल-डोलकर वो कोई तरन्नुम गुनगुनाए। और तीसरा कि उसे कुछ घुघुनी चिरई पालने का शौक था जो पूरा नहीं हो रहा था।

इन तीन निहायती मामूली बातों को पूरी करने के लिए रफ़्फ़ान ने बढ़ई से न जाने कितनी बार कहा पर बढ़ई हर बार भूल जाता था। एक बार जब झलकती चाँदनी वाली रात में बढ़ई पीढ़े पर बैठे अँगनई में खाना खा रहा था और वहीं रखे काँसे के भरे लोटे में चाँद ख़ुदकुशी की तैयारी के साथ उतर रहा था तभी बीवी ने शौहर को अनगिनतवीं बार अपनी बात याद दिलाई और बताया कि कल के कल यदि उसकी मुराद पूरी नहीं हुई तो कल की रात इसी

लोटे से एक लोटा जहर पीकर वह ख़ुदकुशी कर लेगी।

रफ़्फ़ान की बात सुनकर लोटे में उतर रहा चाँद काँप गया।

अलस्सुबह के नीमअँधेरे में बढ़ई जब बाहर निकला तो उसके हाथ में एक खुरपी थी। रफ़्फ़ान बिस्तर पे सोई-सोई-सी जाग रही थी।

बढ़ई जब वापस लौटा तो उसके हाथ में नीम गाछ के दो चारा थे। एकदम नन्हे-नन्हे दो पौधे। रफ़्फ़ान अँगनई में टाट से पीठ टेककर छितराई-सी बैठी थी। बढ़ई ने खुरपी से आँगन की उत्तरवारी टाट के पास चार अंगुल गहरा एक गुप्पा खोदा और उसमें नीम का छोटा वाला चारा रोप दिया, जिसमें महज चौदह पत्तियाँ थीं। बढ़ई फिर उठा और दूसरा चारा पहले से साढ़े चार डग पर रोपा। बढ़ई के अजीबो-ग़रीब, अबूझ-से कारनामे को देखते-देखते रफ़्फ़ान को अपना ग़ुस्सा बिसर गया। वह उठी और बाल्टी से एक चिरुआ पानी उलीचकर दोनों पौधों में डाल दिया।

यह सब हो चुकने के बाद रफ़्फ़ान अपने पुराने तेवर में आने ही वाली थी कि बढ़ई ने रफ़्फ़ान की झुकी हुई गुदाज पीठ पर एक बोसा लिया। पीठ का नमक उसके नोकेजबाँ पर तारी हो गया।

"अब ख़ुश?" बढ़ई ने रफ़्फ़ान की आँखों में झाँकते हुए पूछा।

"बोसे से?" रफ़्फ़ान ने पूछा।

बढ़ई ने हाथ की मिट्टी बीवी की पीठ पर मल दी। बीवी सिहर गई।

"ये पौधे क्यों रोपे?"

"सोचो!"

"तुम बताओ?"

"नहीं बूझी तो सुनो..., जब ये पौधे पेड़ हो जाएँगे तो दोनों को निलाकर एक अलगनी बाँधी जाएगी।" यह कहकर बढ़ई ने रफ़्फ़ान के कंठ से ढलकते पसीने पर अपने होंठ रोप दिए।

"और सुनो..., जब ये पौधे बड़े हो जाएँगे तो दोनों को मिलाकर एक झूला बाँधा जाएगा।" यह कहकर बढ़ई ने रफ़्फ़ान को अँकवार में भरकर उसकी रीढ़ चटका दी।

"और सुनो, जब ये पौधे बड़े हो जाएँगे तो इन पर हार की हार घुघनी चिरई बैठेंगी।"

रफ़्फ़ान अतिरेकता में इतनी डूबी कि बेहोश होते-होते तीन बार बची और हर बार कही कि मुझे ठीक से सँभालो। बढ़ई उसे तीनों बार उठाकर उस बिस्तर पर ले गया जहाँ रात की सलवटें थीं, रात का मोह था और अँधेरे की कुछ खटतुरस गन्ध थी। उस दिन और कुछ नहीं हुआ, बस, दोनों नहाए नहीं और बढ़ई काम पर नहीं गया।

पेड़ जब बीस के हुए रफ़्फ़ान अड़तीस की हुई। पेड़ों पर असंख्य डाल, असंख्य पत्ते आए। उस पर रोज़ असंख्य चिड़ियाँ बैठने लगीं। इस बीच रफ़्फ़ान के घेरे में थोड़ी चर्बी बढ़ गई। इतनी कि जितनी अघाई नीलगायों में होती है। और यह इत्तेफाक ही था कि रफ़्फ़ान का चेहरा, रस से फट पड़ने को आतुर पकी निबौरियों सा हो गया था। अँगनई में हर कहीं एक कसैली मिठास टपकती रहती थी। और रफ़्फ़ान जो कि पान खाती थी उसके इर्द-गिर्द हर कहीं जेठीमधु की ख़ुशबू गमकती रहती थी। बढ़ई गाँव से दूर जब भी काम पर जाता पान के कई-कई दोने ख़रीदकर लाता।

गाँव के बुजुर्गों में यह कथा विश्वास की तरह उग आई थी कि रफ़्फ़ान दरअसल जायसी की नायिका है जिसे बढ़ई ने क़ैदकर रखा है। गाँव के चन्द लोगों में तो यह विश्वास अँधेरे की तरह जमा था कि इसके बाद की सन्ततियाँ मति से विभ्रम और करम की बुझी हुई होंगी क्योंकि वे रफ़्फ़ान की जवानी नहीं देखी होंगी। रफ़्फ़ान का जादू नहीं देखी होंगी।

हुआ यूँ कि आँगन में दो नीमों के बीच से सीधा देखने पर मजिरवां का रेलवे स्टेशन दिखता था। उन दो नीमों के बीचोंबीच से सीधा देखने पर मिशनरी स्कूल दिखता था। उन्हीं दो नीमों के बीच की सीधाई में बहुत दूर कलकत्ता दिखता था। कलकत्ता के उस पार देखने पर अमेरिका दिखता था। पूनम का चाँद दिखता था। देखनेवालों को तो उन दो नीमों के बीच से पूरी जन्नत दिखती थी।

बात बस इतनी-सी थी कि उन दो नीमों के बीच रफ़्फ़ान बाई का झूला टँगा था।

ऐसे ही एक बेफाँट-सी दोपहरी में जब रफ़्फ़ान अपने झूले पर डोल रही थी कि एक कटी हुई पतंग आकर नीम में उलझ गई और देखते ना देखते पसीने से तर एक साँवला सा चेहरा रफ़्फ़ान की टाट के पास खड़ा हो गया।

"रफ़्फ़ान बाई, पतंग अटकी है।"

"उतार ले।"

"लग्गी होगी, रफ़्फ़ान बाई?"

"नहीं तो।"

"मैं घर से लाऊँ?"

"जा, ले आ।"

लड़का चला गया और बाहर से एक लग्गी लेकर आया। पर लग्गी छोटी थी। पतंग तक नहीं आ रही थी। लग्गी ऊपर किया। छोटी थी।

"रफ़्फ़ान बाई, लग्गी छोटी है।"

"बड़ी लेकर आ।"

"रफ़्फ़ान बाई, तुम इसे बड़ा बना दो ना।" लड़के को पूरा विश्वास था कि रफ़्फ़ान बाई में एक जादू है। उसने सुन रखा था कि रफ़्फ़ान बाई जिधर ठीक से देख ले उधर आग लग जाए।

रफ़्फ़ान उठी, लड़के की पीठ पर एक धौल जमाई और टाट से एक बाती निकालकर लग्गी में बाँधने लगी। लड़के को निराशा हुई। लड़का रफ़्फ़ान बाई का जादू देखना चाहता था। नीम की पीली छाया के नीचे, धपधप गोरी रफ़्फ़ान बाई के ऊपरी होंठ पर पसीने की छह बूँदें सजी थीं। वे न गिरती थीं, न सूखती थीं। लड़का बार-बार उन बूँदों को गिन रहा था। वे छह ही थीं।

"रफ़्फ़ान बाई, तुम कभी पतंग उड़ाई हो?"

"नहीं..."

"रफ़्फ़ान बाई, तुम्हारा देश कहाँ है?"

"बहुत दूर।"

"समुन्दर के बीचोबीच?"

"हाँ..."

"रफ़्फ़ान बाई, तुम्हें बढ़ई ने क़ैद किया है?"

"हाँ..."

"तुम रोज़ रोती हो?"

"हाँ।"

"तुम्हारे देश से तुम्हें उड़ा लाया है?"

"हाँ?"

"कैसे?"

"रेलगाड़ी से।"

रफ़्फ़ान लग्गी बाँध चुकी थी। लग्गी हाथ में लेकर खड़ी हुई। अब लग्गी पतंग को छू रही थी। लड़का रफ़्फ़ान बाई से लगकर खड़ा था। "देखना बाई, पतंग फटे नहीं," लड़के ने धीरे से कहा।

रफ़्फ़ान ने झटके से लड़के को लग्गी पकड़ा दी, "तो ले, तू ही उतार ले।"

लड़के ने विस्फारित नज़रों से रफ़्फ़ान बाई के चेहरे को देखा–"बाई!"

"क्या हुआ?" रफ़्फ़ान बाई ने हैरत से पूछा।

"बाई! होंठ पर की दो बूँदें उड़ गईं!"

"कैसी बूँदें!"

"बाई, जब तुम बैठी थीं न, तब तुम्हारे होंठ पर छह बूँदें थीं। अभी देखा तो दो उड़ गईं!" लड़का बहुत ध्यान से अभी भी रफ़्फ़ान बाई के होंठ पर ही ताक रहा था कि बाक़ी की भी अब उड़ेंगी। रफ़्फ़ान ने पल्लू से मुँह पोंछ लिया।

"ओह! बाई क्या की... मुझे देखने थे... न" लड़का मलछ गया। उसने लम्बी साँस छोड़ी।

"तो तू बैठा-बैठा मेरे होंठ की बूँदें गिन रहा था।"

"हाँ बाई," लड़का लजा गया। रफ़्फ़ान बाई लड़के को लजाते देख हँस दी। उसने लड़के के हाथ से लग्गी ले ली–"दे, उतारती हूँ।"

"अच्छा बाई, जब बढ़ई तुम्हें रेलगाड़ी से भगा ले जा रहा था तब तुम्हारे बाप ने पकड़ा नहीं?" लड़के ने ऊपर देखते हुए पूछा।

"नहीं, वो दुकान चला रहा था।"

"हाँ, पर वो पीछे से दूसरी रेल चलाकर पकड़ सकता था।"

"...पर उसे रेल चलानी नहीं आती।"

"दुकान चलानी तो आती है।"

"हाँ, पर दुकान चलाना रेल चलाने जैसा नहीं होता।"

"तब ताँगे चलाने जैसा होता होगा।"

"नहीं, रेल चलाना थोड़ा-बहुत ताँगे चलाने जैसा होता है।"

"तो फिर हवाई जहाज चलाने जैसा।"

"नहीं, हवाई जहाज उड़ाना थोड़ा-बहुत पतंग उड़ाने जैसा है।"

"तो फिर दुकान चलाना?"

"दुकान चलाना घर चलाने जैसा है।"

रफ़्फ़ान ने लग्गी खींची, पतंग निकल गई। लड़का दौड़कर पतंग लूटने भागा कि उसकी कनपटी रफ़्फ़ान बाई के पेट से छू गई। लड़के के भीतर एक दूब उग आई। लड़का सिहर गया। वह अपनी पतंग लेकर झूले पर उकड़ूँ बैठ गया। झूला धीरे-धीरे डोल रहा था। रफ़्फ़ान खाना निकालने लगी। उसे देर हो गई थी।

"बाई, थोड़ा भात है?"

"खाएगा?"

"ना, पतंग साटनी है। फट गई है।"

"हाँ, ले जा।"

लड़का भात लाकर झूले पर बैठकर पतंग साटने लगा। "बाई, थोड़ा और भात है?" उसने पतंग साटते हुए ही पूछा।

"नहीं, तू भाग यहाँ से।" रफ़्फ़ान खाना निकालकर खाने बैठ गई। लड़का झूले पर बैठा पतंग ठीक करता रहा।

"ज़्यादा फटी है, अभी?" रफ़्फ़ान सनई के फूल की भाजी बनाई थी। भात के साथ सान रही थी।

"नहीं, पतंग हो गया। मुझे भूख लगी थी।"

"आ, भात है, खा ले," रफ़्फ़ान थाली रखकर उठी। हाथ धोए। तसली में से एक कटोरे में भात निकाला और अपनी थाली से थोड़ी भाजी डाल दी।

लड़का वहीं बैठकर खाने लगा। लड़के की देह से कच्ची मछली की गन्ध फूटती थी–किरवाइन। रफ़्फ़ान बाई को मन हुआ कि लड़के को अलमुनियम की थाली में रखकर मल-मलकर धो दे कि लड़का चाँदी की तरह चमक जाए।

लड़के का पेट फूल गया था। वह अपना पेट दिखाते हुए बोला, "बाई, पेट पूरा भर गया।"

"हाँ, ठीक, अब तू जा", रफ़्फ़ान पान खाकर झाड़ू उठा ली। आँगन में लग्गी से टूटकर नीम की पत्तियाँ गिरी थीं।

"रफ़्फ़ान बाई, फूँक मार कर, जादू से आँगन बुहार दो ना।"

"फूँक मारकर जादू से तेरा पतंग फाड़ दूँ।"

लड़का हँसते हुए भाग गया।

नीम पर सबसे पहले एकमुश्त अँधेरा उतरा...

मैंने रजिस्टर बन्द कर दिया और बाहर निकल आया। बाहर भी अँधेरा थोड़ा चढ़ आया था। अँधेरे में शीत के रेशे थे। बाहर निकलते ही वे अदृश्य जालों की तरह लिपट जाते। मेरे पास दुनिया भर का समय था और दुनिया भर की उदासी। मैं चाहता था कि सड़क पर मुझे कोई नहीं पहचाने। मुझे स्टेशन की ओर जाने का मन हुआ। स्टेशन पर बैठना मुझे ऊर्जा देता है। दो पटरियों के बीच पैदल चलते हुए मैं कहीं न कहीं सुरक्षित पहुँच जाऊँगा, ऐसा मुझे लगता है। मैं सीधा अशोक के यहाँ गया। मैंने उसकी साइकिल ले ली। स्टेशन की ओर जाते घड़ी अपनी दुकान से चनेसर ने मुझे बुलाया पर मैंने अनदेखा कर दिया। स्टेशन पूरा निचाट था। अँधेरे में वहाँ झींगुर बोल रहे थे। रात के आठ बज रहे थे। पीपल के पेड़ के नीचे एक यात्री बैठा था। अन्तिम गाड़ी पौने दस में थी। स्टेशन मास्टर के कमरे में एक लालटेन जल रही थी। उसकी रोशनी में टेबुल पर जहाजी डाकुओं की कहानी वाली एक किताब औंधी पड़ी थी। मेरे बहुत नजदीक होने पर स्टेशन मास्टर ने मुझे पहचाना और बैठने को कहा। स्टेशन मास्टर का नाम जगत बाबू था। इस समय जगत बाबू बहुत अकेले होते हैं। किसी की बाट देखते रहते हैं। मैं टेबुल पर पड़ी चिट्ठियाँ छाँटने लगा। ट्रेन

[illegible] सबकी चिट्ठी यहीं छोड़ जाता है क्योंकि उसे दूसरी गाड़ी [illegible] होता है। मेरी एक अन्तरदेशी थी। कलकत्ते से। मैं बाहर निकला तो स्टेशन मास्टर भी लालटेन लिये निकले। पीपल के पेड़ के पास पहुँचे तो देखे साल ओढ़े और कोई नहीं सरपंच जी ही बैठे थे।

"कहीं जा रहे हैं क्या?"

"ना, ऐसे ही बैठा था।"

'घर चलेंगे अभी?'

"अभी एक घण्टे बाद चलूँगा।"

मैं भी वहीं बैठ गया। जगत बाबू ने हमें भीतर चलने को कहा। सरपंचजी के मना करने पर वे भी वहीं बैठने लगे। सरपंच जी ने रजिस्टर उठा कर गोद में रख लिया।

"सरपंच जी, कोतवाल आएगा?" जगत बाबू ने पूछा।

"देखिए क्या होता है..." सरपंच जी ने धीरे से कहा। उनके मन में बहुत उदासी थी। गाँव-जवार का भरोसा उनके ऊपर था। मैंने पूछा कि वे क्यों चिन्तित लग रहे हैं, तब उन्होंने बताया कि आज सुबह नाटो बस्ती के दोनों बूढ़े मर गए। मुझे बड़ा ताज्जुब हुआ, हालाँकि मैं उनकी ऐसी ही मृत्यु की कामना करता था। बहुत पहले एक संन्यासी ने मुझसे कहा था कि मृत्यु एक रचनात्मक विपत्ति है।

मैंने सरपंच जी से कहा कि आपको दुखी होना था चिन्तित नहीं। सरपंचजी ने सिर्फ़ जगत बाबू को देखा और चुप बैठे रहे। बाहर ठण्ड बढ़ गई थी। जगत बाबू हम दोनों को अपने कमरे में ले गए और बताया कि मैं जिन बूढ़ों को देखता और सोचता था कि वे दोनों आपस में अपनी कहानियाँ बोते रहते हैं दरअसल वे दोनों कवि थे और पिछले नब्बे साल से एक आन्दोलन करते हुए अनशन पर बैठे थे। सरपंच जी वहीं बैठे न होते तो मैं समझ जाता कि जगत बाबू समय काटने की गरज से कुछ छान रहे हैं। सरपंच जी का चेहरा धुँधला दिख रहा था। मैंने सरपंच जी से पूछा कि वे रो रहे हैं क्या तो उन्होंने "हाँ" कहा।

"आप उन बूढ़ों की मृत्यु को उनके खोने की तरह दर्ज़ करेंगे क्या?" मैं अँधेरे से पूछा।

"हाँ, करना ही पड़ेगा।" सरपंच जी कहने लगे कि सुनो, यहाँ से उत्तर और स्टेशन के पीछे तक नाटों की बस्ती थी जिसे स्टेशन और रेलवे कारखाना बनने के एवज में उजड़ जाना पड़ा। वे उजड़े हुए लोग देश के अपने-अपने कोने-अन्तरे चुनकर मर-खप गए। वे सब मेरे रजिस्टर में खोने की तरह दर्ज़ हैं। पिछले पैंतीस साल में सत्ताइस सौ लोग स्टेशन के पीछे वाले खुले ढाले पर जो कटकर मर गए, वे सब खोए हैं, मरे नहीं हैं। वे दोनों बूढ़े जो रोज़ आकर पीपल के नीचे बैठते थे। वे अपने साथ एक बैनर रखते थे। देखो वहाँ कोने में पड़ा है। जिस पर उनकी भाषा में लिखा है कि मजिरवां स्टेशन का नाम उनकी भाषा में भी लिखा जाना चाहिए। क्योंकि इस स्टेशन और कारखाने के लिए उन्हें उजड़ना पड़ा है। कि देश के किसी अँधेरे में बसा और बचा उनकी बिरादरी का कोई एक भी आदमी जब अपने गाँव को खोजता हुआ चले तो अपनी भाषा में अपने गाँव का नाम पढ़कर उसे यक़ीन हो जाए कि वह सही जगह पहुँचा है।

झिपझिपाती शाम में चित्र बनाने वाला लड़का उन दोनों बूढ़ों की कविताओं की पोथियाँ सरपंच जी को दे गया था। वे दिखा रहे थे कि बताओ मैं इसका क्या करूँ? मुझे तो ये भाषा भी नहीं आती। उन दोनों बूढ़ों के मरने के बाद उस भाषा को जानने वाला कोई बचा नहीं और कहीं कोई होगा भी तो मैं जानता नहीं। लेकिन मैं चाहता हूँ कि जब तक जीऊँ उनके आन्दोलन को ज़िन्दा रखूँ। हालाँकि यदि सरकार मान भी जाए तो भी मुझे उनकी भाषा में स्टेशन का नाम लिखना नहीं आएगा फिर भी मैं ये आन्दोलन करूँगा। आख़िर मैं उनका भी सरपंच था।

सरपंच जी की बातों में गरमी पैदा हो रही थी। लालटेन की रोशनी साफ़ हो गई थी। उनकी आँखों में लालटेन की रोशनी चमक रही थी। मुझे बड़ा आश्चर्य हुआ।

"आप रोज़ यहाँ आकर बैठेंगे?" मैंने पूछा।

"हाँ, बैठूँगा रोज़।" इस लफ़्ज़ के साथ उनका गला कहीं फँसा नहीं था।

"कैसे?"

"जैसे आज बैठा था।" लालटेन की आँच थोड़ी काँप गई।

"आज आप आन्दोलन कर रहे थे!"

"हाँ।" कहकर सरपंच जी उठने को तैयार हुए तो जगत बाबू जबरन हाथ पकड़ बैठा लिए कि रुकिए दस मिनिट में लास्ट गाड़ी आ जाएगी तो मैं भी चला चलूँगा। जगत बाबू सरपंच जी के यहाँ एक कमरे में किराए पर रहते थे। बाहर थोड़ा कोहरा गिर गया था। मैं लालटेन के और पास बैठकर रजिस्टर देखने लगा।

...अँधेरा ऐसा गिरा था कि कुछ भी सूझ नहीं रहा था। बढ़ई देर रात गए घर लौटा था। बढ़ई ने बताया कि सरपंच जी के यहाँ बैठे-बैठे देरी हो गई और कि उसे भूख नहीं है। हालाँकि अँधेरे में बढ़ई का मुँह नहीं दिख रहा था फिर भी रफ़्फ़ान समझ रही थी। उसने रोटियाँ बनाईं और सनई की भाजी के साथ बढ़ई को दे दीं। रफ़्फ़ान ने नहीं खाईं। दरअसल उसे भूख नहीं थी।

रात के बिस्तर पर बढ़ई ने रफ़्फ़ान को बताया कि सरपंच जी कह रहे थे कि सरकार हमारा जादू देखना चाहती है। कि वे लोग सरपंच जी से बहुत सिफारिश किए थे कि वे हमें जादू दिखाने को कहें पर सरपंच जी ने उन लोगों को यह कहकर मना कर दिया कि जादू एक कला है और कला कोई स्वतः दिखाए तो ठीक पर इसके लिए किसी पर दबाव नहीं डाला जा सकता। तब सरकार ने इसके लिए एक चिट्ठी भेजी कि सरकार हमारा जादू देखना चाहती है कि उसने चुनाव जीतने से पहले यहाँ की जनता से वादा किया है कि सरकार बनने के बाद बढ़ई टोले का विकास होगा और उसके उपलक्ष्य में रफ़्फ़ान बाई के जादू का एक कार्यक्रम होगा।

"विकास होगा, बढ़ई टोले का?" रफ़्फ़ान की आवाज़ अँधेरे में शीशे की तरह साफ़ थी।

"नहीं, कहते हैं कि हमारे जादू के उत्सव के साथ कार्यक्रम का शुभारंभ होगा।"

"लेकिन हम तो जादू भूल गए हैं वर्षों से," रफ़्फ़ान सिमट आई अँधेरे में।

"फिर भी करना होगा। ये सरकार का आदेश है।"

"तुम्हें जादू आता है?" रफ़्फ़ान ने बढ़ई से पूछा।

"आता रहा पहले, अब नहीं आता।"

"पिछली बार कब किए रहे?"

"पहली बार जब तुम्हें देखे रहे।"

"वो तो मेरा जादू था, जो हम तुम पे किए रहे।"

दोनों एक-दूजे में करैत साँप की तरह लिपट गए। वहाँ एक ज़िन्दगी थी और ज़िन्दगी का एक जादू था।

"मैं तुम्हें दिख रही हूँ?" यह रफ़्फ़ान ने पूछा था।

"नाह," यह बढ़ई का 'ना' था जिसमें ईमानदारी पर झाँझर परदा था।

"मैं ग़ायब हो गई," यह रफ़्फ़ान थी, जिसे अपने जादू से ज़्यादा बढ़ई के झूठ पर भरोसा था।

अब बढ़ई की बारी थी।

"मैं तुम्हें दिख रहा हूँ?" बढ़ई की आवाज़ में उदासी थी। वो जानता था कि रफ़्फ़ान झूठ नहीं बोलेगी।

रफ़्फ़ान ने कहा कि तुम चिन्ता मत करो। तुम ग़ायब होकर भी मुझे दिखोगे। तब बढ़ई ने कहा कि तुम भी ग़ायब होने पर मुझे दिख रही थी। इस पर रफ़्फ़ान ने कहा कि हाँ, हम ग़ायब होकर भी एक-दूसरे में ही रहेंगे इसलिए हम दुनिया को भले ही न दिखें पर एक-दूसरे को दिखेंगे। यह कहने के साथ ही रफ़्फ़ान की हँसी से भोर की किरण फूटने लगी। नीम पर चिड़ियाँ बोलने लगीं। उन दोनों ने ही नामालूम वैसी कितनी रातें काटीं कि नींद सुबह के पैताने पड़ी रहती और दिन थे कि हड्डियाँ चटकाते हुए बीतते चले गए थे।

इस बीच अचानक वह बुधवार आ गया जिस दिन उन्हें सबके सामने अपने जादू का प्रदर्शन करना था। उस पूरी रात बारिश होती रही थी और हवाओं में निचाट नंगापन बहता रहा था पर वह सुबह बड़ी साफ़ हुई थी। किरणें फूटने पर नीम की पत्तियों से छनकर धूप पूरे आँगन में बतासे की तरह बिछ गई थी।

उस बुधवार की सुबह वे दोनों देर से उठे थे।

सुबह से उनके घर के बाहर लोगों का जुटान शुरू हो गया था। साहब हुक्मरानों के जुटते-जुटते दोपहर ढलने लगी थी। रफ़्फ़ान टाट की फाँक से बाहर देखती और उसकी देह घहराने लगती। नाबदान के पास बैठकर उसने छह बार उल्टियाँ कीं। बढ़ई अपना जादू का बक्सा ठीक करता रहा। बीच-बीच में वह नाबदान के पास आकर रफ़्फ़ान की पीठ सहला जाता।

शाम के चार बज गए अब उन्हें बाहर निकलना था। चारों ओर लोग थे। गाड़ियाँ थीं। लोगों में एक उत्सुकता थी। और गाँव में एक रोष था पर ठीक वहीं फौजें थीं। अब देर हो रही थी, तब एक आदमी उन्हें लिवा आने की गरज से घर के भीतर गया। आँगन में दोनों अँकवार भरकर बैठे थे। निर्वेद। घर में किसी अनजान आहट से दोनों चिहुँक गए। वह आदमी जिला का पार्षद था। पार्षद ने अपना परिचय दिया और बताया कि अब उन्हें बाहर निकलना चाहिए कि लोग इन्तज़ार कर रहे हैं।

रफ़्फ़ान पार्षद की तरफ़ मुड़ी तो वह मूर्च्छित होते-होते बचा। रफ़्फ़ान ने गिड़गिड़ाकर कहा कि हम ग़रीब लोग हैं, हमारे पास कोई जादू नहीं हैं, हमें माफ़ किया जाए। पार्षद एक सन्तुलित चेहरा, भाषा और आवाज़ वाला आदमी था। उसने समझाया कि जब सरकार उनके जादू के लिए अच्छी-भली रकम दे रही है तो उनके पास इनकार का कोई कारण नहीं बनता। और कि ग़रीबों के पास ही तो कला बची है और कि ग़रीबी में ही तो कला निखरती है। और कि अब सरकार को ज़्यादा इन्तज़ार नहीं कराना चाहिए। यह कहते हुए पार्षद बाहर चला गया।

अब सबकी नज़र दरवाज़े पर टिक गई। हवा से भी दरवाज़ा हिलता तो लोग काँप जाते। दरवाज़ा धीरे से खुला, आगे-आगे हाथ में एक काली पेटी लिये बढ़ई था और पीछे थी...र....फ़्फ़ा...न...।

चारों ओर निस्तब्धता छा गई। सैकड़ों निगाहों का केन्द्र बस... रफ़्फ़ान बाई।

रफ़्फ़ान जब सभासदों के बीच खड़ी हुई तो मन्त्री ने आगे बढ़कर बढ़ई के हाथ में रुपए का लिफाफा थमा दिया। बढ़ई ने उसे अपने हाथों में भींचे रखा।

रफ़्फ़ान की आँखें भरी थीं। जीवन के अर्थ की तरह पता नहीं उसकी बेचैन

आँखें किसे ढूँढ़ रही थीं। पुतलियाँ इतनी चंचल थीं कि बूँदें छलक जातीं। उन आँखों को उस भीड़ और उन साहब-साहबानों से कोई मतलब नहीं था। वह तो बस उस बच्चे की निर्दोष आँखों में अपना जादू प्रकट करना चाहती थी–ग़ायब होने का जादू। अन्तिम बार। वह उस बच्चे के लिए रहस्य नहीं बनना चाहती थी। ग़ायब होने के पहले बार-बार उसकी आँखें उस बच्चे को खोज रही थीं कि वह कहीं भी हो तो देख ले अपनी रफ़्फ़ान बाई का जादू। बार-बार वही तो ज़िद करता था। पर बच्चा था कि अप्रत्याशित रूप से कहीं ग़ायब था।

अब सारी आँखें बेसब्र हो रही थीं कि कहीं कुछ घट नहीं रहा कि इतने में हवा का एक तेज़ झोंका आया और चारों ओर अँधेरा छा गया। और उसी अँधेरे में एक रेलगाड़ी सरकती हुई स्टेशन पर आकर लगी और खुल गई। जगत बाबू ने लालटेन दुबारा जलाना ज़रूरी नहीं समझा। और हम तीनों स्टेशन से बाहर निकल आए। मैं पूरे रास्ते सरपंच जी को यक़ीन दिलाता रहा था कि रफ़्फ़ान जैसी किसी शै की एक छोटी-सी भी झलक मेरी स्मृति में दूर-दूर तक नहीं है जबकि सरपंच जी थे कि हर बार यही कहते रहे कि वह छोटा बच्चा मैं ही था। मैंने ये भी कहा कि ये नाम ही मैंने पहली बार आपकी रजिस्टर में पढ़ा है। उन्होंने कहा कि तुम्हारी माँ ज़िन्दा होती तो मैं पुछवा देता कि उस दिन तुम्हें काला ज्वर हुआ था और तुम बार-बार मूर्च्छित हो जा रहे थे और हर मूर्च्छा के पहले सिर्फ़ एक ही रट लगाए थे–रफ़्फ़ान बाई।

हम चलते-चलते उसी तिराहे पर पहुँचे थे। जहाँ सीमेण्ट का वो मोटा पाया था। वह पाया दरअसल एक फैक्ट्री का शिलान्यास था, जिसमें हेलिकॉप्टर की पंखी बननी थी। वह एक सरकारी प्रोजेक्ट था, जो शिफ़्ट होकर कहीं और चला गया। सरपंच जी बता रहे थे कि इस पाए के ठीक नीचे रफ़्फ़ान बाई का नहानघर था।

आज जिसे तुम एक कहानी की तरह पढ़ रहे हो, यह घटना दरअसल तुम्हारे जन्म के लगभग ग्यारह साल पहले की है।

अपनी जेब में रखी चिट्ठी वाले पते पर मुझे कलकत्ता आ जाना था, जहाँ आज मेरी नौकरी है। हाँ, वो कोहरे, ओस, और अधबुझे कोयले की धुआँई

एक रात थी। रात वाली अन्तिम गाड़ी पकड़ने जब मैं स्टेशन पहुँच रहा था, तिराहे पर चनेसर अपनी दुकान बन्द कर रहा था। उसका लड़का जूठन माँज रहा था। पास से जाकर देखा तो चित्र बनाने वाला लड़का था। मुझे देखकर सिकुड़ने लगा। चनेसर बता रहा था कि उसका लड़का बीमार है और कि ये लड़का ठीक से काम किया तो हमेशा के लिए उसे रख लेगा। मैं स्टेशन पहुँचा तो पीपल के नीचे कम्बल ओढ़कर अनशन करते सरपंच जी दिखे थे। एक बार मन हुआ कि सरपंच जी से मिलकर उनके रजिस्टर में चित्र बनाने वाले लड़के का नाम दर्ज़ करा दूँ। मैं स्टेशन के अन्तिम अँधेरे में जाकर खड़ा हो गया था। अब वहाँ रहना हर रोज़ अपने भीतर एक कुएँ में उतरने-सा लगता था। मेरे भीतर का कोई दूब एक जंगल में बदल रहा था। गाड़ी आई और मैं एक अँधेरे में सवार हो गया। गाड़ी सरकती-सी पीपल के पास से गुज़री थी तब देखा कि जगत बाबू सरपंच जी के पास आकर बैठे थे। दोनों साथ-साथ घर चले जाएँगे। पीपल के नीचे बैठे सरपंच जी के पास बैठे जगत बाबू, बरसों से बैठते आ रहे नट बस्ती के बूढ़ों जैसे लगते थे।

...और इतने वर्षों बाद पिछले महीने की उन्नीस तारीख़ की शाम पोस्ट ऑफ़िस से फोन आया कि मेरा पार्सल आया है। मैं घर लाकर पार्सल खोला तो जगत बाबू की चिट्ठी थी कि सरपंच जी नहीं रहे। इसमें उन बूढ़ों की कविताएँ हैं। सरपंच जी का रजिस्टर है। मुझे उस रजिस्टर को खोलने की हिम्मत नहीं हुई। मुझे पहले पता चल जाता तो शायद मैं पोस्ट ऑफ़िस से छुड़ाता ही नहीं। फिर भी... मैंने उस रजिस्टर को पीछे से खोला। अन्तिम पेज के सबसे ऊपर उन्नीस सितम्बर उन्नीस सौ छियानबे की तारीख़ में गाँव से मेरे गुम हो जाने की ख़बर थी।

...और उसी पेज के अन्तिम कोने में मेरे गाँव का नाम लिखा था—कथापुर।

●●●